流年容易把人抛

赵冬 著

北京航空航天大学出版社

图书在版编目（CIP）数据

流年容易把人抛 / 赵冬著 . -- 北京：北京航空航
天大学出版社，2016.3
ISBN 978-7-5124-2066-3

Ⅰ.①流… Ⅱ.①赵… Ⅲ.①长篇小说—中国—当代
Ⅳ.① I247.5

中国版本图书馆 CIP 数据核字（2016）第 045403 号

流年容易把人抛

赵冬 著

策划编辑　张冬青
责任编辑　沈晓辉

＊

北京航空航天大学出版社出版发行

北京市海淀区学院路 37 号（邮编 100191）　http://www.buaapress.com.cn

发行部电话：(010)82317024　传真：(010)82328026

读者信箱：bhpress@263.net　邮购电话：(010)82316936

北京时代华都印刷有限公司印装　各地书店经销

＊

开本：787×1092 1/32　印张：7　字数：237 千字
2016 年 3 月第 1 版　2016 年 3 月第 1 次印刷
ISBN 978-7-5124-2066-3　定价：25.00 元

目 录

│ 序言　中国的爱情一路开花 │

　　生命的形式无所不有、无所不在，能令生命充满魅力且灿烂辉煌的并不是生命本身，也不是衣食住行这类最基本的生活方式，而是因为生命里有一种能令我们活着更有意义，更值得我们去体验、去领悟、去珍惜的东西，那就是爱！我们很难想象，世界假如没有了爱情，人类将会怎样？

　　因为想拥有爱情，我们才满世界寻觅自己最倾心的另一半，便有了邂逅、有了浪漫、有了一见钟情；因为有了爱情，我们才渴望与其牵手并永远厮守在一起，便有了思念、有了缠绵、有了两情相悦；因为有了爱情，我们才想与其共同努力奋斗营建自己的家，便有了温馨、有了甜蜜、有了温暖港湾；因为有了爱情，我们才想与其用爱共同塑造自己的小娃娃，便有了寄托、有了欣慰、有了天伦之乐；因为有了爱情，我们才想与其恩爱一生一世、慢慢地一起变老，便有了依靠、有了搀扶、有了相濡以沫……

　　可为什么在爱情的世界里，痛苦总大于欢乐？当爱情被肉体和欲望所填满时，灵魂就被蒙上灰尘；当爱情被金钱和物质所污染时，幸福就被打折贱卖。十元的玫瑰与千元的钻石拥有一样的美丽，一样可以示爱，一样可以成为彼此眼睛里的天堂。爱情是什么？我们常常认为，爱情是肩膀、是惦念、是牵挂、是责任。

　　爱情的符号是心形的，爱情是恋人之间的强烈的依恋、亲近，以及无私、专一并且无所不尽其心的情感。有人说，在汉文化里，爱就是网住对方的心，具有亲密、情欲和承诺的属性，并且对这种关系的长久性持有信心，也能够与对方分享私生活。爱情是人性的组成部分，狭义上指情侣之间的爱，广义上还包括朋友之间的爱情和亲人之间的爱情。在爱的情感基础上，爱情在不同的文化中也发展出不同的特征。

　　爱是看不见摸不到的东西，而它却实实在在地存在并影响人们的行为。爱情有成也有败、有苦也有甜，无论成败与苦甜，人们都在义无反顾地追求着它。爱情能教会我们很多，比如幻想；比如疼痛；比如无奈；比如心碎；比如珍惜……爱情应该是短暂且虚无的一种情感，代表着我们作为个体，对另一个体的最高期待。爱情开始于对一个人的幻想，结束于被那个人的伤害。这个伤害有的是被其直接的伤害，有的是间接的伤害。爱只有真心投入，真心付出，才会有这样的感受，懂得了什么叫做刻骨铭心，什么叫做终生难忘。但这是享受的过程，享受于开始的甜蜜与心跳，享受于中途的默契与摩擦，享受于结果的伤害与痛苦。也许你并不同意将伤害与痛苦视为享受，但无所谓，每个人的疼痛系数不会是一样的。爱到痛了，痛到哭了，于是选择了放手，放手是一种无奈的绝望，痛彻心扉。

　　爱可以是一瞬间的事情，也可以是一辈子的事情。因为爱所以离开，因为爱所以放弃。可是又有谁能为了爱真正地放弃呢？在岁月的时间里不经意的错过或失去了，偶然地拾起回忆，便会油然生出一缕忆起往昔的浪漫情愫，便含有一种睹物思人之感、过往云烟之叹。当曾经视真爱如生命的人，到形同陌路时，才恍然大悟，原来以为的天长地久，其实，不过是萍水相逢。曾经以为可以这样牵着手一路走下去，到放手才明白，一切只是两条平行线的偶然相交，当一切都烟消云散平行线却依旧平行，即使相隔不远，也如同隔世。爱情原本就是在不断地甜蜜着疼痛着，不断地受着伤不断地尝着爱。男女之间相互爱恋的感情，是至高至纯至美的美感和情感体验。

有人说：古代与现代的爱情观念不同，一个重视的是结果，一个重视的是过程。古代的爱情是建立在婚姻之后的，也就是先结婚后恋爱。父母包办的婚姻很多都是没有爱情可言的。古代爱情是一种理想的意境，是一种执著的追求，追求平淡。古代爱情讲的是门当户对，就算你们再相爱，那些所谓的阶级，所谓的礼教，还是会将你们拆散。古代爱情希望的是白头偕老，平平淡淡地度过一生。而这样的观念一直延伸到几千年后的今天，直到西风吹进来之后，才逐渐贬值。

　　中国古典爱情诠释了我们先人的境界：有"今生缘，来生果。生无死有。"，还有"私奔"、"断袖"、"爱美人不爱江山"，还有"问世间情是何物，直教人生死相许。"，还有"在天愿做比翼鸟，在地愿为连理枝"，还有"柔情似水，佳期如梦，忍顾鹊桥归路。两情若是久长时，又岂在朝朝暮暮？"，还有"相见时难别亦难，东风无力百花残。春蚕到死丝方尽，蜡炬成灰泪始干。"，还有"执子之手，与子偕老，相濡以沫，不离不弃。"，还有"上邪！我欲与君长相知，长命无绝衰，山无棱，江水为竭，冬雷阵阵夏雨雪，天地合，乃敢与君绝。"……现代人对爱情也许会这样想："如何让你遇见我，在我最美丽的时刻。"，"与其在悬崖上展览千年，不如在爱人肩头痛哭一晚。"，"悄悄的我走了，正如我悄悄的来；我挥一挥衣袖，不带走一片云彩。"，"你站在桥上看风景，看风景的人在楼上看你，明月装饰了你的窗子，你装饰了别人的梦"，"撑着油纸伞，独自彷徨在悠长、悠长又寂寥的雨巷，我希望逢着一个丁香一样地，结着愁怨的姑娘"，"感情上的事情，常常说不明白，不是不想爱，不是不去爱，怕只怕，爱也是一种伤害。"，"活该你单身"……

　　在母系社会、父系社会，爱情有另一种体验，并不是单纯的一夫一妻制。爱是生命的渴望，情是青春的畅想，爱情的意义在于让智慧和勤劳酿造生活的芳香，用期待与操守演绎生命的乐章，用真诚和理解谱写人生的信仰。现代定义为两个人基于一定的物质条件和共同的人生理想，在各自内心形成的对对方的最真挚的仰慕，并渴望对方成为自己终身伴侣的最强烈、最稳定、最专一的感情。性爱、理想和责任是构成爱情的三个基本要素。女性通常会爱上健康、平和、有趣、善良和大度的男性；而男性选择伴侣的时候则倾向于外貌而忽略女性的智慧，以及教育程度、忠诚度、幽默感和年龄。爱情观和婚姻观在人生的不同阶段也会产生变化，男性容易爱上女性的年轻美貌，而女性容易爱上男性的财富地位。但是当他们深入婚姻之后就会发生变化，这时候看重的则是对方的性格、品德。

　　爱情表现的行为往往通过男女之间的接吻、拥抱、爱抚以及性的行为表达出来。爱情最重要的表现是一个人对爱人无所不尽其心。爱情会给恋爱的双方带来心理的变化。都说情人眼里出西施，但你一定会觉得你爱的人比别人都好看，在你心里，你爱的人才是最美的一个，别人根本无法相比。当你爱上一个人，你会有一种很亲切的感觉，跟其在一起，你会觉得很舒服，很和谐。你可以信任并依赖他，他（她）像是一个亲密的家人，在这亲密里，你能体会到一份温馨的感觉。一个健康的爱情关系，会使你对他（她）有引以骄傲的感觉，你会欣赏对方所有的一切，包括内在与外在的条件和优点，他（她）也处处以你为荣，不论相爱的人做任何事、是成功或失败，你都会欣赏他的才华和行为，而不在乎结果。

　　在相爱时，双方都能在被夸奖与赞许中感受到无比的快乐。爱情能够提高一个人的自尊心，可以让你感觉到生活更有意义，因为你发现，自己有着无人可比的独特性，受到了特殊的尊重，生命也因此更有价值。爱情是绝对独占的，绝不能与他人分享其亲密的关系。当爱情从不确定走向稳定后，需要以婚姻或者诺言来持续以后的日子，彼此相约，身心相许，代表着爱情的牢固与天长地久。深爱的人会为对方考虑，如果一方受到挫折，另一方便会送上安慰、同情、鼓励，给予相爱的人最大限度的精神支持与物质帮助，爱情会使人愿意为对方而牺牲自己的利益。相爱的人都希望彼此间有身体上的接触。在真实的爱情生活里，这种欲望是永远存在的。生理上的冲动并不是单单只是行为，它还包含了许多其他亲密的身体上的接触，如牵手、拥抱等等，这种情感会永远存在于爱人心中。

　　几千年来，中国的爱情伴着中国的历史，在血雨腥风里、在刀光剑影里、在王朝交替中一路走来，大浪淘沙、共度荣辱，不断地完善，不断地进步。

中国的爱情诗词也一路陪伴着我们。漫漫长路，前世今生，那些或妙曼醉人的韵律，或哀怨千古的歌吟，或深婉含蕴的境界，给了我们太多太多的心灵愉悦和超级享受。若是天涯你不来，我与月光皆不老！我们感恩，感恩先人们用其自身的爱情经历为我们提供了那些难得的艺术感受和美好景致；感恩先人们用智慧为我们传递了这么久远的信息与情丝。爱情是人类永恒的主题，千百年不变、不淡、不朽！

无悔于执手走过的岁月

击鼓其镗，踊跃用兵。
土国城漕，我独南行。

从孙子仲，平陈与宋。
不我以归，忧心有忡。

爰居爰处？爰丧其马？
于以求之？于林之下。

死生契阔，与子成说。
执子之手，与子偕老。

于嗟阔兮，不我活兮！
于嗟洵兮，不我信兮！

——《诗经·击鼓（邶风）》

"死生契阔，与子成说。执子之手，与子偕老。"

——《诗经·击鼓（邶风）》

淡淡的诗，淡淡的情，却紧紧拴住了两个人的一生。"无论生死我们都要在一起，这是我们当初早已默契的约定。"多么美好的愿望，多么动人的情愫。

如果真的懂了什么是爱，那么当老的时候你会发现自己是多么的幸福。其实，爱情就是这样平凡朴素，只要在一起，不离不弃，执子之手，与子偕老。这个两千年前人类的执著梦想，从远古到现代，一直萦绕至今。这简单的八个字看上去平静且有些浪漫，可它所包含的深刻内涵却不是所有人都能领悟出。执手意味着两人从此将风雨同舟，苦乐相伴，荣辱与共。执手之后，所有的欢笑和眼泪、甜美和苦涩，都要一起品尝，共同分担。从此就要路过你的路，苦过你的苦，悲伤着你的悲伤，幸福着你的幸福。

多少人曾以为所有的爱情故事一定要惊天地、泣鬼神才算完美；曾以为只有留有残缺遗憾的爱情才最神奇；曾以为感情一定要轰轰烈烈、你死我活才能称得上真情；曾以为所有的爱情不仅得经过花前月下的缠绵，还必须经历海誓山盟的洗礼、生离死别的摧残……可是，这些爱情都只是在小说戏剧里才会出现的场面，而在真实生活中却没有那么多一见钟情的白娘子与许仙式的冲动；没有那么多刻骨铭心的崔莺莺与张生式的缠绵；没有那么多催人泪下的梁山伯与祝英台式的痴迷。于是，他们开始从虚幻的世界走向现实的世界，不再向往海枯石烂，只是渴望能有这样一份爱情——执子之手，与子偕老。

这首诗读后让我产生了深深的感动，生死相依，我与你已经发过誓了，今生拉着你的手永结美好，永不分离，白头到老！这样的爱，这样的纯情，这样的缠绵，这样的不论生死都要在一起的情景，不正是我们每一个人都想拥有的理想境界吗？这时，我忽然想起看过的香港电视剧《射雕英雄传》，那里面黄药师对妻子真可谓是"死生契阔"，催人泪下。黄药师与妻子在世间的恩爱经历并不长，在短暂的时间里却培育出了深厚的感情。可惜，她为了爱人的追求倾尽身心，不幸香消玉殒，给黄药师留下了无法医治的伤痛。他将爱人的身体置放在一个神秘的冰洞里冷藏，十五年里，他不断地寻找奇方妙药幻想有朝一日能把妻子救活。每当思念她时，就来到她的身边对她倾诉，他对妻子的思念之情已经超越了简单的常理。黄药师的半生是在思念、愧疚和自责中度过的，他甚至想和妻子一起在大海中同葬，来表示自己的忏悔。虽然过早地疼失爱侣，但他却是幸福的，因为在他的心里，爱人永远伴随着自己，不论生死，永不改变。

当时的几大高手都没有幸福美满的爱情，西毒欧阳峰跟嫂子私通生下欧阳克；南帝段智兴为了练功冷落皇妃瑛姑，以至于美人心另所栖；北丐洪七公天生乐天派，根本就不屑什么儿女私情；只有东邪黄药师娶了温柔、漂亮并且极其聪明的妻子，他的爱可歌可泣，他的情感天动地。黄药师对妻子的爱是忠贞不渝的，男人只有心中有怜有爱、有情有义才是真正的男人。只有这样的男人，才会真正悟出《九阴真经》的内涵，才不愧为当时天下无敌的武林第一高手。

"执子之手，与子偕老。"千百年来一直为后人传诵，成了生死不渝的爱情的代名词，演绎成了一个美好纯真的童话。这是一个征战在外不能归的士兵，对妻子分别时留下的誓言，两情缱绻，海誓山盟。千百年来风雨飘摇的缘深缘浅，斗转星移的世态炎凉，沧海桑田的物是人非，多少张生动面孔都随年轮老去，多少个青春身影被岁月湮没，而这个词却依然焕发着让人怦然心动的生命力。没有什么惊天动地的生死相依；没有什么花前月下的卿卿我我；没有什么锥心刺骨的恩恩怨怨。有的只是那小桥流水一样的绵延不断；有的只是那默契无间的真情相守；有的只是那从容平静的相依相偎……

这是一种古老而坚定的承诺，是浪漫而美丽的传说。执手千山万水，骤然缩短的是漫长心路；执手万丈红尘，悠然消散的是情仇恩怨；执手人间冷暖，飘然而逝的是悲喜烦忧。此情可待成追忆，只是当时已惘然。花前月下的浪漫，已成为朝夕相伴的真情；平平淡淡的岁月，见证一生的温暖与幸福。

有诗人这样咏叹过：在我们被世俗一点一点磨去高尚的今天，世上还有美好来提醒我们，还有无私和爱在触动我们，爱情的伟大和高贵让我们本已麻木的心得到一点温暖的阳光。

在张爱玲眼里，"执子之手"一句却是世间最为悲哀不过的情话了。因为牵手之后便是放手，她心中渴望牵引的手，却永远也握不住，握不实。我们牵过了多少双手，又有多少能够牵一辈子？牵着你的手，却不知能否陪着你慢慢变老？明明知道死生契阔，却还要说我们要永不分离。如果真的懂了什么是爱，那么当老了的时候你才会发现自己其实是多么的幸福。其实，爱情就是这样平凡朴素，只要在一起，不离不弃。

执子之手，与子偕老。这该是两个人在阳光下同撑起一方天空的风景；在雨中共举一柄小小的油伞；在风中共披一件温暖的外套。黄昏来临，我就站在你回家的必经之路上迎接你；午夜时分，你会端来一碗热气腾腾的鸡蛋面悄悄放在我的书案上……这情景，让所有的你情我愿都在此刻满脸羞愧；让所有的山盟海誓都在此刻黯然失色。不需要语言，不需要音乐，不需要描绘，因为它本身就是一首最动人的配画情诗，值得我们用所有的时光去搜寻并回味。

这是一只穿越千年岁月的深情之手，只要你能握得住，你就拥有了今生的温暖与幸福；拥有了尘缘里的牵手与擦身而过的回眸；拥有了彼此相互攀缘对方生命制高点的阶梯。什么话也不说，慢慢地陪你走过今生今世，再迎接来生来世！不用祝福也不用感谢，像两棵树在一起共同支撑，像两粒沙相互搀扶与鼓励。共同的约定风雨无阻，共同的理想走完漫漫的人生路。就像苏芮在《牵手》这首歌中所唱："所以牵了手的手，来生还要一起走，所以有了伴的路，没有岁月可回头。"

只有在这漫长的道路上携手走过每一个路口，才无悔于执手走过的岁月；只有在这意乱情迷的世界将我的真心放在你的手心里，才无愧于生命赋予真爱的灿烂。就让我握住你的手好吗？只想牵着你的手，陪着你慢慢地走一段。不去想什么天长地久，任何美好的东西不一定都能留住；不管走近的你我是对是错，任何美好的期待不一定都能实现；不管前生今世的因果该如何流转，任何宿命的牵连不一定都能改变。只需牵手的那一刻的感动，烙在彼此心里的时间更久一些。我与你，你与他，他与她，真的是爱情吗？就请紧紧握住那或热灼或冰冷或颤抖或坚韧的手吧，不要松开。

消瘦了才子　憔悴了佳人

伫倚危楼风细细，望极春愁，黯黯生天际。草色烟光残照里，无言谁会凭阑意。　拟把疏狂图一醉，对酒当歌，强乐还无味。衣带渐宽终不悔，为伊消得人憔悴。

——柳永《蝶恋花》

花街的柳巷，脂香的酒；衣袂的环肥，相思的瘦……一个落拓不羁、风流多情的翩翩公子，一个终生流连烟花的才子词人。他撩开悠扬婉转的琵琶声响；他收起折扇剪下盈笑的梅枝；他踏过红颜巧设给他那镜花水月的邂逅；他独斟男女欢爱之后那疼彻肺腑的落寞……从这家的酒绿到那家的灯红；从这里的钗头凤到那里的金步摇；从你的长亭兰舟到我的宝马雕车……为其苦吟"多情自古伤离别"，替伊醉填"杨柳岸晓风残月"。他就是那个"忍把浮名，换了浅斟低唱"的柳永。

有人说柳词过于绮靡，也有人说柳词伤感缠绵，更有人爱其惊世才情和铮铮傲骨，爱其笔底有烟霞，自拔金钗付酒家。柳永风流倜傥，最喜欢陪歌女吃花酒，然后留下自己写的词。有人为此钦羡，有人为此感怀：柳永身边自是少不了这般的女子。她们人前是艳冠六院的风尘女子，让人叹：一笑千金少；人后却可以为柳永铺纸研墨，温婉如水地问："七哥要茶还是要酒？"她们说："不愿君王召，愿得柳七叫。"在她们眼里，白衣素冠的柳七远胜于紫绶金章的将相。想象着他的红颜知己问他："七哥如此才学，何不应仕？"而他挑眉道："小生自与那些功名的主子不合，不若这般，反倒自在。"

白衣卿相柳永，北宋词人。出生福建，排行第七，又称柳七。宋仁宗朝进士，官至屯田员外郎，故世称柳屯田。由于仕途坎坷、生活潦倒，他由追求功名转而厌倦官场，沉溺于旖旎繁华的都市生活，在"倚红偎翠"、"浅斟低唱"中寻找寄托。政治上的抑郁失志，生活上的特殊经历，以及他的博学多才、妙解音律，使这位怪异狂情的浪子成为致力于词作的才子词人。

柳永是为情所生，为爱而死的男人。他独上高楼，望尽天涯路，寻找着他心中的爱情圣地，体验着一段段不同的情爱经历。在相互爱慕的基础上，柳永第一次提出了"才子佳人"的爱情模式，他认为才子理当配佳人，如果美人身边没有才子，那才叫大跌眼镜，没了风景。就因为他的才华横溢，他的一生身边才会蜂飞蝶闹、花团锦簇。柳永用一颗真心对待女人，就连歌妓都会被他当做真正的朋友，而换来的不仅仅是女人们诱人的风韵与身体，更多的是她们的情意、品格和心灵的依附。

男人通过追求事业上的成功来追求女人，而柳永恰恰相反，因仕途不顺，他只追求女人，而不去追求仕途，女人的身上有比仕途更为自由美好的东西。柳永后来也做过芝麻大的小官，口碑很好，但柳永还是厌恶官场上的那些潜规暗则，他在词中说："晚岁光阴能几许？这巧宦不可多取。"柳永把自己的生命和光阴献给了歌妓，歌妓也把真诚给了他。

按理说，一个仕途不顺，混迹风月，居无定所，颠沛流离的流浪汉，怎么会取得如此众多佳人们的垂青呢？他的才情，他的性情，他的那一份以仕途艰难而换回的清高；他的那一份不屑权贵而赢得的尊重……或许，这些都不算数，因为爱他，根本不应该需要任何的理由。

有人归纳说：晏殊的爱是富贵之人的爱，爱得是那样悠悠且绵绵；辛弃疾的爱是英雄悲凉之爱，爱得是那样凄美又孤独；而柳永的爱却是平民的爱，爱得是那样热烈而真挚。翻开陈年旧账，恐怕不具风流的古代才子寥寥无几，为数不多。佳人们对于才子们心灵的宽慰自然是他们才思泉涌的最好酒肴。吟诗做对，笑谈风月，良辰美景，醉卧裙下。才子佳人故事成了他们重要的创作素材。南齐苏小小、唐朝的李冶、薛涛、鱼玄机、宋代的李师师、明清之交的柳如是、顾横波、董小宛、卞玉京、李香君、寇白门、马湘兰、陈圆圆、近代的赛金花、小凤仙等都属于这一类喜爱结交名流的风尘佳人。她们沦落风尘，完全违背三从四德的古训，本应受到封建礼教的绝对排斥，可是众多有着不凡见识的文人墨客却对她们表示出极大的宽容。

"衣带渐宽终不悔，为伊消得人憔悴。"——柳永《蝶恋花》

是柳词成就了章台柳絮，还是她们成就了柳词？当时柳词风靡一时，上到皇宫六院，下至平头百姓，"凡有井水处，尽能歌柳词"。可到最后，那些女子终究只是他生命中的过客，他一个人，客死异乡，由众妓筹钱相葬。

出入烟花巷，混迹风月场，虽然柳永所提倡的是一种泛爱式的互爱，虽然他并不能为爱一个女人而终生不渝，但他的每一次爱的经历都倾注了他的真心。也正是每一种爱都是以平等互爱为前提的，所以他的爱情常常达到了一种异常强烈持久的程度。"衣带渐宽终不悔，为伊消得人憔悴。"柳永的这两句词刚好概括了他那锲而不舍的坚毅性格与执著态度。

因为思念心上的人，就算自己消瘦与憔悴，衣服越来越宽松了，又有什么可悔的呢？心甘情愿地去爱一个人，爱得刻骨铭心、面容憔悴，这岂不正是人生的一大境界？这句诗无不成为流传千古的名句，不仅表达了对意中人的思念爱慕之情，还表现了爱情的永恒之美，那种"锲而不舍，金石可镂"的耐力，那种"铁杵成针，滴水石穿"的韧性都令人心趋之、神往之。

若即若离的感情很美

　　纤云弄巧，飞星传恨，银汉迢迢暗渡。金风玉露一相逢，便胜却人间无数。　　柔情似水，佳期如梦，忍顾鹊桥归路！两情若是久长时，又岂在朝朝暮暮！

——秦观《鹊桥仙》

"两情若是久长时，又岂在朝朝暮暮！"

多么美妙的诗句，多么富有哲理的意境啊！恋人间最初留给对方的都是美好的一面，而另一面几乎会长久地隐藏并蛰伏着。难怪谈恋爱时都想尽量长一点时间相处，其目的就是要更多地发现对方的缺点，只有接受了对方的缺点，婚姻才不会发生变故。这样想的话，有些自身缺点较多的人就宁愿选择经常离别。如果天天黏在一起，难免很快就会原形毕露，有时还会彼此产生厌腻感，莫不如彼此有一定的距离，就会常常想念对方的好，双方都有想象的空间和余地而产生思念，也许会更好。

中国有句俗话："小别胜新婚"。如果天天腻在一起，感情浓到一个阶段后会转淡，还容易产生矛盾。若即若离的感情很美，保鲜期也会更长久，给彼此留一些空间是有必要的。

但要从另一个方面想，这样天各一方的感情则会冒很大的风险。现实是残酷的，距离和时间既是一块很好的爱情试金石，同时也是恋人间最大的敌人与最强大的破坏者！人都是感情动物，容易受到外界因素的影响而改变。如果分隔在两地，就不能面对面交流感情，特别是在人生病的时候，遇到困难而无助的时候，遭受磨难而最脆弱的时候……如果相爱的人不在身边，很有可能杀出一个第三者去照顾他（她）、感动他（她），这难免会动摇和摧毁从前的一切，就是偶然一次被别人偷吃了一口，那也是绝对不能承受的啊！

这就是说，两个人之间的感情如果足够长久，信任足够坚固，感觉足够强烈，又何必一定要分分秒秒地在一起呢？就像牛郎与织女，哪怕一年只能在鹊桥上相见一次，那也很美好啊！这是对牛郎织女之间爱情的赞扬，也是对大众恋情的一种启示与考验。两个相爱的人，不一定要朝相对，暮相依。真正的情深似海的感情早已经跨越了这些思想上的束缚。而那些精神上的爱情，不正体现了这一点吗？柏拉图式的爱情，不祈求肉体上的拥有，只要精神上的交融。不一定真正拥有肉体，只要身影能够活在心里，让记忆埋在心底就足够了。这应该算是爱情的最高境界吧！

秦观的《鹊桥仙》，为后人提供了一个多么可贵的感情模式。"纤云弄巧／飞星传恨／银河迢迢暗渡／金风玉露一相逢／便胜却人间无数／柔情似水／佳期如梦／忍顾鹊桥归路／两情若是久长时／又岂在朝朝暮暮。"

　　诚然，两情相爱，又能朝夕厮守，自然很好。我们的人生本来短暂，在短暂的生命中，谁都渴望与相爱的人朝夕相处，长久的分别对谁来说都是痛苦的考验。从前的人也不是没有欲望，现在的人也不是没有道德，说到底，人是需要交流需要沟通的，如果能长相厮守，又有谁愿意相望于天涯呢？同样的饮食男女，同样的斗转星移，况且现在的精神生活要多丰富有多丰富，但是为什么许多男女却不能两地相遥相守了呢？异地相恋有其脆弱的一面，很多人可能会担心，恋人在另一个城市，彼此之间不能在心灵或肉体上相互慰藉，感情变异的情形随时都有可能发生。而你自己的身边，又何尝不是充满了诱惑呢？

　　时下社会，商海滔滔，物欲横流，诱惑太多。爱情已不再是"问世间情是何物，直教生死相许"，两个人的爱情，添加了丰裕的物质条件做基础，只要稍微不小心便就把握不住了。如果两个相爱的人不在一起，这样的感情十分危险。现实中不乏其例，并非天人之隔，有家有妻有丈夫，却能够吃着碗里的，看着锅里的人多的是。难免有外遇、红杏明出墙、红袖暗添香，这样的朝夕相对，又如何？于是，海枯石烂遥远成传说，天长地久渺茫成神话，现代人的爱几乎一天天沉寂，情也一日日倦怠了。很多人说：永恒让人怀疑，激情何其短暂，最初的爱早已不复存在。并非不相信爱情可以跨越时空，只是这个世界变化太快，我们几乎连自己都不能把握，又怎么能去保证他人呢？但是，仅以花前月下朝夕厮守来衡量爱情的真挚与否，这未免显得俗气与苍白了。

　　前些天在电视里看了一档节目，真真切切地令我动了容。这是一次相隔55年之后的再度牵手：1953年9月，李丹妮与袁迪宝相知相恋，当时风华正茂；1955年8月，劳燕分飞，从此隔洋相望相思。2010年的春天，袁迪宝从厦门接连寄出同一内容的两封信，只有四句话，让一直独身的李丹妮从法国里昂飞到爱人身边，重续前缘。这份穿越半个多世纪，流连欧亚大陆的深情，直到晚霞满天，终于驶进了家的港湾。李丹妮半个世纪以来始终相信自己能与初恋重逢，即使在天上相遇，彼此的爱都不会褪色，就是这样的等待与守候，让这场跨越世纪的爱画上了美满的句号。其实，人只要有了信仰，就会燃烧起希望，信仰会支撑起爱，而幸福和奇迹总是爱眷顾那些积极面对人生的人。

像这样感人的故事还有好多好多。50年前，在抗美援朝的战火中，中国小伙陈国治结识了朝鲜姑娘许贞淑。战争结束，陈国治回到祖国。10年鸿雁传书后，两人在朝鲜喜结良缘，次年他们在中国生下了自己的女儿。就在女儿3岁时，由于历史原因，许贞淑携女儿返回朝鲜，一别40多年。千山万水难阻骨肉情，他们用一生的苦恋，等来了今日幸福的团圆。

50年代中苏友好的日子里，一位富有的乌克兰姑娘柳达米拉爱上了一个贫穷的中国青年徐鹿学，但在办结婚证的时刻，政治风云突变，西伯利亚寒流冻结了克里姆林宫与中南海的"政治航线"。柳达米拉含泪离开了北京，并在遥远的乌克兰生下中国血统的女儿。她终生未嫁，直到30年后，她终于又来到了北京，与爱人徐鹿学相见……

"金风玉露一相逢，便胜却人间无数。"在经历了心痛与迷茫之后，我才真正体会"金风玉露"的境界。牛郎织女一年一次的相会，胜过了有些人乏味的一生。其实，有爱的寂寞，也是一种充实。爱情的真正价值不会因两人的分别而损伤毫厘。相反，如果双方貌合神离，那么即使朝夕相处、同床异梦，又有多少幸福可言？即使这样，我仍然相信：红尘有爱，千古如一。

还是不要有这样的盟约

　　上邪！我欲与君相知，长命无绝衰。山无陵，江水为竭，冬雷震震夏雨雪，天地合，乃敢与君绝！

——汉乐府民歌《上邪》

中国古典文学中，用多种不可能发生的事情来表达自己坚贞不渝的爱情的作品，《上邪》是最为著名的一篇。

这是一首表明女子心迹的乐府诗，说的是哪怕天塌地陷也要跟相爱的男子在一起。简简单单的几句话，却蕴涵着无限的情意，它阐述了人世间最忠贞的爱情。上天作证，我与你相爱，直到我们都老到没有气息为止，如果我们分手，除非是大山失去了棱角，江水断流，冬天雷声阵阵，夏天飘雪花，天塌地陷，否则任何事也分不开我们。这是古代经典的爱情誓言，此诗引用了五种不可能发生的事情来表明一个女子对她爱人的痴心与衷情，彰显出这首诗内容和意义的可贵与难得。

我不想求证现在的人间里还有多少人会履行这样的盟约，我只觉得这种看似美丽动人的盟约背后，实实在在是暗藏着四伏的杀机。虽然这是个浮躁而虚华的社会，人情薄如纸，誓言、承诺、许愿……早已失去了太多的诚信含金量，金钱、物质上的诱惑，也摧毁了太多锈迹斑斑的誓言，人与人之间的情义也早就开始变得脆弱，变得隐晦，甚至是一种羁绊与负担。但是，人们所付出的最终是要获得成倍回报的，一旦爱成空、情无落，就会涌现出无数爱情弱智者在自绝的路上前仆后继。

作为文学作品，《上邪》无疑是我们民族老祖先的千古绝唱，其艺术成就足可站在世界艺术之巅，与经典作品比肩。但是我想，在我们的生活中，最好只把它当成艺术欣赏，还是不要有这样的盟约。因为从古至今，这首古诗和另一首"问世间，情是何物，直教生死相许。"的诗双星闪烁，却不知已经坑害了多少人。

"爱"与"情"是人生中最甜也是最苦的两个字，简简单单的两个字，又有谁知道它真正的含义呢？有多少人为爱哭泣，又有多少人为爱烦恼？有多少人为情堕落，又有多少人为情轻生？爱情！多么凄美的两个字！这两个字，既让世界多姿多彩、灿烂美丽，同时也令人忧愁悲伤、痛苦绝望。

有人说，这首诗原是刘邦所宠爱的女人戚夫人所作。刘邦的另一个女人吕后是个相当厉害的角色，眼里容不下别的女人，她夺得大权后，想尽办法折磨戚夫人，把戚夫人打入冷宫，让她日日夜夜舂米劳作。清冷的月光下，戚夫人一边舂米一边唱："上邪！我欲与君相知，长命无绝衰。山无陵，江水为竭，冬雷震震，夏雨雪，天地合，乃敢与君绝！"她最后的结局据说很惨，被吕后残忍地剁去手脚，装入瓮中。不敢与君绝又能怎样？君，亦是不能保护她的。

有个美少女名叫骑蚊子数星星，她每回读到此处，心都很疼。这个才貌绝伦的女子，在厄运降临头顶的时候，唯一不能舍下的，是爱。那是坚贞到骨头里的东西。月下身影，无依无助，似雨打浮萍。但心中的炽热，却不肯熄灭，一遍一遍唱着"上邪"，而天地却不肯回应。她认识一个女孩，倾尽身心去爱的人，却爱上别的女人。惊悸过后，她却难以抽身而走，一味地陷进去，在爱情里迷了路。天荒地老，也断不能分手。她的一往情深，换来的，是他的厌倦与疏离。女孩在伤心之余，抄下这首《上邪》，纵身从高楼跳下。她在被深深触动之后，竟发出了这样的感叹：能平安地相守一生，是福分，我将努力去做。但我，绝不会因此而丢了自己。老公和烧饼足矣，不要海誓山盟，我只要当下一只烧饼的温暖。上邪！这一刻，我是幸福的。

记得女儿楚楚很小的时候，作为小燕子迷，她天天晚上守在电视机前看《还珠格格》。我那时则忍着酷暑，夜夜在电脑前玩被誉为史上最难的二战战略游戏《盟军敢死队》。有一天，正播放紫薇柔情似水地回应着尔康的深情厚谊，将这句以"爱"为主旨的誓言反复念为"山无陵"的时候，女儿噔噔噔噔地跑到我的房间，扬着胖乎乎的小脸蛋问我："爸爸，什么是山无陵啊？"我回答说："陵是指山峰，这句话的意思是高山变平地。"女儿接着问："那江水为竭，冬雷震震，夏雨雪，天地合，乃敢与君绝？"我心里一寒，草草地支走了孩子。女儿的话吓了我一跳，我不能不让她明白诗的内涵，但又怕她被诗的寓意定型了她稚嫩的爱情观。我害怕那些少女抱着这首诗为情所困，整天在屋子里叹息忧怨；我害怕那些少年念着这首诗为爱所累，终日在校内外自暴自弃；我更害怕那些未谙世事的孩子为了捍卫青涩的恋情而暴走极端，双双跳江殉情……

"上邪！我欲与君相知，长命无绝衰。山无陵，江水为竭，冬雷震震，夏雨雪，天地合，乃敢与君绝！"——汉乐府民歌《上邪》

还是不要有这样的盟约为好，现在的孩子们经不起这么痴迷而炽烈的情感揉搓。中国古代女性受"温、良、恭、俭、让"等传统观念的灌输，身心过早地成熟了。她们谦卑、温顺、典雅、宽容……中国女性的古典美，恰恰是东方文明"博大、朴素、深沉"的特性使然。《上邪》的意义似乎更适合于古代女人，当今孩子们则普遍狭隘、自私、无知和脆弱，曾经的信仰一朝轰然倒塌，现实就如黑夜，漫长而无边，生命就成了深深的牢狱苦海，永无出头之日。即使挨过了险山恶水，熬过了蹉跎岁月，那未圆满的情爱始终堆积成一种痛，宁结成一种毒，不能问，不能碰。一问，就怒发冲冠；一碰，就痛彻心扉。

也许，是我的多疑多虑；也许，是我的偏激偏颇，令我在这里横刀拦路。但我真的不希望我的亲人我的朋友日后成为不择不扣的情种。有一句话说得多好：不是我不明白，这世界变化太快；不是我不相信，这情爱变化更快。

既然把握不住自己情感的变换，那么，就不要轻易对别人许愿、发誓、承诺。

关鸠鸟在河的另一边

关关雎鸠，在河之洲。窈窕淑女，君子好逑。
参差荇菜，左右流之。窈窕淑女，寤寐求之。
求之不得，寤寐思服。悠哉悠哉，辗转反侧。
参差荇菜，左右采之。窈窕淑女，琴瑟友之。
参差荇菜，左右芼之。窈窕淑女，钟鼓乐之。

——《诗经·关雎（周南）》

"关关雎鸠，在河之洲。窈窕淑女，君子好逑。"《关雎》是诗经中最脍炙人口的一首，堪称中国爱情诗的典范，也是人们在生活中被津津乐道的篇章。

这一首古代民歌，是中国最古老的情诗。一位过路客人看到在水中采荇菜的女子脱口而唱出这首情歌，他想乘机走近，却未敢上前搭讪。想呀想的，晚上便睡不着觉，最后便决定用琴瑟钟鼓来打动那位不相识的美人儿。

我们的祖先很早就有唱情歌的传统，如同现在西南地区少数民族擅长唱情歌一样普遍。也有人说，西南少数民族仍保留着我们祖先的古风。只是后来封建礼教逐步健全，以至于男女授受不亲的理念形成之后，唱情歌的古风在汉族社会里便荡然无存了。关鸠鸟在河的另一边，美丽善良的女子，是君子寻找的好配偶。这样美好的情愫在古代就那么耀眼美好，而在当今这样一个快餐文化的时代，把爱情也列入了快餐之一，使这样真挚的情感和情爱变得越来越模糊，取而代之的是一种冷眼或一种讥讽。真正的爱情会被讥笑，真正的感情会被指责，这就是现代人对真爱的扭曲与践踏。

关雎鸟应该是被爱慕者死死盯紧的那只鸟，也就是我们所说的梦里伊人或窈窕淑女。关雎鸟是雎鸠，也叫红斑鸠、斑甲，是一种鱼鹰类水鸟。红鸠求偶的方式很绅士，公鸟会飞到母鸟边不断地鞠躬，直到母鸟觉得公鸟很有诚意，就接纳它而迎入洞房。营巢于树上，以树枝为材筑浅盘形巢。红鸠是相当恩爱的鸟类，常可发现公鸟、母鸟相偕共同觅食，或是互相梳理对方的羽毛，一副如胶似漆、呢喃情深的模样。

　　两千多年前的某个早晨，河边一带轻雾氤氲，那是一片嫩绿铺满春草的郊野，青草缀满露珠，被晨曦映得闪闪发亮。关关雎鸠嬉戏于水草丰美的洲中，在远处有一位美丽的采荇女翩跹而至，她那纤纤素手晃动在君子的眼前，她顾盼流转，妩媚动人，她的眼睛比露珠更晶莹。雎鸠的阵阵鸣叫骚动了男子的痴情，刹那间，他怦然心动，使他对那个"巧笑倩兮，美目盼兮"的美人情有独钟、痴然沉醉。可这份爱情却没有感情的基础，没有交流，没有信任，那份复杂的情感油然而生，渴望与失望交织，幸福与煎熬并存。陌生男女邂逅，四目对视，一切尽在不言中……这一幅千年万年的风景，成为日后一部古老的经典而永远镶嵌在世界文化艺术的皇冠上。

　　《诗经》中的爱情诗，大都反映了男女爱恋的自由奔放。比如《郑风·褰裳》："子惠思我，褰裳涉溱。子不我思，岂无他人？狂童之狂也且！……"这是女子对男人示爱。意思是说：你要是有心爱我，就撩起衣裳淌过溱河，到我这儿来；你要是不爱我，难道没别人爱我？小子，你可别太狂妄啊！

　　在两性关系上，一向正儿八经的孔老夫子并不是禁欲主义者，他在《礼记》中说："饮食男女，人之大欲存焉。"在孔子眼里，好色是人的天性，他希望人们能像好色一样好德。他是很讲"德"、讲"礼"的人，特别强调"非礼勿视，非礼勿听，非礼勿言，非礼勿动"。孔子把情诗收入《诗经》，说明他并不把情诗看做"非礼"。他说："诗三百，一言以蔽之，曰：思无邪。"对《关雎》这样的情诗，评价也是："乐而不淫，哀而不伤。"还告诫他的儿子说："人而不为《周南》、《召南》，其犹正墙面而立也与！"

　　脍炙人口的《关雎》表达的思恋之情又是另一种类型："关关雎鸠，在河之洲。窈窕淑女，君子好逑。参差荇菜，左右流之。窈窕淑女，寤寐求之。求之不得，寤寐思服。悠哉悠哉，辗转反侧……"在现实生活中也是一样，悄悄地爱上了心上人之后，却又苦于不知道怎样表达，这是不少青年男女常常碰到的难题。你既羞于向人求教，更恐"落花有意，流水无情"，只好保持缄默，只好自己着急、苦恼。《关雎》所歌颂的，是一种感情克制、行为谨慎，以婚姻和谐为目标的爱情，所以儒者觉得这是很好的典范。《牡丹亭》中的杜丽娘，在被锁深闺、为怀春之情而痛苦时，就从《关雎》中为自己的人生梦想找出了理由。也有为此付出巨大代价的，《聊斋志异·胭脂》里矜持端庄的少女和安分守己的书生都因此遭遇到了人生的坎坷和命运的多舛。胭脂付出的代价是身陷囹圄、家破人亡；鄂秋隼付出的代价是被冤入狱、险些丧命。好在两人因同病相怜，最后终成并蒂莲花，永结百年好合，这总算为我们失落的心灵给了一点安慰。

推崇才德，重视贤才，轻略、淡薄于女色，这是做人之道。《关雎》里的那种行不回头、笑不露齿、工于女红、裙必过膝、低调内敛、温柔贤惠的淑女，实在令人魂牵梦萦、朝思暮想。难免会窈窕淑女，君子好逑。宁可让淑女修炼成妖精，也不愿改变初衷。可是到哪里去找这样可心的女性呢？到哪里去寻找这样完美的关雎鸟呢？这是当今每一位男子都感到困惑的谜题。现实里的淑女越来越少了，少到了她们的出现会被当做凤毛麟角来珍藏。有人曾以小说为例，戏谑地归纳出古典爱情与现代爱情的不同：在古典爱情小说中，男女主人公在最后一页才会捅破天窗拉上手；但在现代爱情小说中的第二页，他们已经上了床。这是时代变革的悲哀，还是历史进步的必然？

现代淑女必备的气质是东方的、传统的、时代的、文化的，她要拥有独特的个性魅力，她要拥有良好的人际关系，她要具备奥黛丽·赫本那样的灵秀、宋慧乔那样的优雅、林志玲那样的乖巧、徐静蕾那样的才华、杨澜那样的智慧、杨丽萍那样的精致等特点；她要有一颗感恩的心，知足常乐；她要有一颗包容的心，淡泊名利。"窈窕淑女，君子好逑"这一脍炙人口的名句，正好说明中国的传统文化中淑女美德是重要的内容。尤其是在"野蛮、性自由"被一些人拿来当做新女性标签的时代下，淑女的气质和风范，更显得弥足珍贵。

曹雪芹笔下的红楼女儿，个个兰心蕙质，才艺过人。其中，以多愁善感的林黛玉最具代表性。这些红楼女儿成了全世界被阅读最多的淑女群体。关鸠鸟在河的另一边，美丽善良的女子，就是君子也得要费尽周折才能寻找到。我想，男子若想觅到窈窕淑女，必须先学会做一位高雅的绅士，因为绅士的身边出现淑女的概率是最高的，就像你想寻找鲜花，就请跟随蜜蜂走一样。物以类聚，人以群分。我们要找的关鸠鸟，就在河的对岸。想要获得心爱的人，那么还是先把自己修练好，彬彬有礼、待人谦和、心地善良、知识渊博、衣冠得体、见多识广、敬老爱幼、尊重女性……这些都是成为一位绅士的必要条件。

　　我们必须要感激我们的先人，创作出这么美妙的诗并传递在我们的手中：关雎鸠与河之洲；窈窕淑女与好逑君子；参差荇菜与琴瑟钟鼓，浓郁而真挚，仰慕而渴望，悠悠的欣喜与淡淡的哀伤……无疑都成了我们的千古传唱，历久不衰。

相见时难别亦难，
东风无力百花残。
春蚕到死丝方尽，
蜡炬成灰泪始干。

于乙未年深秋
铁君

它已经超越了爱情

相见时难别亦难，东风无力百花残。
春蚕到死丝方尽，蜡炬成灰泪始干。
晓镜但愁云鬓改，夜吟应觉月光寒。
蓬山此去无多路，青鸟殷勤为探看。

——李商隐《无题》

　　这是李商隐众多以"无题"为题目的诗歌中最有名的一首，这首诗几乎成了家喻户晓的名句，人们常用这两句诗来表达对爱情的坚贞态度，更把这两句的深刻内涵赋予了七彩的光环。这是一首感情深挚、缠绵委婉的爱情诗。借用春蚕到死才停止吐丝，蜡烛烧尽时才停止流泪，来比喻男女之间的爱情至死不渝和无穷无尽的思念，并且在动人的形象中隐含着象征的意义，现常被用来赞美为国为民鞠躬尽瘁、对事业无限忠诚的奉献，直到生命最后一息的崇高精神。即使追求已无望，但无望中仍要追求；即使感情已失败，但失败中送上祝福，是多么美好的情景啊！只要我们坚持不懈地追求，甘愿付出所有，就是做任何一件事的全部意义。

　　李商隐是一位为情所困的情种，他一生坎坷，幼年丧父，少年丧母，青年丧妻。在仕途上，李商隐更是一个郁郁不得志的人，甚至可以说是一个遭遇政治抛弃的人，他总是在牛、李党派之间挣扎，无论哪一党派当权，他都受到排挤打击。在这样的夹缝中挣扎的人，无论多有才华多坚强，都会变得敏感和脆弱。他只有在爱情和女人身上寻求寄托，并采用内在而不失深情的情感方式，来表达心中的感情世界。在晚唐诗坛上，他与杜牧齐名，但他并不像杜牧那样青楼狎妓，而经常去勾引尼姑、宫妃和高等官僚家的姬妾。

　　有人为李商隐的恋情做过盘点，他结婚前曾有一名叫荷花的恋人，两人十分恩爱。在他进京赶考前一个月，荷花突然身染重病，李商隐陪伴荷花度过了最后的时光。这段悲剧给他以巨大的打击，在以后的诗中，他常以荷花为题，这也是对旧情的眷恋。他还有一场抱恨终身的柳枝梦。有一天他遇上了商人的女儿柳枝，并与之相爱，但命运再次让李商隐与爱失之交臂，因李商隐急赴长安应举，终于未能见面。当他再回洛阳时，柳枝已为东诸侯取去。李商隐感伤不已，作《柳枝诗》五首题在柳枝的旧居墙上。爱上一个人只需要一秒钟，忘记一个人却需要一辈子。这时，他为她写下了千古咏诵的诗句：春蚕吐丝，死后方尽，蜡烛流泪，泪干身灭。这种伴随着生命始终的缠绵之情，这种至死不渝的真诚执著的爱，的确具有一种震撼人心的巨大力量。女道士宋华阳是李商隐生命中的另一个女人，他们的爱情发生在幽闭清静的道观里，因而遭到了后人的诟病。李商隐带着一颗看破红尘的心，登上了玉阳山，企图以修道之心来减轻他内心的痛苦。无奈，尘缘未了，六根未净，他又被爱情狠狠地撞了一下腰。因为他遇见了比柳枝更让他心动的如花美眷。然而，这种亵渎神灵的爱情，最终不得善终，也是情理之中的事情。

还有锦瑟、飞鸾、轻凤……锦瑟是令狐楚家的一位侍女，年轻貌美，李商隐在令狐家受学期间曾与她心有灵犀。佳人锦瑟，一曲繁弦，惊醒了诗人的梦境，不复成寐。但最后还是没有结果，难免又是"此情可待成追忆，只是当时已惘然"了。据《杜阳杂编》记载：浙东贡舞女二人曰飞鸾轻凤。帝琢玉芙蓉为歌舞台，每歌舞一曲如鸾凤之音，百鸟莫不翔集。这一对姊妹花就是李商隐所钟爱的宫嫔，一名飞鸾，一名轻凤。唐代宫闱本来不肃，道观与宫禁有往来习惯。李商隐以羽士身份，入宫中做参与王德妃的醮祭，与鸾凤姊妹相识，便产生了爱意。后来皇帝肃清宫禁，鸾凤二嫔又因别人赠予的玉盘被搜到，而双双投井而死。李商隐悲愤欲绝，写了许多追悼的诗篇，一场浪漫，终化成乱絮纷飞的残梦。他有着多次恋爱经历，但都无果而终，何当共剪西窗烛，却话巴山夜雨时？一生中频频因情爱叩响心门儿而惊喜，又屡屡因爱情门窗的突然关闭而痛苦。

这样一看，李商隐总是爱上了不该爱的人，这就导致了他一生都在追求美好纯洁的爱情，但一辈子注定没有完整的爱。但是他始终相信自己的坚贞爱情终将会产生一种神奇的力量，一定会有人像殷勤传书的"青鸟"一样，为爱传递讯息，使这份情意绵延，永无尽期。生活的屈辱和艰辛，爱情的坎坷和迷惘，磨砺着他内心的坚韧与桀骜，使之愈加纯净和真挚。而这种尘缘里的契合、涤荡与凝聚，成就了他的爱情诗，成就了他的千古绝唱，因而使他的诗文成为文学史上一颗璀璨夺目的明珠。

爱上不该爱的人，敲了不该敲的门，是人生最凄苦的悲情。有些梨花带雨的缘分是注定要失去的，就算是有爱也爱得辛苦，如履薄冰甚至万劫不复。可这世间就是有那么多看似荒唐的爱情，却偏偏演绎出感天动地、惊神泣鬼的故事。杨贵妃与唐明皇，武则天与冯小宝，明宪宗与万贵妃，孝庄太后与多尔衮，和尚辩机与高阳公主，多才的曹植与绝色的嫂子甄氏，傻乎乎的老顽童周伯通与秀美清雅的皇妃刘贵妃，北宋的乐师周邦彦与宋徽宗的情人李师师……世事无常，注定敢爱的人会一生受伤、一世凄苦。

　　我们不可能永远做懵懂无知、不谙世事的青涩少年，岁月必然会让我们经历很多冲动和很多激情。感情的更替并非一定就会减退爱情的纯质，生命的积淀会令我们有更深更多的领悟。

　　佛曰人生三大苦：怨憎会、爱别离、求不得。世间种种的苦痛，都是自己种下的。难怪有人说自己于夜间因痛苦而憔悴，清晨又为憔悴而痛苦。夜间的痛苦，是因为爱情的追求不得实现；次日为憔悴而郁悒，是为了爱情而点燃希望。这种昼夜循环、缠绵往复的感情，仍然表现着痛苦而执著的心曲。那些明明知道欲而不得的感情，却又更加执著地去追觅，苦痛就演变成了悲剧。李商隐的这首《无题》就因这种"明知不可为而为"的境界，它已经超越了爱情，而备受世人感叹、景仰。悲绝千古，美撼人心！

相思之苦　闲愁之深

　　红藕香残玉簟秋。轻解罗裳，独上兰舟。云中谁寄锦书来？雁字回时，月满西楼。　　花自飘零水自流。一种相思，两处闲愁。此情无计可消除，才下眉头，却上心头。

——李清照《一剪梅》

　　不知道从何时开始，我迷上了李清照的这首《一剪梅》。我喜欢悄悄地体会牵肠挂肚的思念与怀想；喜欢静静咀嚼流水落花的伤感与无奈；喜欢轻轻地凝望闲愁唏嘘的残月与柴门；喜欢呆呆地企盼望穿秋水的雁字与钗头；我喜欢独上兰舟喟叹那一封彩笺尺素的"云中谁寄锦书来"；喜欢独倚西楼凭吊那一片清秋冷落的"红藕香残玉簟秋"；喜欢暗香盈袖弥漫那青丝萦绕的"一种相思，两处闲愁"；喜欢琴瑟幽婉撩拨那古韵流转的"才下眉头，却上心头"……缕缕相思，切切缠绵，道不尽情丝千千缕，诉不完离愁事事休；声声咏叹，杯杯愁绪，望不断春秋年年转，数不清岁月日日纠。这份爱情的千古绝句让我惊叹，让我痴迷，让我沉醉。

　　李清照是一位柔情似水、细腻灵秀、至情至性的女人，我认为这首《一剪梅》是中国古代诗词瀚海里最美丽的诗词之一。李清照一生经历了表面繁华、危机四伏的北宋末年和萧条动乱、偏安江左的南宋初年。她五六岁时，因父亲李格非作了京官，随父母迁居东京汴梁。她在东京长大，北宋统治阶级享乐成风，东京表面上仍极繁荣。作为一位士大夫阶层的大家闺秀，李清照不仅可以划着小船，嬉戏于藕花深处，而且可以跟着家人到东京街头，观赏奇巧的花灯和繁华的街景。这一切，陶冶了她的性情，丰富了她的精神生活。

　　李清照18岁便与丞相赵挺之子太学生赵明诚结为连理。她满载着闺中少女的梦想步入了婚姻的殿堂，得到的是甜蜜的爱情。婚后，两人感情融洽，志趣相投，互相切磋诗词文章，共同研砥钟鼎碑石。

　　当赵明诚外出做官时，她只能独守空房，无法和丈夫一起分享生活的酸甜苦辣。李清照绝不是一般的只会叹息几句"贱妾守空房"的小妇人，她在空房里修炼文学，用词韵来寄托并表达自己对爱人的绵绵相思之情，这成了李清照排解苦闷的唯一方式，将这门艺术锤炼得炉火纯青。

　　这首词是李清照抒写她思念丈夫心情的，所表现的爱情缠绵且纯洁，心心相印的情愫毫不扭捏，更无病态。在写自己的相思之苦、闲愁之深的同时，由己身推想到对方，深知这种相思与闲愁不是单方面的，而是双方面的，足可见两人之心心相印。她越把别情抒写得淋漓尽致，就越能显出她与丈夫恩爱甜蜜，也越能表现出她对生活的热爱。这份相思情意，实在是太深太浓了，没有办法把它消除，才下了眉头，却又不断地涌上心头。她一路写来，或寄情于景，或景中含情，意象时露时显，深浅交替，柔肠百转，给人以强烈的审美刺激，令人遐想。

都说相思的愁绪是人类与感情结伴而来的，秋的萧瑟枯萎，让分离的人更难以抵御相思愁绪的侵袭。天涯海角有穷时，唯有相思无尽处。相思寸寸剪柔肠，愁绪分分消朱颜。时间和空间是爱情的试金石，经受过考验的爱情，才有永恒的可能，否则只是刹那间的烟花，璀璨而短暂。

有人感慨李清照这飘逸、婉约、柔媚且美不胜收的思念，如西楼塔顶的明珠一样美丽。可是，如果当她看到当今喧嚣闹市中红男绿女的爱恨情愁，看到爱情就像速溶咖啡一样的现代人，看到那泛滥贬值的红玫瑰，看到围城内外稀里糊涂地进、又慌不择路地出，看到外面彩旗飘飘、家里红旗不倒……我们恬静婉约的女词人会作何感想？

我认为《一剪梅》所诠释的那段日子，就是李清照一生当中最幸福甜蜜的时光。她一帆风顺的生活随着北宋的灭亡而结束了，随后又经历了家道中落和丈夫的病逝。她的生活发生了翻天覆地的变化，也导致她的词风大为改变。但她毕竟是幸福过的，醉了过往，醉了今世，不知不觉已忧愁满腹。世界上总有些东西是无法挽留的，既然不能长相守，那就但求长相知、长相忆吧！

总是听人说：以悲剧结尾的爱情故事往往有摄人心魄的力量。可是，肯定没有人愿意这样的爱情悲剧在自己身上上演，所以，在我们感怀古人的爱情故事的同时，千万别忘记珍惜我们身边的亲密爱人。毕竟，能做到"我爱你"并不容易，能做到"鸾凤合鸣"，更需要耐性与恒心。

相思之苦、闲愁之深，如果真是出自一种相思、两处闲愁的话，那么此情也真真切切的无计可消除了。这句词恰当地写出了夫妻之间两地默契的牵挂，见证了他们夫妻心心相印的忠实爱情！淡淡的相思，淡淡的愁，给了我们浓浓的意境、浓浓的美。荡气回肠的诗情，缠绵悱恻的爱情，让我们无论如何也走不出这位杰出的女词人所带给自己的那份沉醉与痴迷。我喜欢那样的感觉，只要在心里藏着一个人，一切都可以重新开始，一切都可以慢慢解释；只要在心里念着一个人，所有被浪费的时光竟然顷刻间都能重新回到自己的面前。胸怀中满溢着幸福，只因那个身影就在我的眼前，对我微笑，一如当年。

无法复制美丽的曾经

曾经沧海难为水，除却巫山不是云。

取次花丛懒回顾，半缘修道半缘君。

——元稹《离思》五首（其四）

"曾经沧海难为水，除却巫山不是云。"——元稹《离思》五首（其四）

这两句诗出自唐代诗人元稹的《离思》，诗为悼念亡妻蕙丛而作，元稹与蕙丛伉俪和好，恩爱备至。蕙丛死后，元稹有不少悼亡之作，这首诗表达了对蕙丛的忠贞与怀念之情。经过沧海之后再也不会感到有比它更深更广的水，领略过巫山劲云之后，再也不会感到有比它更美的云彩。有人引申为即使从成千的美女中走过，他都懒得回过头再看她们一眼。诗人以比拟的手法，抒发了怀念爱妻的深沉情感。妻是最美的，曾经的夫妻情是最难以忘怀的。这首诗隐喻夫妻之间的感情有如沧海之水和巫山之云，其深沉与美好是世间无与伦比的。"难为水"、"不是云"，多么深情的感怀啊！我赞同这样说：未经沧海，到处都是水，是凡人的福气；曾经沧海，再也见不到水，是圣者的苦爱。

现代人经常引用这句诗，例如电视剧里的男主人公想要拒绝女人时偶尔就会冒出这句诗来，我们可以理解为他曾经深爱过一个人，很难再为第二个人动心了。此诗虽为爱情诗篇，却不庸俗艳媚，而是深沉执著，成为唐人悼亡诗中的千古名篇。"曾经"二句便成了广为称颂的名句。"曾经，是生命里闪动着璀璨光亮的美好刹那；曾经，是爱过的耽美与隽永；曾经，也是再也唤不回的刻骨深情。"

我们在被诗人的才情感动的同时，按文如其人的惯例想象，会以为这位唐朝的大才子一定是一位对爱情专一、坐怀不乱的情圣。然而，追寻他的生平之后，我却得出了一个与想象大相径庭的结果。我查到了元稹的一串女人们，她们是：原配爱妻，温婉贤惠的韦蕙丛；续取，隐忍温柔的裴淑；小妾，聪颖灵悟的安仙嫔；初恋，青春姣丽的崔莺莺；知己，成熟妖艳的薛涛；情人，浪漫玲珑的刘采春。

元稹，字微之，唐代洛阳人，与白居易齐名，并称元白。元稹的创作，以诗成就最大，而其诗歌中最具特色的就是悼亡诗和艳诗。他擅写男女爱情，描述细致生动，辞浅意哀，仿佛孤凤悲吟，极为扣人心扉，动人肺腑。

元稹生命中的第一个女人是崔莺莺。贞元十六年，元稹与崔莺莺相爱，不久就抛弃了她。此后，他以和莺莺的爱情故事为依据，写成了传奇小说《莺莺传》。这篇小说写的是元稹婚前的恋爱生活，结果和现实差不多，是张生遗弃了莺莺，形成了悲剧结局。

贞元十八年，24岁的秘书省校书郎元稹娶了太子少保韦夏卿的女儿、20岁的韦丛。韦丛是名门闺秀，还是一个善解人意、知书识礼、温婉多情的女子。他娶了韦丛，算是攀上了高枝。可韦丛并不势利贪婪，没有嫌弃元稹，相反，她勤俭持家，任劳任怨，和元稹的生活虽不宽裕，却也温馨甜蜜。然而命运弄人，几年后，31岁的元稹已升任监察御史，幸福的生活就要开始，爱妻却驾鹤西去。元稹非常怀念她，写了许多首悼亡诗。

在韦丛重病卧床的元和四年春天，元稹任监察御史，奉命出使成都。在这里，他认识了大他十一岁的乐妓薛涛。薛涛是当时有名的才女，阅男人无数，年虽不惑，风韵犹存。两人诗词唱和，如胶似漆，很快便陷入爱河。一年后，元稹因得罪宦官被贬，与薛涛洒泪而别时带走了她的一片痴情。从此，美梦成空的薛涛退隐道门，渐渐终老。不久，元稹与江南才女刘采春又有了枕上瓜葛，元和六年在江陵贬所纳安仙嫔为妾。元和十年，元稹又续娶了裴淑。

人们在感动于"曾经沧海"和"除却巫山"之后，总是免不了要去追问诗人过往的隐私及怀疑作者前后的品行。甚至连大文豪鲁迅先生也对元稹的"曾经"口诛笔伐，陈寅恪先生对元稹的道德评价就更为苛刻。我认为，说他始乱终弃也好，说他拈花惹草也罢，无非就是希望塑造一个完美的、理想的、至真至情的男人。当这个理想化为泡影之后，人们无疑会把私愤全部倾泻在可怜的元稹头上。

我想，不管怎么样，没有真情的人是无论如何也写不出如此感动经年的千古绝句的。元稹对妻子的感情是真的，这一点我丝毫也不会怀疑。至少他们曾经爱过，至少他在写这首诗的时候是真情的流露，这就够了。我们都知道，只有失去的才是最好的，韦丛在年轻时就撒手人寰了，当元稹那一份感情在岁月的风烟中渐去渐远时，我们不能仅仅因为怀念故去之人，就必须让他长久地禁欲素食，泯情灭欲。元稹既爱妻子，也爱他认为可爱的女人，这有什么罪？我们应该想到，千年以前的中国是一夫多妻制，男人的感情更是多元的，可以同时分给几个女人，尤其是文人墨客，感情本就丰富，同时爱上两个女人也是不足为怪的。

学者陈诏先生说：李唐一代，是在程朱理学发扬光大之前，封建伦理道德并非后世那么森严，社会风气相对开放，文人骚客多有狎妓的嗜好。而那时候的妓女亦非今日之提供性服务的妓女，多是些对诗

无法复制美丽的曾经

词歌赋颇有研究的艺妓或歌妓。时人大凡腹有诗书气的，便以才子自居，出没风月场也有了冠冕堂皇的借口。有些风雅的女子难免落入才子佳人的俗套。当时，文人玩弄女性并非是违背伦理道德的事。而男子汉大丈夫应以事业为重，为了事业舍弃女人的大男子主义精神在一些男人心中根深蒂固。所以，即使元稹真的就是那个为了功名而抛弃莺莺的张生，也受到了时人的默许。要怪就怪封建社会制度，还是暂且放过元稹一马才不失为聪明而有度量的人。

当今，在男性的世界里，男人恋爱时往往会感动于自己的真情，认为会爱她一生一世，会为她付出所有。可当那份爱在失去了最初的热情或遇到重大挫折时，曾经的所爱有可能变成鸡肋。在面临现实的考验时，理性的男人往往会考虑到现实的、社会的诸多因素，因为男人的肩上承载着养家糊口的重任，毕竟爱情不能独立于现实而存在。所以，当在爱情与现实中做出选择时，他们往往会选择后者，就像张生对莺莺。正如张爱玲所言："每一个男子全都有过这样的两个女人，至少两个。娶了红玫瑰，久而久之，红的变了墙上的一抹蚊子血，白的还是'床前明月光'；娶了白玫瑰，白的便是衣服上的一粒饭粘子，红的却是心口上的一颗朱砂痣。"

我们应尊重每一段感情，尊重每一段经历，不论是男人还是女人。只要是真情，只要是诚心，不管时间长短，不管成功失败，都该在心底留有一份纯真的美好。我非常欣赏《简·爱》里简·爱对罗切斯特说的话："她跟你与我无关。你以为我穷、不好看就没有感情吗？我也会的。如果上帝赋予我财富和美貌，我一定要使你难于离开我，就像现在我难于离开你。上帝没有这样。我们的精神是同等的！就如同你跟我经过坟墓将同样地站在上帝面前。"

是啊！从世俗的喧嚣浮华中脱离出来，静下心来细细地品读，不论是活着的人还是逝去的灵魂，拥有曾经的真爱，也就拥有了人间的美丽。追求独立的人格，追求男女之间精神的平等，这是我们渴望的真情。虽经历不幸却热爱生活，并把爱带给需要它的人，为了自己的爱和信念，就算一生谈不上轰轰烈烈，却也是在平凡之中拒绝平庸。

在为元稹多说几句公平话的时候，我还想对"元稹们"说："不要企图粘贴曾经的幸福，谁也无法复制美丽的曾经。"

脱网之雁 请飞走吧

小序：太和五年乙丑岁，赴试并州，道逢捕雁者云："今旦获一雁，杀之矣。其脱网者悲鸣不能去，竟自投于地死。"予因买得之，葬之汾水之上，累石为识，号曰雁邱。时同行者多为赋诗，予亦有《雁邱词》。

问世间、情是何物，直教生死相许？天南地北双飞客，老翅几回寒暑。欢乐趣，离别苦，就中更有痴儿女。君应有语，渺万里层云，千山暮雪，只影向谁去？　横汾路，寂寞当年箫鼓，荒烟依旧平楚。招魂楚些何嗟及，山鬼暗啼风雨。天也妒，未信与，莺儿燕子俱黄土。千秋万古，为留待骚人，狂歌痛饮，来访雁邱处。

——元好问《摸鱼儿》（雁邱词）

　　"问世间、情是何物，直教生死相许？"这是元好问的《摸鱼儿》（雁邱词）。当年，元好问去并州赴试，途中遇到一个捕雁者。这个捕雁者告诉元好问今天遇到的一件奇事：他今天设网捕雁，捕得一只，但一只脱网而逃。岂料脱网之雁并不飞走，而是在其上空盘旋一阵，然后投地而死。元好问看看捕雁者手中的两只雁，一时心绪难平，便花钱买下这两只雁，接着把它们葬在汾河岸边，垒上石头作为记号，号曰："雁邱"，并作此词。大雁见爱侣已逝，安能独活！于是，"脱网者"痛下决心追随于九泉之下，"自投地死"。大雁竟自殉情，这种"生死相许"是何等极致的情深。纯真爱情在词人心目中有着至高无上的地位，也是词人朴素的民本思想的折光。

　　有人感慨雁犹如此，人何以堪！其实我想，鸟兽的世界毕竟是简单的，作为万物之灵的人类要具备比鸟兽更高的境界。不能仅仅考虑低等级动物能做到的事，高等级动物就必须做到。我们在领悟出词里那深刻的含义时，更要想到那承载在每一个人身上的沉甸甸的责任。是的，我们每个人都不是为自己而活着的，父母、孩子、亲人、朋友、同事、社会……生命不是自私的心用来挥霍的物品，在尚未完成自己那么多份应尽的责任之前，就是经历再大的苦难、遭遇再重的打击，也依然没有选择轻生的权力。只要人活着，希望也就活着，厄运就会悄悄溜走，好运就会一步一步向你接近。

　　"问世间、情是何物，直教生死相许？"我对这首词敬而远之，我觉得它是一杯醇香的毒酒，别喝。

　　生命就是一段旅程，会遇到很多人。所以既要学会放弃，更要懂得淡忘。当你不能拥有时，下一站就会有另一个人在等你。这个简单的道理却很容易被当事者疏忽掉，有的人明明知道，却偏偏宁愿放弃未来的机会而对自己进行无情的残害。所有的人都会劝你不要伤心，不要后悔，也不要为谁而等待，否则你会一无所有！留恋过去不如去寻找更美好的人生，去和下一站的那个人相遇，去创造另一段幸福，每一站都会有一个人在等着你，而陪你走下去的，一定有一个。能相恋的人很多，能相守的只有一个。

　　前些年我很为内地歌手陈琳跳楼自杀的消息而难过，我忘不了她在电视剧《我爱我家》的演唱中给我带来的快慰，一个如此鲜活的生命蓦然间就化作一缕轻烟而逝了，怎不叫人唏嘘不已？据说她也是为情所困而死的，跟她美妙经典的歌声《你的柔情我永远不懂》正好相反，对于生命的选择很多人似乎都已经懂了，而她本人还是不懂。

记得很小的时候妈妈就有心无心地告诉我，好死不如赖活着。我想，这就是长辈对晚辈殷切的期待与最朴素的智慧接力。不信，等你到了做父母做长辈的年纪，你一定会有相同的感悟。我经常告诉我身边的人：不能永远地活在哪一天，人一定要往前走！原地不动诚然不会再受到伤害了，却也得不到幸福啊。往前一步，海阔天空！

我们必须时刻提醒自己，可以相爱的人很多，而父母只有一个，想要轻生的人，有没有想过养育了自己的父母？他们历尽千辛万苦养育我们长大成人，当我们长大了，他们却老了，如果因为自己而让年迈的父母陷入无边的痛苦之中，这是天底下最大的违逆不孝。

那些为情而死的名人，在活着的时候一定没有好好想一想孝道与责任的问题，他们的心里没有父母、孩子，只是一味地将自己的挫折和疼痛无限的放大，最终无法掌控住局面而导致悲剧的发生。梁山伯与祝英台是中国古今以来名气最大的不忠不孝的异类的履行者，是一对不顾廉耻的道德的背叛者。千百年来，人们只知道去讴歌他们对坚贞爱情的矢志不渝，却不曾想到他们的父母躲在悲苦里挣扎，那红肿的眼睛和绝望的心。

而梁山伯与祝英台死了还嫌不够，还要变成狐、变成妖、变幻成凄美的蝴蝶，继续毒害我们，继续将这沉重的精神枷锁桎梏一代代人脆弱的身心。当今，追随梁祝而为情殉命的男男女女数不胜数，单说那些诗人就成了黄泉路上的一道风景：叶赛宁、彭斯、济慈、普希金、海子、食指、三毛、顾城……当一切的算计、阴谋、金钱肉欲，都披上名为爱情的外衣，迷惑人眼，魅惑人间，我们是不是也要跟随那失去理智的笛音而闻鸡起舞，做疯狂的异物？我想，我们还不至于傻到那个地步。

村上春树在《挪威的森林》里说：死并非生的对立面，而作为生的一部分永存。这是对选择逝去的人的无奈的祈祷，更圆满的不是对死后的叹息，而应该是对其死前的阻挡与改变。所谓自杀，即以非正常手段结束自己的生命。金庸笔下的诸多女子，几乎每一部书中都有自杀而死的。程灵素、阿紫、李莫愁、何红药、公孙绿萼、包惜弱、穆念慈、殷素素、宁中则、梅芳姑、胡一刀夫人、灭绝师太、刀白凤、韩小莹、叶二娘、李萍、香香公主……最后都是自杀而死。哪一个不是为情所困的可怜女子？我们常常责备自杀的人软弱，将痛苦留给活着的人，我们也明白若非濒临绝境，谁又会轻言"死"字，谁不知生命可贵。可谁又能真正地摆正生死价值观的位置？谁又能真正做到拿得起、放得下，去留无意，得失坦然？不是非要做到无情，不是非要做到绝情，才算是对自己最好的保护，人最难战胜的不是别人，而是自己。只有坚忍的意志，才会锻造出顽强的生命。

脱网之雁，请你快快飞走吧！不要在这伤心之地久久徘徊，甚至殉情，因为远方还有等待你的另一只大雁，等待与你双双对对，恩爱白头。

在那冷清街角的残灯旁边

　　东风夜放花千树。更吹落，星如雨。宝马雕车香满路。凤箫声动，玉壶光转，一夜鱼龙舞。　　蛾儿雪柳黄金缕，笑语盈盈暗香去。众里寻他千百度，——蓦然回首，那人却在，灯火阑珊处。

——辛弃疾《青玉案·元夕》

我曾多次想象过这样一种场景：在那冷清街角的残灯旁边，会是怎样的凄然与萧索呢？那该是西风凋树、繁花落尽的庭前；那该是枕衾辗转、千古愁赋的檐下；那该是筝弦暗哑、笛箫绵长的楼台；那该是清泪滑落、月下彷徨的廊桥……但我怎么也没想到，一个满怀报国之志的勇士，一个寄情田园、与世相忘的文人，他展现在我眼前的却是一幅被传颂千年也不曾落幕的精彩画面。我曾枯槁的心不得不承认，有爱，就会有希望出现；有梦，就会有奇迹出现。

这是辛弃疾在南宋都城临安为我们描绘的生动的境界，那是元宵节观灯的情景，观看灯火的人们成群结伴，笑逐颜开。夜空中焰火流光，夜路上雕车宝马，人群里仕女如云，头饰上簪金钗银……那一刻，香气弥漫了整条街，箫声如歌，明月皎洁；而渐渐地，时光悄流，灯火寥落，莺声渐远。这时，与众不同的他，并不在热闹的街上观看灯花，却独自一人待在人头稀落的地方，沉思默想。国难当头，一个有思想有抱负的文人，怎么能不忧国忧民、患得患失呢？然而，辛弃疾终究逃不脱历代文人的宿命，政治抱负被剥夺、胸中才志被埋没、满腔热忱被冷落，但又不愿与投降派同流合污，只好甘愿寂寞，以保持高洁的品德。这报国无门、英雄迟暮般的失落，必然会产生无尽的迷惘和无奈的痛苦。

人在最痛苦的时候，爱情可能就是一副唯一的良药。你看古代那么多学者才俊，大多是跌倒于政治、滑坡于仕途、迷惘于功名之际，自然而然地投奔了爱情的怀抱，拜倒在香包罗裙之下，那是他们无可选择的归宿。

辛弃疾在这个时刻竟然在不经意间遇到了他苦苦寻觅却得不到的珍宝："众里寻他千百度。蓦然回首，那人却在灯火阑珊处。"这个不愿与众人同乐于浮世的女人，甘愿一个人独守在冷清的街角，保持自己孤傲纯洁的个性，这跟诗人多么的相似、多么的亲近啊！

无可否认，爱情就是一个不断追求不断寻觅的过程。有的人寻觅了千百次都见不到，有的人在千百次的寻觅中，终于找到了自己的意中人，可是在那个人的身边，却早已经有了另一个人，这就是爱情的神奇留给我们的无奈。我们跟随辛弃疾的目光，漫步在元宵佳节游人如织、灯火如海的人群里，爱我的人和我爱的人，你在哪里？就是因为找不到你，这世界才产生了那么多的怨男痴女。人的一生中，哪些人是该遇见的，哪些人又是不该遇见的？心动的那一刻，感觉多美好啊，但心碎的那一刻却又是何等的让人伤怀！而此刻，那忽然间让人眼睛一亮的，在那冷清街角的残灯旁边，我分明看见了她，没错，就是我千百次寻寻觅觅想要遇见那个女子，她原来就站在这冷落的地方，还未归去，似有所待！

她是一位不慕荣华、甘守寂寞的美人，她是寄托着我理想人格的化身。蓦然回首，灯火阑珊，感情路上的曲折和峰回路转，爱情果然存在，爱情真的来到了眼前。可是，此刻，我是该走近她还是站在原地不动呢？谁来告诉我？她是那么的高洁自持、娴静高雅；我又是这么的孤芳自赏、桀骜不驯。我们都不肯与黑暗的现实同流合污，不肯屈身降志讨好权贵，宁可一个人寂寞地站于灯火阑珊处。这就是人生的一种境界，也是一种哲理，这种哲理或境界是人生中超越时间、空间的理解与顿悟，是苦苦追寻后的灵感突现，是恍然大悟后的心灵愉悦，不会因岁月、际遇、环境的变异而消磨或淡忘。

清末学者王国维曾经在《人间词话》里说：古今之成大事业、大学问者，必经过三种之境界：第一种境界是"昨夜西风凋碧树，独上高楼，望断天涯路"（晏殊《蝶恋花》），这是一个人在孤独之中寻找理想、寻找生命着落点的痛苦时刻；第二种境界是"为伊消得人憔悴，衣带渐宽终不悔"（柳永《蝶恋花》），这是一个人找到了值得为之奋斗的目标，全力以赴不惜一切代价而努力的过程；第三种境界是"蓦然回首，那人却在灯火阑珊处"（辛弃疾《青玉案·元夕》），这是一个人通过自己的苦苦寻求和努力，发现自己想要的东西原来就在自己的身边。虽然经过千百度地寻寻觅觅，可怎么也找不到，然而最后在蓦然的一次回首的时候，却发现那人就在灯火阑珊处，佳人在冷落的灯火处。这是何等的欢欣鼓舞！何等的喜出望外！何等的出乎意料却又在情理之中！

我们谁都有过在那冷清街角的残灯旁边徘徊的时刻，可是又有谁能有这样美丽的际遇与好运气？佛说：万发缘生，皆系缘分。偶然的相遇，蓦然回首，注定了彼此的一生，只为了眼光碰撞的刹那。每个人所见所遇到的都早有安排，一切都是缘。缘起缘灭，缘聚缘散，一切都是天意。人的一生中，哪些人该遇见，哪些人不该遇见，都已是命中注定。所以，我们切不要陶醉于心动的那一刻，感觉总是很美，也不要伤情于心碎的那一刻，感觉总是很苦。用平常心来面对世间的一切风云变幻，一切顺其自然，一切默默祈盼，就一定会遇见站在灯火阑珊处那个你想要遇见的人。

跨越江头江尾的阻隔

我住长江头，君住长江尾。日日思君不见君，共饮长江水。　此水几时休，此恨何时已。只愿君心似我心，定不负相思意！

——李之仪《卜算子》

北宋李之仪的这首词虽短小，却言短情长。全词围绕着长江水，表达男女相爱的思念和分离的愁怨。"我住长江头，君住长江尾。日日思君不见君，共饮长江水。"每每读起这首《卜算子》，我的眼前都会涌起滔滔江水，倾泻而下，激情不止，就像一场宿命，隔着时空的阻挡，直抵远方的爱人身边。所有的思念、期待、企盼，都不可阻挡地向爱人流去，带走金石，卷走泥沙，夜以继日地想、奔腾不息地唱、披星戴月地赶路……她承载着多少欢乐与哀愁，比金石更深沉；她背负着多少等待和梦想，比红尘更繁华；她风干了多少浊泪与感伤，比岁月更连绵，为的就是把一颗痴迷的心和一个洁净的身体送到你的面前。

每一次堤岸上的凝望，都会换来千百次的凄凉；每一次苇蒿旁的挥手，都会换来千百次的断肠。感叹这尘缘中的真爱，为什么刹那间就成为江头江尾？为什么蓦然间就成为咫尺天涯？悠悠鹊桥情，漫漫银河路，春秋交替，寒暑更迭，不知那相逢的季节，会不会已然是枯木成灰，落花成冢？怎奈坚贞的心直到令眼眸凝为化石、身影长出青苔，而沿江追随爱人的痴心却丝毫不改。这是怎样的一个人？千古流芳；这是怎样的一种爱？可歌可泣。我愿修炼百世、等待千年，但愿老天能让我拥有这样一个人这样一份爱。现在的世界不会有，我遇不到，只好去穿越千年的日月星辰，去翻阅岁月的相思风雨，拦截那一个个活色生香的身影，辗压那一缕缕柔情似水的愁丝……

李之仪曾任苏轼的幕僚，并以弟子之礼相事苏轼，但是他的词作却没有受苏轼的影响，反而接近于柳永的市井趣味与绵延情思。他于神宗熙宁六年中进士，35岁时任祭奠高丽国使书状官，因秉性刚直，犯颜直谏，得罪朝中大臣，终被罢免。后几起几落，55岁时蒙冤下狱，被贬管太平州。在那里，妻死子丧，命运更是多舛。他苦闷消极，精神世界几近坍塌。好在苍天有眼，命不绝他，有一绝色歌妓闯入他的世界。新的爱情之光照亮了他的生命，给了他重新生活的希望，也让他因吟唱《卜算子·我住长江头》这首词而成为千古一词人！苏轼对于弟子们学习柳永的词风，一向不以为然，却对李之仪的诗词表现出赞赏之意。他曾在一个宁静之夜读了李之仪的百多首诗，直到深夜，欲罢不能，并写出了"暂借好诗消永夜，每逢佳处辄参禅"的句子。

那一定是苏轼更了解能写出如此作品的人其内心真实的性格与禀赋吧。宋人对李之仪的评价是：长调近柳永，小令有秦观的韵味。格调含蓄隽永，婉约清丽。《四库全书》收藏了李之仪的诗词，这是对其诗词的高度肯定。

我们能感觉到这首词所写的是一位深于情、专于爱的女子，她别无所求，但求两情天长地久，两地海枯石烂，唱出了隔绝中的永恒之爱，给人以江水长情更长的感受。其芳心早已有所属，但心上人却与她天各一方，长别短会。全词围绕着长江水，表达男女相爱的思念和分离的怨愁，相离之远与相思之切，相隔之苦与相逢之难，令人感同身受，触物思情。日夜思念犹如流水滚滚，连起了一个江头、一个江尾，双方空间距离之悬隔，以水贯通两地，沟通两心；融情于水，以水寓情，情意绵长不绝。我们仿佛可以感悟到主人深情的思念与叹息，也触摸得到心灵与身体的交付与寄宿。

现在的人似乎随手就可以碰碎流传下来的、古色古香的爱情瓷器，他们没有遭遇到求得一份真情的辛苦，也没有珍惜过赢得一颗真心的艰难，更没有深思过真爱与生命具有同等的意义与同样的重量。因为他们根本就不懂得爱情的真谛，把爱当作玩物随手折来，信手扔掉；将爱挂在嘴边朝向甲留情、暮对乙示爱，全然不把承诺与责任牢记在心；藐视爱的神奇，挥霍爱的珍贵，亵渎爱的圣洁，扭曲爱的博大精深。

我想，现今铸造不出这样千古痴情的人的原因也有科技越来越发达、地球变得越来越小的缘故，古时半年才能走完的路途今天只需一天就实现了。虽相隔万里，但是有火车飞机，有手机电脑，想了随时可以通话聊天，闷了随时可以飞来飞去，什么鸿雁传书、什么枫叶寄情、什么积攒相思、什么酝酿贞情……统统都成为了历史。为何现在有太多太多的人喜欢仿古怀旧，他们在灵魂中依然期待曾经的美好与灵动，在当下无论如何也找不到那样相近的感觉与领悟了。是否高智商削弱了对人间真情的寄托和表达；是否新时代扼杀了对男女真爱的传承和光大？否则，这样的人、这样的情感怎么会离我们渐行渐远，远到我们只好去历史的烟尘里才能与之相遇，想想这是不是当代人的可怜可恨、可叹可悲呢？

我们谁都期许过江水不竭、相思不尽的感情世界，自然也就希望"君心似我心"，不负相思之意的圆满结果。江头江尾的阻隔纵然不能用身体跨越，而两相挚爱的默契却可以用心灵一线连牵。我们愿意看到的是单相思变为双方的期许，把阻隔双方心灵上的距离变成永久的滋润与慰藉。无穷别恨的遥寄情思，就是甜蜜爱情的深挚表现；千里阻隔的天然障碍，就是真挚爱情的永恒见证。

有多少相伴能够到白头

君生我未生，我生君已老。君恨我生迟，我恨君生早。
君生我未生，我生君已老。恨不生同时，日日与君好。
我生君未生，君生我已老。我离君天涯，君隔我海角。
我生君未生，君生我已老。化蝶去寻花，夜夜栖芳草。

——无名氏《全唐诗续拾》

"君生我未生，我生君已老。君恨我生迟。我恨君生早。"

——无名氏《全唐诗续拾》

当我第一次读到这首诗的时候，我的心被深深地震撼了。这首诗无疑是描写男女的忘年之恋，这是一种特殊的情感，虽然并不普遍，却真真实实地存在。我没有经历过忘年的恋情，但我能理解那份感情，醉过才知酒浓，爱过方知情重。只有经历了，才会懂得那是前世的宿命。作为一个有灵感有思维有欲望的高级生灵的人，不能简单地用生理观念去评说。人生活在充满欲望的世界，人的需求是多种多样的，不同背景的人也有不同的思维意识。这样，老年人和青年人相恋便不足为奇，仅是一种社会现象，古今中外皆有之。

中国古代文人诠释老少欢的雅致说法，叫做"一树梨花压海棠"，民间称谓更直接实在，具有生活气息，唤作"老牛吃嫩草"。有人说，中国吃嫩草的老牛，公牛居多；法国吃嫩草的老牛，母牛兴旺。且不论公牛母牛，其下嘴前必有个先决条件，牛得是金牛，至少也要镀金；草未必是芳草，但需要有几分春色。如不然，鬓虽残，心未死，也是枉然。想来颇有几分道理，忘年恋也好，老少配也好，"老牛吃嫩草"也好，"一树梨花压海棠"也好……能经历忘年恋之人，必是各界精英，一般人则难以享受到其中之乐。

在宋代，80岁尚书郎张先娶18岁的美女为妾，大文豪苏轼妙笔调侃："十八新娘八十郎，苍苍白发对红妆。鸳鸯被里成双夜，一树梨花压海棠。"苏轼在揶揄别人的时候，也许万万也想不到，他自己这个大海棠也会被梨花重重地撞了一下腰。王朝云来到苏轼身边的时候才12岁，而此时苏轼已经37岁了，苏轼将身为歌女的朝云带回家中，教她读书写字，教她音乐舞蹈，教她诗词歌赋，他们之间是以师生的身份开始了这段旷世情缘。后来苏轼在朝云墓址所在的惠州西湖曾为纪念朝云而建过一个六如亭。亭子上，他亲笔写了一副对联：不合时宜，唯有朝云能识我；独弹古调，每逢暮雨倍思卿。

对于轰轰烈烈的忘年恋，人们更多的只当作名人作秀式的爱情，远远欣赏着，然后，一笑而过。但爱本无罪，"老夫聊发少年狂"是个人的权利。只要有人去爱他，那么一切都是合情合理的。古今中外，忘年恋一直存在。一个人坚持何种爱情信念，执著于何种婚姻追求，完全属于私人范畴。很多人因年龄差别想爱不敢爱，痛苦的只能是他们自己。人人都有爱和被爱的权利，男大女或女大男都很正常，不足为奇。现在有很多女性喜欢成熟的男性，因为他们给人以安全感和满足感，他们稳重、有见地、理解人、会疼人，这样的婚姻生活将会非常美满，其乐融融。孙中山与宋庆龄、鲁迅与许广平、陈独秀与潘若云、徐悲鸿与廖静文、李宗仁与胡友松、乔冠华与章含之、梁实秋与韩菁清、丁玲与陈明、金庸与林乐怡、柏杨与张香华、李敖与王小屯、余秋雨与马兰、贾平凹与郭梅、梁锦松与伏明霞……猫妻虎夫的绝妙配合为人们留下了说不完、品不尽的人间佳话。

前些年，大科学家杨振宁与其学生翁帆"惊世骇俗"的黄昏恋情浮出水面，引起巨大的争议。当年杨振宁 82 岁，而翁帆 28 岁。中国公众认为人的生理需求、感情需要应该坚守一个道德底线，"杨帆恋"是对中国传统礼教文化的严重背叛，这是不顾身份、违背伦理、有悖五常的事情，因此，"杨翁"的忘年恋遭到了大批"砖头"的狠砸。

但是，杨振宁与翁帆并没有因受外力的纷扰而退缩，不久就在北京订婚。翁帆身高 1.60 米，其人非常清瘦，皮肤白皙，有一双大眼睛，讲话轻柔。她从小就长得像个洋娃娃，是不少男生喜欢的梦幻气质，给人感觉"永远长不大"，外貌看上去比实际年龄要小几岁。翁帆家在广东潮州，家境属小康水平，无论是上学或是工作后，她基本处于衣食无忧的状态，所以造就了她"纤尘不染、不食人间烟火"的气质。两人年龄相差 54 岁，杨振宁婚后这样感叹且赞美轻盈灵巧、可爱俏皮的翁帆，说她是"上帝恩赐的最后礼物，给我的老灵魂，一个重回青春的欢喜"。

舒婷的朦胧诗《致橡树》，其实也有一个传说中动人的"忘年恋"的故事。男主角叫蔡其矫，今年已经 88 岁。他和舒婷于 1975 年在厦门相识，当时舒婷还是个单薄文弱的姑娘。关于这段感情到底是不是爱情，我们不敢断言，但两个人朦胧的情感，曾经遭到多人议论。蔡其矫是个才华横溢的风流才子，一生结识了很多女人。他常常感叹，自己认识了这么多女子，但始终没有谁让自己全身心投入和折服。舒婷当时默默地想，你们男人是这样，我们女孩又何尝不是呢？这世界上又何曾有过十全十美的男子？男女之间的爱恋，不应该是蝶与花的关系，而应该是树和树的关系，阴柔之美和阳刚之美需要平等交流，只有一棵树才能真正了解另一棵树的想法。于是，一首了不起的诗就这样诞生了！舒婷在诗歌中将男人比作橡树，将女人比作木棉。"根，紧握在地下；叶，相触在云里"，"你有你的铜枝铁干，像刀，像剑，也像戟；我有我红硕的花朵，像沉重的叹息，又像英勇的火炬"，这才是理想的爱情啊！于是感叹：君作橡树我木棉。是忘年恋也好，是第四类情感也罢，《致橡树》留给我们的东西，远远比一个情感故事多得多。

无名氏的这首《全唐诗续拾》为唐代铜官窑瓷器题诗，可能是陶工自己的创作或当时流行的里巷歌谣。这首诗颇有乐府古风的韵味，全诗只为："君生我未生，我生君已老。君恨我生迟，我恨君生早。"而后三节，或许是后人有感而续："君生我未生，我生君已老。恨不生同时，日日与君好。我生君未生，君生我已老。我离君天涯，君隔我海角。我生君未生，君生我已老。化蝶去寻花，夜夜栖芳草。"不管怎样，原诗作者已经年久失传，难以考证了。

有人做过深入的研究，我国大思想家孔子的父母年龄相差54岁，生出的孩子成为影响世界的最杰出的伟人之一。《天鹅湖》《胡桃夹子》的曲作者、俄罗斯伟大的音乐家柴可夫斯基，其父母年龄相差18岁；俄国讽刺文学流派的开拓者、批判现实主义文学的奠基人、俄罗斯散文之父果戈理，其父母年龄相差14岁；享有交响乐世界之王美誉的贝多芬，其父母年龄相差14岁；波兰最出色的女性科学家、镭和钋两种放射性元素的发现者、两度获诺贝尔奖的居里夫人，其父母年龄相差11岁；20世纪最伟大的自然科学家，因提出相对论而成为现代物理学奠基人，诺贝尔物理学奖获得者爱因斯坦，其父母年龄相差11岁……丹麦的科研机构做过一个调查，发现"老夫少妻"的后代大多比较聪明，易出天才。其原因在于后代的智力遗传大多来自父亲，高龄父亲的智力相对更为成熟，而年轻的母亲则能给胎儿在母体中创造一个良好的环境，有利于胎儿的发育，这样就易出高智商的后代。

我国古代民间也有类似的说法，东汉时期在长沙任太守的医圣张仲景，在 80 岁高龄的时候膝下仍没有儿子。一天，张仲景到长沙城外菜园散步，见到一位年轻漂亮的姑娘，便问道："天大旱了，别家园子里的菜都枯黄了，你这园子里的菜怎么这么好？"姑娘答道："地壮能保墒，菜叶咋会黄，人活 80 只要棒，照样也会有儿郎！"姑娘的话提醒了医圣张仲景，后来他便把那姑娘娶为小妾，成就了一对"老夫少妻"。第二年，那位姑娘就为张仲景生了个胖儿子。80 岁的太守得了贵子，这个消息立刻传遍了长沙城。许多人说："张太守真是个神医，他的养身之道就是管用，80 岁能添贵子就是见证。"也有人不相信，怀疑"80 相公年轻媳，不知这娃是姓谁？"听到民间的各种议论，"少妻"哭天抹泪，"老夫"却成竹在胸。为了给"少妻"和儿子提供良好的生活环境，张仲景决定辞官返乡。临走前，他在太守府迎壁墙上写下一首诗：80 老翁得一娃，笑坏长沙众百家。如若是我亲生子，18 年后坐长沙。据说，18 年后，张仲景 80 岁得的那个儿子，果真当上了长沙太守。

引用这些事例只是想论证忘年恋的合理性，似乎跑题了，但也没跑多远。其实，按照中医"女子二七（14 岁）来潮，七七（49）绝经"、"男子二八（16 岁）通精，八八（64）寡欲"的科学说法，男子大女子 15 岁为宜。虽然人类寿命延长古代的标准相应推迟，男子更应该大于女子，那么，两人相差 20 岁也不违备生理科学。民间有道："女小十岁一枝花，女大一岁像个妈。"这是说女人发育成熟早衰老也早，年轻时不觉得，进入中老年差距就明显了。毕竟女人是花，一旦憔悴，便成了枯萎黄花，惨不忍睹。而男人似乎是树，千年老树，英姿勃发，精神抖擞。

古人说过："饮食男女，人之大欲存焉。"说的是人活着除了第一需要的饮食，其次就莫过于男女之情了，它是仅次于生活必需的饮食之外的第二大需要，难怪人们对爱情一生都在不断地孜孜追求了。男女之间的爱恋之情，是与生俱来、永恒而不消失的，它不完全只出于人性本能的需求。

我有时在想，身边是不是有许多胆怯的目光在偷偷地看着自己，我们所感知不到的爱情、我们忽略的幸福，正在悄悄溜走……著名电视主持人凌峰在丽江机场曾悉心给一位小姑娘上了一堂教育课："以后找老公，一定要找一个至少大你十岁以上的。他有十几年的积累与你分享，而且从生理来讲，女人老得很快，等你三四十岁的时候，跟老公看起来还是很和谐的。我和你顺顺阿姨就差十七岁……"

我想起了一部我非常喜欢的电影《美凤夺鸾》：纽约大富翁乔纳森·雷诺兹眼看就要死了，当他看见儿子约翰给他带回来的水蜜桃儿般美丽的儿媳时，竟回光返照，焕发出勃勃生机。那种感情就是爱情，他爱上了这个冒充他儿媳的女孩，他自认为他俩才是世界上最般配的一对儿，但他老了，无法把这段美丽的爱情延续下去，只能把这个美梦让自己的儿子来完成。他不惜破坏儿子的爱情，来成就他自己的婚姻，并不遗余力地想尽任何办法，满足这个女孩的理想。虽然他不能长久地与她在一起，但看到儿子与她恩恩爱爱，他就知足了，苍老的心得到了莫大的安慰。他因爱情而获得了重生，可见爱情的力量是多么的伟大！

中外一样，古今如斯，真心相爱，一生何求！世界上究竟有多少伴侣能够白头到老？我们不得不认真考虑这个问题。是世界改变了我们，还是我们改变了这世界？君生我未生的忧愁，我生君已老的哀怨，日日与君好的憧憬，夜夜栖芳草的企盼……都在讴歌着美好的爱与真挚的情，年龄上的距离可以让爱更永久、更深邃。"红颜白发相奇挽"，这样的忘年恋看起来很美，青春并不只和年龄有关，也和精神有关。

我一遍一遍地读着这首诗，体会着作者那百转千回的万种柔情。爱情总是伴随着无奈而来，爱一个人不一定必须年龄相仿、门当户对，但一定要情趣相投、志同道合。只要心有灵犀，只要情有所系，只要爱有所属……一切都是那么的美好而和谐。这首诗令我深深地感到同时代的有缘人该是多么幸运。相遇是一种缘分，茫茫人海中注定了相逢，抓住瞬间才能永恒。

前楼的男孩娶了后楼的女孩

妾发初覆额，折花门前剧。
郎骑竹马来，绕床弄青梅。
同居长干里，两小无嫌猜。
十四为君妇，羞颜未尝开。
低头向暗壁，千唤不一回。
十五始展眉，愿同尘与灰。
常存抱柱信，岂上望夫台。
十六君远行，瞿塘滟滪堆。
五月不可触，猿声天上哀。
门前旧行迹，一一生绿苔。
苔深不能扫，落叶秋风早。
八月蝴蝶黄，双飞西园草。
感此伤妾心，坐愁红颜老。
早晚下三巴，预将书报家。
相迎不道远，直至长风沙。

——李白《长干行》

谁还记得我刘海初盖前额的时候，常常折一枝花朵在门前嬉戏？郎君总是跨着竹竿当马骑来，手持青梅绕着交椅争夺紧追。长期以来，我俩一起住在长干里，天真无邪，从不相互猜疑……品味这首诗，我们的眼前会看见这样的景象：古时南京有一个地方，叫长干里。长干里有一个额前覆着刘海的小女孩，手里拿着一枝花，站在门前戏耍；一个头上扎着丫角的小男孩，胯下竹马，在小路上又跳又跑。两人从小在一起玩耍、长大，郎才女貌，结成了夫妻。

　　我喜欢这样的一种感情：青梅竹马，两小无猜。渴望那青梅绕手、竹篙夹胯的纯真与快乐，那样子的确是稚拙天真，憨态可掬。也许是懵懂的男女之情，但谁也说不清楚，两个小屁孩儿共同擎起了一个美丽的梦。长大以后，每每回忆起来是那样的纯洁无邪，使他们成就了日后的秦晋之好。虽然有些顺理成章、波澜不惊，但这总比由家长包办、毫无感情基础的婚姻要幸运得多。由童话般的娇羞不语、少小依恋，发展到婚后生活所凝结成的如胶似漆、同甘共苦，让人相信古代最痴心的男子尾生"抱柱信"的痴情，相信最钟情的女子在"望夫石"下，将足迹渐渐地浸满了绿苔。

　　李白为我们展开了一幅生动、细腻的画卷，那里有挡不住的诱惑。《长干行》属于乐府杂曲歌辞，原为长江下游一带的民歌。李白少居蜀中，读书学道。25岁出川远游，客居鲁郡。他游长安，求取功名，却失意东归。至天宝初年奉诏入京，供奉翰林。不久便被谗出京，漫游各地。安史乱起，入永王李璘军幕；及永王为肃宗所杀，因受牵连，身陷囹圄，流放夜郎。遇赦东归，客死当涂。他以富于浪漫主义的诗歌反映现实，描画山川，抒发壮志，吟咏豪情，不愧为光照千古的伟大诗人。

　　"有一种关系，叫做青梅竹马，有一种结局，注定只能是童话。"这是一首爱情诗，每个人都有过这种儿时的经历，也都保存着对儿时生活的美好回忆。折枝花儿，骑匹竹马，学大人的样子过家家，做饭，抱孩子……这是再寻常不过的事了。童年时的男孩女孩在彼此亲密无间的嬉戏中，会产生最纯真无邪的友情，于戏耍中把友情化为了一种诺言。然而，在成长的过程中，爱情在回忆和现实中被掏空了，缝隙使回忆模糊成遥远的云烟，儿时的搭伴无法承受长大后的成熟与矜持，在现实生活里，又有多少前楼的男孩娶了后楼的女孩，又有多少左邻的女生嫁给右舍的男生？

现代的爱情模式里"青梅竹马"绝对可以说是稀奇的，男孩女孩稍一接近，就会被戴上"早恋"的帽子。无论男孩还是女孩，他们面临着漫长的求学路要走，即便是两个青梅竹马的孩子之间互相有了爱慕，这份感情也多被所谓的前途扼杀在摇篮里了。现在的人很多都不再相信有这么纯洁的情感了，他们被快餐文化腐蚀、被经济理论挤压、被聪明人法则洗脑……他们个个变得瞻前顾后、疑神疑鬼，他们不再相信男女间有纯洁的感情，男人们不再相信天底下会有纯洁的女人，女人们也不再相信天底下有不变心的男人。这种固执的观念很早就开始瓦解掉青梅竹马的萌芽，更多的人早在懵懂时代已然学会了恋爱和失恋，早熟的经历让他们在不知不觉中跳过了青梅竹马的时代。所以，越来越多的人不相信男女之间曾经纯洁过，使林黛玉和贾宝玉、牛郎和织女变成了一个个童话，变成了古代美好年代的标本。

我那时候就知道傻玩儿，什么都不懂，与同桌的女孩要画上界线，相遇时更是视而不见，彼此排斥，互相躲避。等到开始互相吸引彼此示好时，也到了各奔东西的年龄了，这时我们长大了。现在才明白原来太早长大会失去很多宝贵的东西，得与失，往往只有过后才能领悟到其中的奥妙。

真的觉得"青梅竹马"是个很美丽的成语。经诗人的筛选、提炼，仿如从沙里淘出精金，金光夺目，立即勾起了人们美好的回忆，陶醉于儿时的温馨旧梦之中。于是，"青梅竹马，两小无猜"，一直流传至今。在世界现存的语种中，大概再也找不到像汉语这样具有诗意美的语言了。想象一下，有青色的梅子，有年少的孩子把竹竿当马骑时的俏皮样子，还有那朦朦胧胧的、恍若隔世的爱情，这一切仅仅都由这四个字体现出来，多么神奇啊！

青梅竹马的感情是美好人生的一种诠释，每个人都会有一个自己的故事，有一份自己的心情，它不一定是一段爱情，让人终生难忘的无疑就是那一段两小无猜的青萌岁月。一首歌这样唱：是谁和谁的心，刻在树上的痕迹／是谁和谁的名，留在墙上未曾洗去／虽然分手的季节在变／虽然离别的理由在变／但那些青梅竹马的爱情，不曾忘记；是谁给谁的信，藏在深锁的抽屉／是谁和谁的身影，留在泛黄的相片里／虽然情侣的誓言在变／虽然说谎的方式在变／但那些魂萦梦系的秘密，不曾忘记／当我们唱着一些无聊的歌曲，谈着爱与不爱的问题／幻想是林黛玉爱着贾宝玉／或是牛郎织女约在七夕／而那些做过的梦、唱过的歌、爱过的人／那些我们天真地以为，永远不会结束的事／而做过的梦、唱过的歌、爱过的人／留在漫漫岁月不能再续……我们听后会不会也能想起小时候跟自己距离最近的异性玩伴呢？而如今已是相见难，分别却是挥手之间，转过身才恍然明白，青春是一本太仓促的书，不经意之间就已翻过去了，且离我们越来越远。曾经那么让自己终生难忘的爱情，曾经那么让自己刻骨铭心的往事，在蓦然回首时也不过是恍如一梦，缥缈如云烟，脚印渐远……

　　不管怎样，我还是期待前楼的男孩能娶后楼的女孩，那是一种向往，一种情结。虽说斗转星移，年华可以老去；时光流逝，红颜可以丢失，可存留在我们心中那天真烂漫的美好童话永远也不会褪色。

青春不老的才子佳人

　　绣幕低低拂地垂。春风何事入罗帏。胡麻好种无人种，正是归时君未归。　　临晚景，忆当时。愁心一动乱如丝。夕阳芳草本无恨，才子佳人空自悲。

—— 晁补之《鹧鸪天·绣幕低低拂地垂》

男子有才，女子有貌，被称为"才子佳人"，也被视为男女结合的理想前提。它折射出人们的择偶标准、价值观和审美理想，才子佳人是古代最理想的爱情模式。虽然现在已时过境迁，遭一些人冷遇，他们认为，这不过是中国古代文人一厢情愿甚至是自欺欺人的想法，却依然被绝大多数人所接受与追捧。难怪会有人对此大加赞赏：一个郎才，一个女貌；一个满腹经纶、风流倜傥；一个美若天仙、娇柔可人……情意绵绵，双双对对，真是如花美眷，羡煞旁人。人类有追求完美的本性，即使这完美有着难以弥补的缺憾。因为才子佳人的爱情观极大地拓展了古人的精神空间，其是建立在反对媒妁之言、父母之命的封建婚姻制度基础上的。

王爱芹在纸短情长里有这样的感慨：我能够想象古人当时的心境，层层枷锁下，他们少有自己可以期待、可以把握的东西。寂寂长夜，最容易触及生命深处的痛。于是，他们的笔下出现了一个个才子佳人的故事，写一段缠绵，一片寂寞，或一个近乎绝望的期盼。在此意义上，才子佳人的故事简直就是一部古人的心灵史。

"才子佳人"这个词第一次出现是在唐朝李隐的《潇湘录·呼延翼》一文里，呼延翼的妻子对丈夫说："妾既与君匹偶，诸邻皆谓之才子佳人。"　　"夕阳芳草本无恨，才子佳人自多愁。"晁补之工书画，能诗词，善属文，与张耒、黄庭坚、秦观并称苏门四学士，与张耒并称"晁张"。他一生仕途坎坷，郁郁不得志，只好将愤怨抑郁的心情凝聚于笔端，抒之于辞章之中。其创作的许多诗词作品都不同程度地流露出这种情感。

中国最早的诗歌总集《诗经》中说："关关雎鸠，在河之洲。窈窕淑女，君子好逑。"这是较早出现的佳人形象。而"佳人"这个词最早出现在汉代李延年"北方有佳人，绝世而独立。一顾倾人城，再顾倾人国"一诗中，而"才子"概念的出现则是在汉代以后。

才子佳人故事中流传最广的，莫过于司马相如琴挑卓文君。才子佳人的匹配，实际上就是郎才与女貌的结合。文君"悦长卿之才"，相如"悦文君之色"。如形容"文君姣好，眉色如望远山，脸际常若芙蓉，肌肤柔滑如脂"，这便成为后来美女的标准，由此开了先河。文君与相如之结合，正是才与色的绝妙组合。后世的爱情小说，大致脱不出才色相配的类型程式，正是深受这对千古绝配的影响。也有人认为才子与佳人的才色结合，虽然是源自爱才慕色，却强胜以金钱与门第为准绳的势利婚姻。文君爱才，夜奔"家徒四壁立"的司马相如；莺莺恋张生，"但得一个并头莲，煞强如状元及第"……这些却反映了才子佳人一见钟情的另一特点，重情义而轻势利。"有情必有才，才若疏，则情不挚"，有大才者必尚义气重感情，故有"才气"、"才情"之说。佳人钟情于才子之"才"，即钟情于才子之深情义气。才子佳人的爱情模式，实际上就是对传统主流社会的门当户对婚姻观的抗拒与叛逆，体现了中国古人平等自由、重情尚义的爱情理想。

古代才子佳人一见钟情，流传下来无数脍炙人口的爱情故事。《西厢记》成功地开启了才子佳人故事的先河，随后《玉娇梨》《平山冷燕》《好逑传》等跟风而出，为才子佳人的流行奠定了固定的模式和特定的内涵。在《潇湘录·呼延翼》一文里，男主人公能文、女主人公善歌，二人相携，经常"花间同步，月下相对，红楼戏谑，锦闱言誓"。英雄美人的范本就是项羽与虞姬，"霸王别姬"的悲情成了传唱千古的凄美绝响；再有李靖与红拂，"终身相托"的慧眼成了两情相悦的传世美谈。还有《步飞烟》《李娃传》《霍小玉传》《西厢记》《倩女离魂》……在文人的推动下，才子佳人成为当时婚姻的理想模式。

王爱芹认为，才子佳人的故事多是一见钟情自由恋爱的结果，山寺偶遇，花灯节相逢，后花园误碰……在百转千回中仿佛等了彼此千年万年。他们看中对方的，是才是貌，是志同道合，是精神的契合，这与当时强调门当户对、注重物质基础的婚姻观念相比，绝对是一大进步。张学君则认为，既然说是才子佳人，那必然是"秀才是文章魁首，小姐是仕女班头，一个通彻三教九流，一个晓尽描鸾刺绣"。一般来说，情节大都是这样的：风流才子某日出游，遇一少女，多情貌美，当即一见钟情，两下心许。只是碍于礼法，沟通不便。幸赖伶俐丫鬟传书递简，遂私订终身。不料有小人拨乱其间，于是佳人逼嫁，才子遭难。然二人虽经波折，却坚贞如一。后来由于才子金榜题名，高中状元，又有明君主持正义，有情人才终成眷属。大团圆的结局使这些故事只能在中间情节的曲折上做文章，通过一系列的挫折、巧合、误会来增加故事的可读性。

只要机会来临，这些才人佳人会不惜一切去争取，私奔也好，以身相许也好，礼义廉耻都可抛之脑后。他们把自己的聪明才智悉数用于改变人生的命运。他们有梦，为了梦想会放弃华而不实的身外之物；他们有情，这情始终掌握在自己的手中。比如，倩女为了与书生今生今世不分离，身不能走，果断地让灵魂千万里相随，完成了一场壮丽的私奔之举。

才子指的是才德兼备的人，需有爱国忠君之心，通文史圣贤之道，精诗词歌赋之艺，也就是说要有修养讲道德，举止潇洒，心胸宽广，富有爱心。佳人应具备的条件是脸清秀、眉细长、手纤细、身婀娜、发柔软、声似莺、衣袂飘、味芬芳。通俗地说，就是要知书达理，秀外慧中，聪明善良，气质高雅，清新脱俗等。

古代才子佳人数不胜数，前文提到的不再重复了，还有弄玉与萧史、陆游与唐琬、徐德言与乐昌公主、冒辟疆与董小宛、侯方域与李香君……而流传最广并被后人津津乐道的当属唐伯虎与秋香。

当今的才子佳人也有许多令人艳羡的对对双双，他们似乎比古代的才子佳人更幸福，徐志摩与林徽因、金庸与夏梦、高远与乐蒂、吴祖光与新凤霞、余秋雨与马兰、凌峰与贺顺顺、贾平凹与郭梅、张艺谋与陈婷、冯小刚与徐帆……只是才子佳人的爱情故事，多半是有始无终的，遗憾而绝美。司马相如在抱得美人归后，也曾移情别恋；汉武帝曾以稚子之言传"金屋藏娇"的佳话，陈阿娇给他带来了江山的稳固繁盛，但终究难逃被废的命数；首创"才子佳人"这个词的呼延冀在老鬼的鼓动下，竟真的抛下妻子，独自走了，让妻子身陷鬼域，从此阴阳两隔……虽然如此，才子佳人的故事仍是漫漫红尘中至纯至性的惊鸿之笔。

现代的青年男女是幸运的，古人看来遥不可及的理想，在今天已经变得触手可及。我们不再有孤寒客馆里的低回婉转，不再有"山盟虽在，锦书难托"的煎熬与痛苦，只是当我们把恋爱自由走过了头时，却发现收获的并不是幸福。才子佳人模式的最终团圆只不过是文人的意淫，"有情人终成眷属"之后，接下来就是"中国式离婚"，这让人不得不反思才子佳人模式的真正意义。

握住一见钟情的幸福红丝线

乃蒙郎君一见钟情，故贱妾有感于心。你倾心，我亦倾心；你爱，我亦爱。

油壁车、青骢马，不期而遇，惊鸿一瞥，然后一见钟情。

——墨浪子《西湖佳话·西泠韵迹》

一见钟情，旧指男女之间一见面就产生爱慕之情，也指对事物一见就产生了好感。一见钟情这句话出自清代墨浪子《西湖佳话·西泠韵迹》。这是墨浪子借苏小小之口对阮郁说的话："乃蒙郎君一见钟情，故贱妾有感于心。你倾心，我亦倾心；你爱，我亦爱。 油壁车、青骢马，不期而遇，惊鸿一瞥，然后一见钟情。"用安意如的理解就是：在你最美丽的时候，第一眼看到你，我就爱上了你。正确的时间，遇到对的人。

一见钟情就是不约而遇，惊鸿一瞥，然后就是萦际于心，剪割不断，朝思暮想，缠绵不绝。

当今社会承诺与付出要考虑的因素太多，情感常常是被忽略的对象，金钱面前人人投降，地位面前个个折腰，谁还会在乎感情上那种似曾相识的感觉？但是，心灵纯正的人还是相信一见钟情的心动，这是爱情中最纯粹的一种感情。就如那首歌唱的："莫名我就喜欢你，深深地爱上你，没有理由也没有原因。"真正的爱情，本该就是情不自禁的冲动。生活中无须质疑这样的感情缺乏基础，一见钟情本来就不谈基础。人生中许多人蓦然间遇见，发现那不就是自己寻觅一生一世的情缘吗！贾宝玉初会林黛玉时说："虽说没见过，却看着面善，心里倒像是久别重逢的一般。"岂不正是灵魂深处的契合与呼应？我们都遇见过一生中令自己怦然心动的人，不管是青涩年代的回忆，还是美丽一转身后的回眸，我们谁敢走上前去，向其表达自己的爱意？

由于一见钟情产生于人内心强烈的冲动，真实、自然、浪漫，不带功利色彩和门第、财产的外在条件，因而是难能可贵的。由于一见钟情大多是在特定的时间和环境造成的稍纵即逝的机缘，确实有"机不可失，失不再来"的珍贵性。

中国古代的爱情是在夹缝里生存的含羞草，被传统观念和封建礼教从家园内外赶进了秦楼楚馆、佛堂禅寺，爱情不允许拥有太多的时间，只有一见钟情才可以瞬间握住幸福的红丝线。

在古代的爱情故事中，一见钟情的故事数不胜数，许仙借伞给白素贞，徜徉西湖，演绎了一段千古缠绵的爱情佳话；司马相如遇上卓文君，"星夜私奔"，谱写了一曲旷世惊奇的爱情绝恋；张生见到了崔莺莺，西厢幽会成就了一出怦然心动的爱情经典……《霍小玉传》中的李益与霍小玉，《柳氏传》中的韩翊与柳氏，《西施》中的西施

握住一见钟情的幸福红丝线

与范蠡，《洛神》中的曹植与甄后，《宝莲灯》中的华山圣母与刘彦昌，《玉堂春》中的苏三与王金龙，《三笑》中的唐伯虎对秋香，《李娃传》中的郑生与李娃，《墙头马上》中的李千金与裴少俊，《牡丹亭》中的杜丽娘与柳梦梅……都是才子佳人一见钟情的故事。

唐玄宗和杨玉环的一见钟情引来了日后生离死别的长恨悲歌："杨家有女初长成，养在深闺人未知。天生丽质难自弃，一朝选在君王侧。回头一笑百媚生，六宫粉黛无颜色。"杨贵妃国色天香的容貌和气质，令唐玄宗一见倾心，这一见钟情的感觉是如此的神奇、如此的美妙。白娘子与许仙在断桥上相遇，只是缘于那一见钟情的电流，随后才会引发游湖借伞、饮雄黄酒现原形、盗仙草、水漫金山斗法海、断桥相会、雷峰塔下等脍炙人口的感人情节。那种初时的喜出望外、魂不守舍，是那么地令人牵肠挂肚和久久不忘。

贾宝玉第一次见到林黛玉时，一见钟情的感觉让他波澜荡漾、心

猿意马。他对其他女孩的暧昧态度只是出于对女性的欣赏。封建礼教只能限制青年男女的行动却无法束缚其正常的生理发育，对两性交往的严厉禁锢，反而更加激发青年男女们对异性的渴盼与向往，从而就更易于一见钟情了。

一见钟情就是幸福的感觉叩响了心门，鲁迅与许广平、戴望舒与施绛年、钱钟书与杨绛、沈从文与张兆和、瞿秋白与杨之华、杨宪益与戴乃迭、徐悲鸿与蒋碧薇、石评梅与高君宇、李连杰与利智、成龙与林凤娇……才子配佳人，这样的绝配令人心旷神怡。而这羡煞旁人的一见钟情也有令人大跌眼镜的事例，比如刘骜与赵飞燕、苏东坡与王朝云、刘彻与李妍、胡适与韦莲丝、金岳霖与林徽因、张爱玲与胡兰成……

漫漫人海中，你遇上了你该遇上的目光，一定要记得勇敢地直视过去，让它和另一束目光对上电流，并闪出爱情的火花。一见钟情是一场背景华丽的艳遇。你要问多久？答案是 30 秒。两个磁场互相吸引的人，无须更多的时间。瞬间心动是地震，是海啸，是火山爆发，是灵魂的颤栗。有人测试：一个人面带微笑地看着你，其吸引力远远高于那些同样保持微笑却没有直接看你的人。即使这个人的目光看上去像是喜欢某个人，只有直视才具有吸引力。若是异性的话，吸引力还会高出许多。无论男女，都会把视线的方向看作一种信号，以此判断对方是否对你足够有兴趣，如果答案是肯定的，他（她）会直视你的脸。而这种信号本身就是具有吸引力的。也就是说，这种吸引力并非来自于外貌上的美丑，或颜值的高低，而是源于视线的方向，人们认为被注视更具有吸引力，更喜欢对方悄悄地注视着自己。

与墨浪子同时代的纳兰性德表达了一样的意思：人生若只如初见。一见钟情不是不可思议的事情，其实人是容易在一瞬间喜欢上某些人和物的。目光所及，赏心悦目，心生欢喜，然后便希望拥在身边。有人说"一见钟情"其实就是一个打开欲望的法门，钟情的不过是肉身、皮囊而已。灵魂？真的看得到灵魂？如此一来，无论是在虚构的作品里，还是在现实生活里，一切才有可能延续下去。在含蓄的汉语表达方式里，尽管我们有令人叹为观止的情话话语，但是很难坦率地直白喜欢。我不想说赞同还是反对，那是个人心灵深处的活动，一定是各有不同，不能一概而论。我只想赞颂一见钟情的感觉太玄妙了，让人期待。但年龄渐长，有人开始怀疑是否还有耐性等待又一次的一见钟情。一见钟情让自己踏响别人的磁场，这种期待的心情激励着我们，即使在漫长、寂寞、孤独的空窗期，也会想象着在大街或者公交车上擦肩而过的某个人，惊鸿一瞥，自己将万劫不复。

有缘的爱情地久天长

色不迷人人自迷，
情人眼里出西施，
有缘千里来相会，
三笑徒然当一痴。

——黄增《集杭州俗语诗》

　　世上没有无缘无故的爱，也没有无缘无故的恨。所谓缘分，就是在对的时间遇见对的人。张爱玲对缘分有极妙的解释：在千百万人中，千百万年间，不早不晚，正好碰上了，然后轻轻地说一句：嗨，你也在这儿！然而，这种缘分可能是需要经历几个轮回才能做得到的。

　　有缘千里来相会就是天缘巧合的模式。人们常常把两个离得很远的人结合到一起成为夫妻这样的事称之为"有缘千里来相会"，由此，人们相信，婚姻是有缘分的。有缘千里来相会，无缘对面不相逢。形容两个有缘分的人，不管相隔多远，都会相遇。烟雨红尘，茫茫人海，人与人之间，因缘际会，相牵相知。一个"缘"字，便把远在天涯海角的两个人紧紧地连在了一起。如果两个人有缘的话，那么即使时间与空间都离得很远，也会因为种种缘由而走到一起；如果两个人没有缘，那么即使两个人相距再近，也只是像陌生人一样错过，彼此不会留下任何印象。因为相信有缘，有了缘，我们才会在茫茫人海中相遇；因为相遇，我们才会相知；因为相知，我们才会相爱；因为相爱，我们才会珍惜。

　　中国古代名句关于缘的非常多。用得最多的是有缘千里来相会。人与人在世间的相遇、相恋已是不易，将此看做一场美丽的缘分。生命本是一种缘，人生苦短，不可不信缘。爱情尤是如此。缘分来时，更应珍惜；缘分尽时，无须强留。

　　"有缘千里来相会，无缘对面不相逢。""五百年的回眸，换来今世的擦身而过。"生命中更多的是人潮中擦肩而过的行人，落雨的屋檐下同时避雨的路人，昏淡的路灯下等候同一路车的夜归人，他们也都是有缘人；甚至于蓝天下的两只飞鸟能够在天空中相遇，也是因为有缘……有缘千里来相会，无缘对面手难牵；十年修得同船渡，百年修得共枕眠。缘去缘来，也就是一个"情"字。缘有多深，情就有多深；缘有多长，情就有多远。遇到了缘分就该大胆地说出来，就算被拒绝也无所谓，总好过在未来的日子里黯然后悔当时为什么不表达。

　　缘，又称因缘，佛教语。《翻译名义集回·释十二支》载："（僧）肇曰前缘相生，因也；现相助成，缘也。"指产生结果的直接原因及促成这种结果的条件。佛教认为一切事物均处于因果联系中，前者逝去，后者生起，因因果果，没有间断。

　　当今人们谈论爱情婚姻时最常说的两句话是："有缘千里来相会"

和"千里姻缘一线牵"。两个埋藏于千里之外的"缘",自始至终都在牵引着两个人,不论现在认识还是不认识,不论现在相隔千山还是相隔万水。红线,原意是红色丝线,后来多指男女婚姻多系前定,仿佛有红线暗中牵系,也有不可逾越的界限等多种含义。

相传唐代有个叫韦固的人,是个孤儿。长大后,一次路过宋城,住进了城里的客店。晚上,韦固到店外散步,见到了一个奇异老人,靠着一个布口袋坐着,在月光下翻着一本书,像是查找什么东西。韦固问他翻阅的是何书。老人答道:"天下人的婚书。"韦固又问袋中何物。老人说:"袋内都是红绳,用来系住夫妇之足。虽仇敌之家,贫富悬殊,天涯海角,吴楚异乡,此绳一系,便定终身。"

《清平山堂话本·董永遇仙传》:"非奴自贱,因见官人是个大孝之人,故此情愿为妻,你到反意推却!岂不闻古人云:'有缘千里来相会,无缘对面不相逢?'";《西游记》第八十一回:"趁如今星光月皎,也是有缘千里来相会。我和你到后园中交欢配鸳俦去也。";《金瓶梅词话》第九十八回:"奴与官人,一缘一会,也是二十六岁,旧日又是大老爹府上相会过面。如今又幸遇在一处,正是有缘千里来相会。"这里讲的都是有缘的人,要珍惜缘分给彼此提供的良辰美景,不要错过,也不要疏忽。

"色不迷人人自迷,情人眼里出西施,有缘千里来相会,三笑徒然当一痴。"前两句是说:不管别人觉得好不好,自己已经很沉醉,只要是自己喜欢的就觉得比大明星都美。中国古代有貂蝉、西施、王昭君和杨贵妃四大美人,她们都有"闭月羞花之貌,沉鱼落雁之容"。但是如果你心里有了一位深爱的人,那么就连这些大美女跟她相比也会黯然失色了。后两句的点睛之笔在于那个"缘"字,有缘就会相会,相会就会相爱,相爱就会相守,相守则获得圆满。

缘是大千世界里说不清、道不明而又离不开的一种现象。人与人之间、人与事之间或者人与物之间总会有一些命中注定、无法逃避的偶然机遇,这种机遇就是偶然中的必然,必然中的偶然,就是缘!佛经上说,短短今生一面镜,前世多少香火缘。牵手是一种缘,回眸是一种缘,擦肩是一种缘,亲情是一种缘,友情是一种缘,爱情是一种缘,生命是一种缘……芸芸众生,人海茫茫;世态炎凉,沧海桑田。

缘随心走,心到缘到。

流年容易把人抛

076

谁的爱敢比牛郎织女

或以其酒，不以其浆。鞙鞙佩璲，不以其长。
维天有汉，监亦有光。跂彼织女，终日七襄。

虽则七襄，不成报章。睆彼牵牛，不以服箱。
东有启明，西有长庚；有捄天毕，载施之行。

——《诗经·大东（小雅）》（五～六节）

牛郎织女的爱情故事千百年来打动人心之处，在于它所颂扬的爱情天长地久的美好与可贵。作为人类永恒的主题，爱情并不是每时每刻都充满了美好和浪漫。牛郎与织女的神话是中国农耕时代的爱情故事，他们浪漫的爱情模式和忠贞的爱情信念，既是对传统的反叛，又是对传统的坚守，两者之间的完美平衡使这个凄美的故事成为中国式爱情的象征。

《诗经·小雅》在千年之前就为我们描绘出了牛郎织女关于爱情的美好境界："维天有汉，监亦有光。跂彼织女，终日七襄。"大意是说天上的织女星坐在织布机旁，无心织绢，却一心一意地想着银河对岸的牵牛星，为之眷念不已。

有专家称，婚姻是以夫妻间的性及共同生活为基础的一种制度安排，这种安排本身是要求夫妻长期在一起，而不是分离的。但是，由于现实生活中的种种原因，许多夫妻却无奈地长期处于分居状态。在中国古代社会，夫妻分居两地的模式在一定程度上迎合了压抑人性、贬抑人欲的传统文化，因此受到赞美。在现代社会，人在婚姻生活中的各种需求得到肯定，夫妻相守是一种理想的状态。但是，对于那些由于客观原因不能在一起的夫妻，她们在守候丈夫的同时，也守候着一份难得的爱情，一份丝毫不比日日厮守的夫妻逊色的幸福，演绎着"两情若是长久时，又岂在朝朝暮暮"的爱情宣言。这是美好爱情的模式之一。而且，由于这种守候承载着责任、孤寂、无助和诱惑，它甚至比夫妻相守的爱情更添了一份深沉和坚强，更值得人们去珍惜。

也有人认为，牛郎织女的爱情之所以胜过常人的爱情无数，是因为他们形成一个"隐秘"的相会，一种近似于偷偷摸摸的相遇。这种模式的特点就在于：两情长久，但不必长相厮守。或者说，这种爱情模式是长期分别，短暂相逢。当然，这种相逢还不是公开的，而是隐秘的"暗度"，近于一种"偷"情。如果硬要给这种爱情模式命一个名，文雅一点叫做"牛郎织女模式"，简洁的命名叫做"偷情"模式。

谁不希望百年好合，比翼双飞，但外界的种种因素影响了夫妻关系，比如王母娘娘强行带走织女，比如难以跨越的天河，种种因素时刻检验着夫妻双方对于爱情、婚姻和家庭是否坚贞和忠诚。尽管有人说，小别胜新婚，但周末夫妻已经使许多人叫苦，如果只有每年七月七才能见上一面，有几对夫妻还能像牛郎、织女那样不怕凄苦，永结同心？

就连才华横溢、玩世不恭的明代公子唐伯虎在《绮疏遗恨》里也有这样的精彩妙笔:"乞巧楼前乞巧时,金针玉指弄春丝;牛郎织女年年会,可惜容颜永别离。"

现代人为了理想、工作、求学和生活,南下北上,出国留洋,不仅远离亲朋好友、年迈父母,还远离了自己的孩子,尤其是伴侣。一年之中难得相聚,相聚之日不是七月七,而是八月十五和春节。实质上,这与牛郎织女一家人一年一次的团圆是一样的。还有很多正在职场打拼的男男女女,为了事业的发展,为了两个人有更美好的未来,不得不分隔两地,日思夜想却又无法改变现状。

如今的社会中,这种爱情只是在开始的时候才会有,随着时间的延长会被许多现实的理由取代。有人说牛郎织女一年才能见面一天,这意味着牛郎、织女有夫妻之名而无夫妻之实。两人缺乏最起码的生活基础,就是有再深厚的感情基础都是让人难以接受的。没了基础,就只剩下了"责任",剩下了诺言。想当年牛郎织女热恋时,一定不知山盟海誓了多少遍,什么爱到海枯石烂啊,什么爱到地老天荒啦,什么"山无棱,天地合,乃敢与君绝"啦,但牛郎织女"你耕田来我织布,我挑水来你浇园"的美好生活没过多久,就被王母娘娘强行造成两地分居,分居一年两年或能忍受,但如果这辈子注定要在分居中生活,也许只有牛郎织女能做到,牛郎最终不出轨,织女最后没出墙,因此才成为国人心目中"爱情的乌托邦"。

当今 80 后、90 后的青年男女们的情感已了无阻隔,抽象的银河再也无法隔绝他们男女有别的距离,就连社会道德法律也很难限制他们叛逆的行为。在爱情面前他们基本趋向于物质化,难以在精神层面达到牛郎织女般的忠贞,可是没有物质基础,爱情的大厦迟早将倾,无法在精神层面契合,他们就会厌恶、摒弃牛郎织女的爱情模式。或许牛郎织女式的爱情只能发生在古代,现代的年轻人对这种分隔两地的爱情并不看好,认为周围的诱惑太多,人心浮躁,情侣一旦分隔两地就代表着分手。重温牛郎与织女的故事,能否令青年男女的情爱观变得浪漫而纯净呢?能否唤起他们对感情倍加珍惜的积极心态呢?

有缘千里来相会,无缘对面不相识。缘分把情人们紧紧地牵在一起。仍有许多人崇尚牛郎织女式的爱情,坚持传统、坚守爱情,认为"两情若是长久时,又岂在朝朝暮暮",只要心中有爱,就一定会等到花开结果。也有少部分人认为情侣间应该彼此保留神秘感、距离感，小别胜新婚，这样的爱情反而更长久。

牛郎织女的故事影响深远，七夕式爱情观强调婚姻自主而非屈从外力，看重人格人品而非权势财富，赞扬忠诚坚贞而非轻薄浮浪，追求精神高尚而非一时情欲，赞赏勤俭持家而非好逸浮华。专家们表示，这是中华民族优良传统的一种表现，是现代人应当继承发扬的。

无法触碰的断袖与磨镜

青青子衿，悠悠我心。
纵我不往，子宁不嗣音？

青青子佩，悠悠我思。
纵我不往，子宁不来？

挑兮达兮，在城阙兮。
一日不见，如三月兮。

——《诗经·子衿（郑风）》

爱情的意识是人类与生俱来的，它源于人类生命本能，又是人类所特有的高级精神活动。对美好爱情的渴求、对热烈爱情的向往、对纯真爱情的忠贞不渝，是《诗经》中的女性唱爱情的三种不同情境。大胆热烈地追求爱情，女性生命的本性才会完整。

"青青子衿，悠悠我心。纵我不往，子宁不嗣音？青青子佩，悠悠我思。纵我不往，子宁不来？挑兮达兮，在城阙兮。一日不见，如三月兮。"（《诗经·子衿（郑风）》）这首诗是写一个女子在楼台上等候她的恋人的情景，恋人的衣饰给她留下深刻的印象，使她念念不忘。她怀着浓浓的相思之情，却因某种原因受阻而不能前去赴约，只好等恋人过来相会。可望穿秋水，怎么也见不到那萦怀的身影呀，浓浓的爱意不由得转化为惆怅与幽怨："纵然我没有去找你，你为何就不能捎个音信？纵然我没有去找你，你为何就不能主动前来？"她就在楼台上意乱情迷，来来回回地走个不停，觉得虽然只有一天不见面，却好像分别了三个月那么漫长。这是描写热恋中的姑娘对情人的思念和等候情人来相会的恋歌。怀春的女子通过衣领和佩玉两件服饰来寄托和表达自己悠悠的情思，望眼欲穿、心神不宁。

清代的程廷祚却认为《诗经·子衿（郑风）》写的不是女子思春，而是描述两个男子相互爱恋的诗。如果他的论断是正确的，那么这两个有情人就是一对男同性恋人。

同性恋一词最初由一名匈牙利人在文学作品中使用，后被德国学界接纳并被翻译成英文。这个词描述的是对异性不能做出性反应，却被自己同性别的人所吸引。社会生物学创始人威尔逊认为：同性恋是由古代人类社会组织的要素进化而来的。这表明，同性性行为是从人类出现之前就在始祖动物中出现，很可能在人类出现之初即存在于人类社会。

中国古代同性恋多发生在男性之间，古代典籍中描述同性恋关系时多用佞幸、外宠、璧人、娈童这样的词汇语，明显体现双方关系上的不平等。性关系中主动角色与被动角色由其社会关系中的地位、权势决定。历史记录中，同性恋的双方关系往往是君王——臣子、主人——奴才、富人——娼优等等，一方高高在上，另一方地位较低。那些主体角色由于具有较高的地位，他们一边享受着软玉温香的美女，一边迷恋着明眸皓齿的俊男。被动一方根本无从选择，即便不好男风的人，或是迫于权势，或是迫于生计，只能委身于须眉浊物。因此古代的同性恋大多可理解为是同性性，而不是纯粹的同性爱。大量资料反映，古代的"同志们"环境较为宽松，态度较为宽容——相对于古时男女偷情动不动就塞猪笼沉要幸运多了。儒家文化及诸子百家都很少关注同性之爱，也并未强烈反对，这在某种程度上更加速了男风的蔓延。孔子说："诗三百，一言以蔽之，思无邪。"同性恋情都能入诗，在他眼中同性恋并不被视为邪恶之恋。

中国古代同性恋有许多称谓，男同性恋叫"男风"、"南风"、"分桃"、"断袖"、"龙阳"、"吮疮"等，女同性恋多称为"磨镜"、"对食"，双方相互以厮磨或抚摩对方身体得到一定的性满足，由于双方有同样的身体结构，似乎在中间放置了一面镜子而在厮磨，故称"磨镜"。

性是人类的一种自然需求，但在古代并不是所有女性都能得到满足，性压迫和性禁锢是相当严酷的。女性必须严格遵守"男女授受不亲"，"饿死事小，失节事大"。"宫花寂寞红"，这句诗深刻地描述了几千年来千千万万的女性在深宫中的青春之花寂寞地开放又枯萎的轮回复转。在宫廷的后宫里，宫女能接触的男人除了皇帝就是太监，能满足性需求的只有皇帝一个，后宫佳丽三千皇帝都临幸不到，何况小小宫女？白居易的《上阳白发人》一诗充分地描绘了古代女性"一生遂向空房宿"的性寂寞和性饥渴："宿空房，秋夜长，夜长无寐天不明；耿耿残灯背壁影，萧萧暗雨打窗声。春日迟，日迟独坐天难暮；宫莺百啭愁厌闻，梁燕双栖老休妒。莺归燕去长悄然，春往秋来不记年，唯向深宫望明月，东西四五百回圆。"在这种性寂寞与性苦闷的情况下，有宫女开始"对食"，开始搞同性恋。自汉、唐以后，社会上对女尼和道姑都无好感，那时是以男子为中心的社会，人们认为女子应在家中侍夫育儿，出家的女人是"不守妇道"。"三姑六婆"成为攻击、诬蔑的对象，尼姑庵、女道观向来被描绘成养汉淫乱的场所。唐宋之时，贵族女子出家为尼为女冠的特别多，其中浓妆艳抹、喜交宾客、放荡桃达的不在少数。而平民生活中，由于盛行一夫多妻制，导致阴阳失调，很多女性对婚姻生活不满，从而造成了同性恋的发生。有人认为，女性同性恋本质上是对性压抑与不平衡的一种反抗。

《诗经》中有不少诗歌是歌颂同性恋的，比如《郑风·女曰鸡鸣》，歌颂一个贤女劝丈夫勤劳并交良友，不过她丈夫的这个良友很有点同性恋的味道，但是显然这位贤女一点也不介意，甚至代夫殷勤致意："知子之来之，杂佩以赠之。知子之顺之，杂佩以问之。知子之好之，杂佩以报之。"说的是:"知你对他勤眷恋,我解佩玉表奉献。知你对他很体贴,我解佩玉表慰问。知你对他很爱好,我解佩玉以报答。"由于男风盛行,在社会生活中发生了一些怪现象,如夫妻同爱娈童;有的男子因有新欢而与妻断绝或杀妻等。

据史书记载,古代同性恋者大有人在,尤其是很多男同性恋都和皇帝有密切关系,传说同性恋最早始于黄帝。清代学者纪晓岚在《阅微草堂笔记》卷十二中说:"杂说称娈童始黄帝。"在商代有了"比顽童"、"美男破产、美女破居"之类的说法。至于流传在春秋战国、汉代时期的"龙阳"、"分桃"、"断袖"等历史典故更是脍炙人口。典故曰:龙阳君为魏王"拂枕席",弥子瑕与卫灵公"分桃而食",汉哀帝与董贤共寝,董贤压住了皇帝的袖子,皇帝不忍惊醒他,"断袖而起"。后代人于是就以"龙阳"、"分桃"、"断袖"等来暗指同性恋现象。

中国的同性恋具有长久的历史,个中人物从帝王名士到平民倡优,构成了古代中国一个暧昧的人群集合。卫灵公与弥子瑕,公为与汪锜,齐景公与羽人,楚宣王与安陵君,鄂君与越人,魏王与龙阳君,潘章和王仲,汉高祖与籍孺,汉惠帝与闳孺,汉文帝与邓通,汉武帝与韩嫣,汉成帝与张放,汉哀帝与董贤,霍光与冯子都,梁冀与秦宫,后赵主石虎与郑樱桃,前秦主苻坚与慕容冲,晋惠帝司马衷与周小史,陈文帝与韩子高,桓温与郗超,石宣与甲扁,隋炀帝与王蒙,张献忠与李二哇,乾隆帝与和珅,还有郑板桥、郑芝龙、袁枚、杨秀清等数不胜数。

如今很多人一见"同性恋"这个词就嗤之以鼻、不屑一顾,其实他们并不懂得其中对爱情的诠释。没有什么法典规定爱情只是属于异性之间的专利,同性之间的爱情也许更加真挚,更加荡气回肠。据说刘欣和董贤就是属于这种爱情的代表。爱之真,情之切,就是在当今的异性之间,能有如此体贴、如此忠诚的爱侣,也是寥寥无几的。

查找了许多相关资料,我看到了中国古代形形色色的同性恋的复杂性。不论男同性恋还是女同性恋,都有着深刻的社会原因。当今同性恋的人出现几何性大喷发的状态,我认为,这些古人玩过的游戏,今人还是不玩为好。我们可以去追求自己的情爱与个性,但无法触碰的还是那断袖与磨镜,那是雷区、是歧路。触碰了,对人类男女之间最圣洁的恋情,就是一种不可原谅的侵犯,就是一种不可饶恕的亵渎。只愿我们的人间,是一个充满真情的、干净而美好的净土。

别让余恨留在人间

　　春花秋月何时了，往事知多少？小楼昨夜又东风，故国不堪回首月明中。　雕栏玉砌应犹在，只是朱颜改。问君能有几多愁，恰似一江春水向东流。

——李煜《虞美人》

在封建强权社会中，古代帝王作为国家的最高统治者，金口玉言，一字千金，他们用那无上的权力勾勒着历史发展的轨迹。他们或以丰功伟业称霸于世，或以绝妙文采震烁古今，或以雄韬伟略彪炳史册，或以昏庸残暴臭名昭著……可是有这样一位皇帝，在他们中间却显得如此的特别与另类，他生于七夕，死于七夕，留下了大量感人的爱情诗篇，他就是被后人称为千古词帝的南唐后主李煜。

《虞美人》是千古传诵不衰的著名诗篇，这首词描写了强烈的故国之思，抒写了锥心的亡国之痛，意境深远，感情真挚，取得了惊天地、泣鬼神的艺术效果。每当读到这首词，便有一种莫名的凄凉萦绕在心头。"春花秋月何时了，往事知多少？小楼昨夜又东风，故国不堪回首月明中。 雕阑玉砌应犹在，只是朱颜改。问君能有几多愁，恰似一江春水向东流。"这是李煜被俘到汴京后所作，春花秋月的美好时光，何时了结。看到这里的美景，无数往事即刻涌上了他的心头，想到在南唐时赏月观花、饮酒赋诗的美好日子，金陵的故国生活不堪回首，更怕看见春花秋月。那里宫殿的雕栏玉砌应该还在，只是人的容貌因愁苦变得憔悴了。倘若要问有多少愁苦，恰恰像一江春水向东流去，无穷忧忧、无尽怨怨。

李煜本来就是上帝派来给人类写诗词的，他这一生最爱的并不是皇位，而是文学和后宫佳丽。可是历史偏偏跟他开了一个天大的玩笑，在盛唐之后，经历了 50 多年动荡分裂的五代十国已经进入了晚期，公元 961 年，一位名叫李煜的年轻人在南唐首都金陵登上了王位，他人生的噩梦也就从那一年开始了。他继位时，北宋已建立，迫于其威势，他用的是北宋年号，南唐已是在苟延残喘了。李煜是一个具有高度文化教养的人，自幼聪颖过人，博学众艺，工书善画，通晓音律，诗词俱佳，词则尤负盛名。

李煜是诗词、书画的天才，对于治理国家则没有一点天赋，他既不能任用贤能，又不能整军纪武。面对强大的北宋，李煜别无办法，为求生存，只能对北宋俯首称臣。诗人的气质却使他把真情都倾注在娥皇姊妹的身上，演绎出一曲荡气回肠的爱情故事。周娥皇美貌出众，通古博今，深受李煜宠爱。李煜 18 岁那年，娶了周娥皇为妻，册封其为皇后。二人一往情深，恩爱甚笃。年轻的李煜从此偏安一隅，沉浸在幸福中。那时小周后年仅 5 岁。李煜为她写了许多诗词，周后因词谱曲，随之演唱。他沉迷于逸乐之中，竟荒废了政事。他俩最感快乐的是为艺术而互相切磋，共同探讨。然而，红颜薄命，这位与李煜厮守了十年，情投意合的爱妻却染病不起，李煜又悲伤又难受，为她请遍了国中名医，悉心照料。29岁的大周后的疾病久治不愈，小周后便经常在内宫服侍姐姐。这时，这个当年混沌未开的小女孩已出落成婀娜多姿的花季少女。

小周后天生活泼，美丽可爱，酷似初入宫时的姐姐娥皇，只是她比娥皇更年轻、更活泼。随着接触的增多，李煜对她的态度发生了变化。小周后和李煜见面的次数就不由得多了起来。李煜见如此风华正茂的美人，不禁怦然心动，便设计把她引到后花园，二人度过了一个难忘的不眠之夜。李煜是个风流天子，看到这样的美貌可人儿与自己有了私情，心中得意非凡，少不得又要借诗抒情了，便行诸笔墨，填了菩萨蛮词一阕，把自己和小周后的私情，尽情描写出来。"花明月黯笼轻雾，今宵好向郎边去！衩袜步香阶，手提金缕鞋。画堂南畔见，一向偎人颤。奴为出来难，教君恣意怜。"这首词生动地塑造了一个双袜着地，一手提鞋，带着慌张的神情而轻轻地跑着的情窦初开的少女夜半与心上人幽会，真是一幅绝妙的画面。后段先描绘她会见男人时的激情，表达了自己火热的爱情。由于机会的难得，不能不纵情玩乐，描写虽涉猥亵，但很大胆，很率真。只有李煜之情和他的笔，才会把自己的风流韵事写得如此淋漓尽致。因后来姐姐娥皇不幸病逝，她便被封为皇后，人们便把她称作小周后。

娥皇去世，李煜痛心疾首，内疚不已。他亲临娥皇灵前哭祭爱妻，并写下长达两千多言的祭文。在祭文中，他以横溢的才华、真挚的感情极力颂扬娥皇美丽的容貌、超人的才华，重温了他们伉俪情深的恩爱生活。最后，不顾自己的身份，署名"鳏夫煜"命镌刻在娥皇陵园的巨碑上。

小周后深深敬佩李煜的气质和才华，并为他对姐姐的真情所感动，全身心地爱着李煜。李煜也对小周后备加宠爱，立小周后为后。然而，大敌当前，国府衰竭，但李煜还是大操大办，以赢得小周后的欢心。李煜再也不管朝政大事，日日与小周后游览金陵美景，变成闲云野鹤，只是吟诗作对，与小周后继续过着才子佳人的生活。从此，李煜沉湎于声色，整天整夜贪恋于无数后宫佳丽的罗裙之下，不问朝政，大臣们的谏诤也听不进去，南唐难免迎来了它的末日。

宋开宝七年，宋太祖屡次遣人诏其北上，李煜均辞不去。北宋向南唐发动了全面进攻，不久金陵失陷，南唐灭亡。李煜成了亡国皇帝。他按照北宋的要求，率领王公后妃、百官僚属，经过数月的艰难跋涉，来到开封，朝觐北宋皇帝赵匡胤，得到了一个带有极大侮辱性的封爵"违命侯"。但李煜为了南唐的黎民百姓，肉袒而出城请降，以换取江南的平安。小周后随李煜北迁汴梁，过着囚房般的生活。李煜与她日夜相伴，相依为命，只求回忆和安静。李煜过着提心吊胆的清苦日子，好在尚有小周后相伴，总算增加了他活下去的信心与勇气，但是他依旧能感到无尽的悲凉。

宋太祖赵匡胤崩驾，其弟太宗赵光义即位，他废除李煜的爵位，由违命侯改封为陇西郡公。"违命侯"改封"陇西郡公"，表面上看，似乎意味着李煜身份的提高，然而事实并非如此。宋太宗常常用言语侮辱李煜，使李煜感到十分难堪。尽管面对宋太宗的羞辱还要强颜欢笑，而内心却感到无限的伤痛。最让李煜痛心疾首的是，小周后跟他降宋后虽然被封为郑国夫人，但自己却无力保护她。

宋太宗表面上优待李煜，其实早看上了生得花容月貌的小周后。那日进宫朝贺太宗及皇后，等各散归，宋太宗却假借皇后口谕要小周后留下磋商女红，把她留在内宫。小周后信以为真，只满心欢喜地在内宫候召。谁知当晚却等来急不可耐的宋太宗，逼着她先是侍宴倒酒，后又入帐侍寝。小周后哪敢违抗，无可奈何，只好含泪顺从。从元宵佳节进宫，至正月将尽，宋太宗方才放她出宫。一连半个多月，宋太宗一直缠着小周后，行则并肩，寝则叠股，常人不堪忍睹，小周后日夜受尽非人的折磨。每次小周后进宫，李煜只能坐以待旦，以泪洗面，牵肠挂肚地等待妻子回转。小周后回来后，夫妻二人抱头低声哭泣。这是何等屈辱的人生！

生性懦弱的李煜不禁长叹一声，仰天流泪。无奈之下，只好一首又一首地填写思念故国的词曲，来表达自己丧国之痛又寄托爱妻受侮辱之恨的词曲。这些充满亡国之痛的词赋传遍了江南，广为南唐故国百姓传唱："春花秋月何时了，往事知多少？小楼昨夜又东风，故国不堪回首月明中。雕栏玉砌应犹在，只是朱颜改。问君能有几多愁，恰似一江春水向东流。"这首《虞美人》，唱煞了美人，歌哭了男儿，道出了自己无限的心酸和一生的愁绪，也诠释了中国几千年来的悲歌恋曲，由此诞生了中国诗词史上最感人也是成就最高的诗词作品。

太平兴国三年七夕是李煜四十二岁的生日，宋太宗恨他有"故国不堪回首月明中"词，命人在宴会上下药将他毒死。李煜被宋太宗毒死，生如梦，死亦如梦。李煜正是在他留恋的梦中被结束了短暂而辉煌的生命。小周后也于数月后在凄楚与悲愤中死去。

写到这里，我的耳边忽然响起了《八月桂花香》的片尾曲《余恨》："死生都寂寞，徒留恨事成空。重逢只能等待来生，情愁作今世的折磨。悲欢都如梦，缘尽情已难追，谁将远去的人唤回。不让余恨留在人间，忘也难忘的过往，不堪再想，灯已残，梦已灭，独立在风中，不觉已黄昏。"那凄然的歌声仿佛句句撕咬着我的心灵，无法排解，无处躲藏。一江春水向东流，却无法带走别离的悲愁。苍茫的江水流呀流，在独自坚守的湍流里，化作一世的寂寞。

李煜将哀愁带到了梦中，在梦中寻找失去的欢乐。他那颗善愁多情的文人之心，绝不适合放在一个要"气吞万里如虎"的君王身上，这位"词中之帝"不能给子民带来一个国富民强、安居乐业的乐土，却给后代留下太多太多惊天地、泣鬼神的千古传颂不衰的血泪文字。他的情，肝肠断绝；他的爱，遗恨千秋；他的人生，让人落泪唏嘘。那绵绵延延无尽于天地的愁绪飘飘不散，让余恨留在了人间。

泪残钗头凤　离索沈园情

　　红酥手，黄縢酒，满城春色宫墙柳。东风恶，欢情薄。一怀愁绪，几年离索。错，错，错。　　春如旧，人空瘦，泪痕红浥鲛绡透。桃花落，闲池阁。山盟虽在，锦书难托，莫，莫，莫！

——陆游《钗头凤》

　　世情薄，人情恶，雨送黄昏花易落。晓风干，泪痕残。欲笺心事，独语斜阑，难，难，难！　　人成各，今非昨，病魂常似秋千索。角声寒，夜阑珊。怕人寻问，咽泪装欢。瞒，瞒，瞒！

——唐琬《钗头凤》

我很小的时候就读了陆游与唐琬的《钗头凤》，最初是被这个故事的广播剧感动了，然后去图书馆找回这两首诗和有关他俩的所有的书籍，逐一翻看，看了又悲情翻涌，欲哭无泪。美满姻缘被强拆散，恩爱夫妻被迫分离，使一对美满夫妻在身心上遭受巨大的折磨和痛苦，几年来的离别生活带给他们的只是满怀愁怨。这到底是谁错了呢？当初恨死那个唐母，但是现在我多多少少也能理解一些她那母性的行为。爱情与亲情的矛盾、孝道与慈爱的错轨、幽梦与断肠的隔离……是宿命的力量坍塌了美好的爱情。

陆游是南宋时期著名的爱国诗人，一生遭受了巨大的波折，他不但仕途坎坷，而且爱情生活也非常不幸。陆游，字务观，出生在越州山阳一个富足的书香之家。小时候刚好是金人南侵之时，他随家人四处逃难，躲避战乱。陆游的舅舅唐诚有个女儿唐琬，字蕙仙，自幼文静灵秀，不善言语，却十分善解人意。他俩情意相投，青梅竹马，耳鬓厮磨。那时正值金兵强掳中原，这一对不谙世事的少年在兵荒马乱之中日夜相伴，度过了一段纯洁无瑕的美好时光。随着年龄的增长，一种萦绕心肠的情愫在两人心中渐渐萌生了。

青春期的陆游与唐琬都擅长诗词，他们常借诗词倾诉衷肠，花前月下，二人吟诗作对，身影成双。眉目中洋溢着幸福和谐，心里荡漾着爱意的甜蜜。双方父母和亲友都认为他俩是天造地设的一对，于是陆家就以一只家传凤钗作为信物，订下了唐家这门亲上加亲的婚事。不久，他俩就有了洞房花烛夜，醉在温柔乡里，情爱弥深，不问世事。陆游更是把什么科举课业、功名前途都抛弃于九霄云外。陆母为光耀陆家的门楣，一心盼望儿子金榜题名，登科进举，对眼下的状况大为不满，几次以姑姑的身份、更以婆婆的立场对唐琬大加训斥，责令她以丈夫的科举前途为重，淡薄儿女之情。但陆游、唐琬二人仍情意缠绵，无动于衷。陆母因之对儿媳大为反感，认为唐琬就是陆家的扫帚星，必将把儿子的前程耽误殆尽。无奈之时，她来到郊外无量庵，请庵中尼姑妙因为儿、媳卜算命运。妙因一番掐算后，煞有介事地说："唐琬与陆游八字不合，先是予以误导，终必性命难保。"陆母闻言，如石窝心，急匆匆赶回家，强令儿子："速修一纸休书，将唐琬休弃，否则老身与之同尽。"陆游不知所以，只能听任母亲将唐琬的种种不是历数一遍。陆游心中悲如刀绞，素来孝顺的他，面对态度坚决的母亲，除了暗自饮泣，别无他法。

在崇尚孝道的中国古代社会，母命就是圣旨，陆游母命难违，只得答应把唐琬先送归娘家。这样，一双情深意切的鸳鸯被活活拆散。陆游与唐琬难舍难分，不忍就这样分离，于是陆游悄悄另筑别院安置唐琬，一有机会就前去与唐琬鸳梦重温。但精明的陆母很快就察觉了，严命二人断绝来往，并为陆游另娶一位温顺本分的王氏女为妻，彻底切断了陆、唐之间的悠悠情丝。

无奈之下，陆游只得收拾起满腔的幽怨，在母亲的督教下，重理科举课业，埋头苦读了三年，27岁那年，在临安"锁厅试"大考中一举夺得魁首。可偏偏第二名恰好是当朝宰相秦桧的孙子秦埙。秦桧在第二年春天的礼部会试时，借故将陆游的试卷剔除，使得陆游在仕途的一开始就荆棘遍布。

会试失利，陆游心情沮丧地回到家乡，睹物思人，心中备感凄凉。为了排遣愁绪，陆游经常独自徜徉在青山绿水之中，或闲坐野寺探幽访古；或出入酒肆饮酒抒怀；或浪迹街市回想旧事。在一个丽日的午后，他来到了禹迹寺，漫步沈园。沈园是一个布局典雅的园林花园，园内花木扶疏，石山耸翠，曲径通幽，是当地人游春赏花的一个好去处。在园林深处，陆游猛然间发现了一个熟悉的身影，迎面款步走来的这位锦衣女子，竟是阔别数年的前妻唐琬。在那一刹那，时光与目光都凝固了，两人的目光缠绕在一起，都感觉恍惚迷茫，不知是梦是真，眼帘中满含的不知是情是怨、是思是怜。此时的唐琬，已由家人做主嫁给了同郡士人赵士程。赵家系皇家后裔、门庭显赫，赵士程是个宽厚重情的读书人，他对曾经遭受情感挫折的唐婉，表现出诚挚的同情与谅解，使唐琬遭受创伤的心渐渐愈合。这时与陆游的不期而遇，无疑将唐琬已经尘封的心灵重新叩开，积蓄已久的旧日柔情、千般委屈一下子奔泻出来，柔弱的唐琬对这种感觉几乎无力承受。而陆游，几年来虽然借苦读和诗酒强抑着对唐琬的思念，但在这一刻，那埋在内心深处的旧日情思不由得奔涌而出。四目相对，千般心事、万般情怀，却不知从何说起。此次唐琬与夫君赵士程相偕游赏沈园，赵士程正在那边等她用餐。一阵恍惚之后，唐琬似从梦中醒来，深深的一瞥之后，她走远了，只留下了陆游在花丛中怔怔发呆。

沉浸在旧梦之中的陆游，不由地循着唐琬的身影追寻而去，来到池塘边柳丛下，遥见唐婉与赵士程正在池中水榭上用餐。他隐隐看见唐婉低首蹙眉，有心无心地伸出玉手红袖，与赵士程浅斟慢饮。这一似曾相识的场景，看得陆游的心都碎了。昨日情梦如在眼前，今日痴怨尽绕心头，感慨万端，于是提笔在粉壁上题了一阕《钗头凤》。

"红酥手，黄縢酒，满城春色宫墙柳。东风恶，欢情薄。一怀愁绪，几年离索。错，错，错。　春如旧，人空瘦，泪痕红浥鲛绡透。桃花落，闲池阁，山盟虽在，锦书难托，莫，莫，莫！"

陆游在这首词里抒发的是爱情遭受摧残后的伤感、内疚和对唐婉的深情爱慕及对其母亲棒打鸳鸯的不满情绪。初读这两首词时，也许有人仅凭感觉会不理解陆放翁一代词雄，后人评论他"一扫宋词纤艳之风"，居然也写出了如此缠绵悱恻之作，未免有英雄气短、儿女情长之惑。但是，只要把自己的心融入诗词之中，品味和阅历了生活中许多的人情世故，他们那段委婉凄绝的爱情故事就会被深刻理解，就会读懂蕴藏于这两首《钗头凤》深处的千古情愫和那种"执手相看泪眼"的感受……

南宋绍兴二十八年，即公元1158年，秦桧病死，陆游被朝廷重新起用，入闽出任宁德县主簿。据有关史料记载，陆游"绍兴二十八年任邑薄，有善政，百姓爱戴"。

唐婉是一个极重情义的女子，与陆游的爱情本是十分完美的结合，却毁于世俗的风雨中。赵士程虽然重新给了她感情的抚慰，但毕竟曾经沧海难为水。与陆游那份刻骨铭心的情缘始终留在她情感世界的最深处。翌年春天，唐婉抱着一种莫名的憧憬又一次来到沈园，徘徊在曲径回廊之间，忽然看见陆游的题词，不禁反复吟诵，想起往日二人诗词唱和的情景，不由得泪流满面，心潮起伏，禁不住也提笔和了一阕《钗头凤》：

"世情薄，人情恶，雨送黄昏花易落。晓风干，泪痕残。欲笺心事，独语斜阑，难，难，难。　人成各，今非昨，病魂常似秋千索。角声寒，夜阑珊。怕人寻问，咽泪装欢。瞒，瞒，瞒！"

可怜自古红颜多薄命，每次想起陆游的《钗头凤》，唐婉的心就再难以平静。追忆似水的往昔、叹惜无奈的世事，感情的烈火煎熬着她，使她日臻憔悴，悒郁成疾，在秋意萧瑟的时节化作一片落叶，悄悄随风逝去。

此时的陆游，仕途正春风得意。他的文才颇受新登基的宋孝宗的称赏，被赐进士出身。以后仕途通畅，一直做到宝华阁侍制。这期间，他除了尽心为政外，写下了大量反映忧国忧民思想的诗词。到75岁时，他上书告老，蒙赐金紫绶还乡了。当陆游得知唐琬的死讯，他痛不欲生。为抒发自己内心的隐痛，他多次来到沈园提诗怀念唐琬。怀着深切的眷恋，他常常在沈园幽径上踽踽独行，追忆着深印在脑海中那惊鸿一瞥的一幕，这时他写下了"沈园怀旧"。

沈园是陆游怀旧的场所，也是他伤心的地方。他想着沈园，但又怕到沈园。春天再来，撩人的桃红柳绿，恼人的鸟语花香，风烛残年的陆游虽然不能再亲至沈园寻觅往日的踪影，然而那次与唐琬的际遇，伊人那哀怨的眼神、畏怯的情态、无可奈何的步履、欲言又止的模样，使陆游牢记不忘，于是又赋"梦游沈园"诗。陆游浪迹天涯数十年，企图借此忘却他与唐琬的凄婉往事，然而离家越远，唐琬的影子就越萦绕在他的心头。

这两首《钗头凤》同时诉说同一段爱情的悲剧，令人读来无不备感哀婉凄凉，同时也使这段爱情悲剧成为千古传诵的经典篇章。

封建礼教摧毁了陆游的纯真爱情，但它无法阻止陆游对爱情的向往和歌唱。面对严酷的现实，他无力回天，只能把一杯愁绪、一腔悲愤倾泻在诗词中。一首《钗头凤》挽回不了陆游的爱情世界，但它成了千古绝唱。时过境迁，沈园景色已异，粉壁上的诗词也已无痕迹。但这些记载着唐琬与陆游爱情绝唱的诗词，却在后世崇尚爱情的人们中间长久流传不衰。

品读《钗头凤》，难免会让人产生这样的感叹："一曲钗头凤，两个苦命人，为情为爱，泪雨滂沱，无奈世人终牵绊；才子佳人，青梅竹马，原应举案齐眉终相伴，恨造物弄人，鸳鸯之心难拆散；若有来生，望不离不弃，天长地久……"

比翼鸟不再成双成对

钗留一股合一扇，钗擘黄金合分钿。
但教心似金钿坚，天上人间会相见。
临别殷勤重寄词，词中有誓两心知。
七月七日长生殿，夜半无人私语时。
在天愿作比翼鸟，在地愿为连理枝。
天长地久有时尽，此恨绵绵无绝期！

——白居易《长恨歌》（节选）

　　谁都明白，历代帝皇，后宫佳丽三千，皇帝在数不清的美女中穿游，很难说有真正的爱情。但唐玄宗李隆基和杨贵妃却给我们上演了一场轰轰烈烈、生死离别的爱情课。唐玄宗和杨玉环的长恨悲歌感动了多少朝代、多少世纪，以至于他俩的爱情流芳千古。让我们先来认识一下这位"艺术皇帝"与"倾城美女"吧。唐玄宗李隆基，文治武功，精通音律。在位二十余载，呕心沥血，太平世界，胜于贞观之年。将年号开元改为天宝，每日笙歌宴乐，快慰平生。在宫廷宴乐中，他发现跳霓裳羽衣舞的杨玉环非但有倾国倾城之貌，而且艺术禀赋极高，李隆基深爱上了这个令他一见惊情的女子。杨玉环天生丽质，加上优越的教育环境，使她具备一定的文化修养，性格婉顺，精通音律，擅歌舞，并善弹琵琶，特别喜欢沐浴。

　　杨玉环原为李隆基儿子寿王的妃子，碍于她是自己的儿媳而不便明目张胆纳入宫中，于是李隆基想出个让杨玉环出家，脱离寿王，再以"杨太真"身份入宫的方法。从此，杨玉环"三千宠爱在一身"，并于公元745年被册封为贵妃。唐玄宗对杨贵妃的宠爱可谓无所不用其极，所谓"君王从此不早朝"，为了两情欢爱，可以把国事先放在一边；而从"一骑红尘妃子笑"的背后，我们看到唐玄宗甚至动用他手中的权力来取悦杨贵妃，这样的做法的出发点固然是为了爱。

　　唐玄宗宠幸贵妃杨玉环，终日游乐，日日游宴。春暖花开，他们到骊山踏青。唐玄宗在华清池赐浴，以此地特有的温泉水，洗尽杨玉环的民间凝脂，使之具有贵族气息。唐玄宗与杨贵妃在华清宫中许下"在天愿作比翼鸟，在地愿为连理枝"的爱情誓言。

　　杨玉环自入宫以来，遵循封建的宫廷体制，不过问朝廷政治，不插手权力之争，以自己的妩媚温顺及过人的音乐才华受到唐玄宗的百般宠爱。唐玄宗将其哥哥杨国忠封为右相，将她的三位皆为国色天香的姐妹封为韩国夫人、秦国夫人、虢国夫人。唐玄宗与杨玉环于七夕之夜在长生殿对着牛郎织女星密誓永不分离。为讨杨玉环的欢心，唐玄宗不惜耗费大量人力物力，从海南岛为杨玉环采集新鲜荔枝，一路踏坏庄稼，踏死路人。

　　杨玉环的美貌"常使君王带笑看"，真正使得唐玄宗对杨玉环产生真挚的爱情在于杨玉环的绝妙才情。唐玄宗是一个多才多艺的帝王，具有极高的艺术修养和艺术鉴赏能力，工诗词、擅丹青、长音律，对曲乐、舞蹈都颇有研究，不少贵族子弟在梨园都曾受过他的训练。正是基于此，既具有超群美貌，又能歌善舞的杨玉环，让唐玄宗大加赞赏。《旧唐书》里记载，唐玄宗曾组建过"宫廷乐队"，选拔子弟300人，宫女数百人，指挥他们作指导。对于这样拥有才情的"艺术"帝王，精通音律的杨玉环自然显得魅力无限。杨玉环除了容貌出众，更令唐玄宗神魂颠倒的是她高超的音乐舞蹈艺术修养。史载她"善歌舞，通音律"，而唐玄宗也有同好，这就难怪他会将她视为自己的艺术知音和精神伴侣了。这一点，从他"朕得杨贵妃，如得至宝也"的欣喜语气里便可知。

唐玄宗在唐朝起到了承上启下的作用，也是唐朝盛极而衰的转折点，武则天改国号由唐为周，在武则天执政的终了，唐玄宗重新改回国号唐，并继唐太宗贞观之治后继续励精图治，在历史上留下了"开元盛世"的美名。然而，也许他是被功绩冲昏了头脑，也许是因为杨贵妃的缘故，随着唐朝节度使制度的实行，在唐朝中后期节度使的权力越来越大，地方军政大权日益壮大，不安分守己的安禄山和史思明爆发了有名的"安史之乱"。由于唐玄宗终日和杨玉环游乐，不理政事，宠信杨国忠和安禄山，导致渔阳节度使安禄山造反，唐玄宗和随行官员被迫在御林军的护卫下，携杨贵妃逃离长安，南下西蜀，途中驻扎马嵬驿。御林军统领陈元礼诛杀了杨国忠，于是发生了唐玄宗、杨贵妃和陈元礼之间的争论。次日六军不发，狂呼要杀杨贵妃。唐玄宗与陈元礼紧急磋商，分析战乱的责任问题，他坚决为杨贵妃辩护，并要以身抵挡欲闯贵妃营帐的军士，这一切，都让杨玉环看见了。在陈元礼实在控制不住局面、危及皇帝生命安全的关键时刻，杨玉环挺身而出，甘受白绫，做安史之乱的替罪羊。唐玄宗不得已让高力士用马缰将杨玉环勒死，年方38岁。她与唐玄宗诀别，唯一的要求是把她葬在梨树之下。她以自己的死，换来了御林军继续前进。

数年之后，安史之乱平息，但唐朝从此由盛而衰，历史发生了重大转折。唐玄宗下野，立太子为皇。失去皇帝的权力后，人性在他身上复归，爱情变得更加贞洁起来。他日夜思念杨玉环，检讨荒淫误国以及往日种种过失，浩叹人生不能两全。他以神思接通，上穷碧落下黄泉，苦苦追寻杨玉环的幽灵而不可得，又请来杨贵妃的画像作祭。他老泪纵横，恍惚间，到了月宫，去叩杨玉环的门环。虽然贵妃踪影已无可寻觅，但这情景却真实地反映出唐玄宗和杨贵妃的恩爱缠绵、情深似海。还有一种说法认为，杨贵妃逃亡日本，日本民间和学术界认为：当时，在马嵬驿被缢死的，乃是一个侍女。禁军将领陈玄礼惜杨贵妃貌美，不忍杀之，遂与高力士密谋，以侍女代死。杨贵妃则由陈玄礼的亲信护送南逃，行至现上海附近扬帆出海，飘至日本久谷町久津，并在日本终其天年。日本《中国传来的故事》中有这样的记载："唐玄宗平定安禄山之乱，回驾长安，因思念杨贵妃，命方士出海搜寻，至久津向贵妃面呈玄宗佛像两尊。贵妃则赠玉簪以为答礼，命方士带回献给玄宗。虽然互通了消息，但杨贵妃未能回归祖国，在日本终其天年。"

　　唐玄宗与杨贵妃的爱情故事，在民间广为流传，早期都以宫廷秘事及女色祸国为主。而白居易的《长恨歌》经由诗歌的渲染，美化了唐玄宗与杨贵妃的爱情故事，把李、杨二人由历史人物转化为传说人物。"在天愿作比翼鸟，在地愿为连理枝。天长地久有时尽，此恨绵绵无绝期！"比翼鸟就是现今的相思鸟，雌雄结伴一起飞；连理枝是指两棵树的枝干合生在一起。古往今来，人们都将比翼鸟和连理枝作为恩爱夫妻的象征。唐玄宗和杨贵妃在长生殿的山盟海誓：在天上愿做比翼齐飞的比翼鸟，在地上愿为枝干相接的连理枝，永永世世作恩爱夫妻。诗句写得婉转动人，缠绵悱恻，常为后人引用，以表示对爱情的忠贞。元代白朴据此写成四折的《梧桐雨》杂剧。洪升以《梧桐雨》杂剧改写的"密誓"、"惊变"、"埋玉"、"雨梦"四折为主，配合了《长恨歌》，将唐玄宗与杨贵妃生死不渝的爱情故事演化成《长生殿》传奇。

　　有人总是说李隆基与杨玉环的爱情悲剧是由于李隆基疏于政务，任用奸佞小人，杨贵妃又专横跋扈，一人得道鸡犬升天，才导致朝纲无道，民怨四起，让安禄山有机可乘。但从历史观来看，人类是不断向前发展的，皇帝为了爱情而丢了江山这实属一不小心的疏忽大意，不也恰恰证明了他们对感情的真挚与痴爱吗？比翼鸟不再成双成对了，从某一侧面来看，这是爱情推动了历史的进步。

千古悲情最终只是一段灰

美女妖且闲，彩桑歧路间。
柔条纷冉冉，叶落何翩翩。
攘袖见素手，皓腕约金环。
头上金爵钗，腰佩翠琅玕。
明珠交玉体，珊瑚间木难。
罗衣何飘飘，轻裾随风还。
顾盼遗光彩，长啸气若兰。
行徒用息驾，休者以忘餐。
借问女安居，乃在城南端。
青楼临大路，高门结重关。
容华耀朝日，谁不希令颜？
媒氏何所营？玉帛不时安。
佳人慕高义，求贤良独难。
众人徒嗷嗷，安知彼所观？
盛年处房室，中夜起长叹。

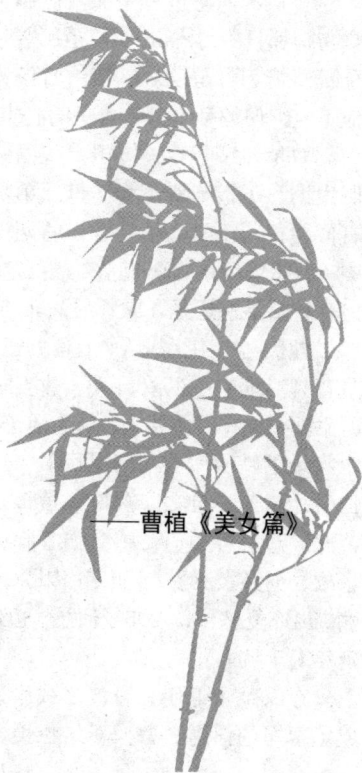

——曹植《美女篇》

我读了曹植的《美女篇》之后，觉得他跟自己在那个年龄时的思想与心情是那么的相似，对女人充满了美好的幻想，喜欢唯美且纯情。"媒氏何所营？平帛不时安。佳人慕高义，求贤良独难。众人徒嗷嗷，安知彼所观？盛年处房室，中夜起长叹。"那些快腿快嘴的媒人都干吗去了？为什么还不送聘订婚约？曹植对媒人的责怪，又何尝不是表现了内心的不平？也许是媒人不敢来行聘，这是因为美女爱慕的是品德高尚的人，要想寻求一个多才且贤德的丈夫，虽很困难，但美女意志坚定。这首诗既表达了曹植对心仪美女的憧憬与赞美，同时，也是对自己有理想却难于实现的感叹。美女的理想不是一般人所能理解的，引来周围人吵吵嚷嚷，议论纷纷，他们哪里知道她看得上的是怎样的人。这也是比喻一般人不了解志士的理想。"盛年处房室，中夜起长叹。"美女正值青春，而独居闺中，忧愁怨恨，深夜不眠，发出长长的叹息。这不正好表达出自己怀才不遇的苦闷与压抑吗？

曹植的内心世界是孤寂而痛苦的，文采飞扬的他背后更多的是落寞与抑郁且不得志的悲伤。在政治上走到了悬崖边，无奈只好玩玩艺术、玩玩感情。可是他玩感情的时候，没想到却玩大了，天下那么多女人他不爱，偏偏爱上皇帝哥哥的心尖儿，原来玩感情也要命啊！

曹植，字子建，三国时魏国诗人、文学家，是曹操与武宣卞皇后所生第三子，与曹丕为同母兄弟。曹植天赋异禀，博闻强记，十岁左右便能撰写诗赋，很受曹操的宠爱及其幕僚的赞赏。在他的三个儿子中，曹操曾经认为曹植是"最可定大事"者，几次都想要立他为太子。但是曹植最终还是在同长兄的斗争中失败了。

甄氏乃中山无极人，上蔡令甄逸之女。甄氏不仅美貌，且饱读诗书，是曹魏时期唯一的女诗人。建安年间，她嫁给袁绍的儿子袁熙。袁熙似乎不太懂得怜香惜玉，她生活苦闷，写起闺怨一类的作品。《古诗源》中收录了她所做的《塘上行》："浦生我池中，其叶何离离；果能行仁义，莫若妾自知。众口铄黄金，使君生别离；念君去我时，独愁常苦悲。想见君颜色，感结伤心脾；念君常苦悲，夜夜不能寐。莫以贤豪故，捐弃素所爱。莫以鱼肉贱，捐弃葱与薤。莫以麻枲贱，捐弃菅与蒯。出亦复愁苦，入亦复何愁。边地多悲风，树木何修修；从君致独乐，延年寿千秋。"

东汉献帝七年，官渡之战后袁绍兵败病死。曹操乘机出兵，甄氏成了曹军的俘虏。曹操对这位美女颇为心动，有意将其留在身边。而曹丕也惊叹于甄氏的美貌，他对曹操说："儿一生别无他求，只有此人在侧，此生足矣！望父皇念儿虽壮年而无人相伴之分，予以成全！"曹操只好使人做媒让甄氏为曹丕妇。甄氏见曹丕生得英俊，又因为是曹军的俘虏，也认可了这个亲事。

　　曹植在13岁时第一次见到甄氏就对其一见钟情。早在官渡之战时，曹植就曾在洛河神祠偶遇藏身于此的袁绍儿媳甄氏，由于怜香惜玉，曹植将自己的白马送给了甄氏，帮助她逃返邺城，甄氏也将自己的玉佩赠给了曹植以示感谢。两人再次相见，都觉得是命中注定的。当时曹操醉心于他的霸业，建安二十一年到二十二年，曹操带着卞皇后、曹丕一同东征。而曹植则因年纪尚小，又生性不喜争战，于是曹植和甄氏留守邺城，曹植正好可以与这位多情而又美艳的少妇朝夕相处。曹植与甄氏消磨了许多风晨雨夕与花前月下的辰光耳鬓厮磨，了无嫌猜。时间久了，两个人浓如蜜糖的情意，已经快速升高到难舍难分的地步。

　　有人说，当甄逸之女以战俘身份接触到盖世枭雄曹操虎视眈眈的目光时，内心迅即产生了一种莫名的悸动与震撼；而比她小五岁的曹丕对她流露出倾心相爱的眼神时，她灵魂深处有着莫名的欣喜和幻想；当几乎与小她一半的曹植以稚嫩的童心，掬捧出天真无邪的情意时，使甄逸之女陶醉在虚无缥缈的快意之中，于是毫无顾忌地施展出母性的光辉与姐姐般的爱意，这是十分自然的感情流露。渐渐地，甄妃沉醉于曹植的才华之中，而曹植也给予了她无限的柔情蜜意。细细体会，我觉得很有道理。

　　父子三人同时爱上了美女甄氏，也就为其埋下了不幸的种子。曹操曾经认为曹植在诸子中"最可定大事"，几次想要立他为太子。然而曹植行为放任，不拘礼法，屡犯法禁，引起曹操的震怒，而他的兄长曹丕则颇能矫情自饰，终于在立储的斗争中渐占上风，并于建安二十二年得立为太子。公元226年，曹操去世，曹丕成为新皇帝，世称魏文帝。曹丕与两个弟弟曹植、曹彰，都是卞太后所生。曹丕素性猜忌，在他做魏王时就将两个弟弟遣往他们的封国。甄妃再嫁曹丕时，曹植暗中悲愤，曹丕也因此对曹植耿耿于怀。

　　曹丕当了皇帝以后，忙着将曹操的妃子据为己有，而此时的曹植与甄氏，感情却变得日益浓烈，一切矛盾便开始尖锐起来。曹丕登基后，曾三次急下诏书，请甄氏到洛阳主持长秋大典，登皇后大位。但甄氏一再婉言拒绝，并劝曹丕另立皇后。而此时曹植一直在洛阳料理曹操后事，曹植和甄氏分别的这段时间里，他们往返的诗作，达到了高峰。曹丕将父亲的妃子纳入自己宫中，甄氏认清了曹丕虚伪、荒淫的本色。于是，甄氏把她的痛苦向曹植倾诉，对曹植的爱恋加深。

魏国建立后，曹丕对甄氏和曹植错综复杂的关系难以释怀，因此仅封她为妃，所以甄氏始终未能得到母仪天下的皇后地位。甄妃此时已经年逾四旬，而曹丕正值三十四岁的鼎盛年纪，后宫佳丽众多，甄妃逐渐色衰而失宠。曹植和甄后已经有一年半没有见面了，曹植在甄后的一再催促下返回邺城。结果他一回来就在和甄后互赠信物时，被灌均举报给了曹丕。曹丕勃然大怒，狠心地处死了甄后。

曹丕残忍地赐死甄氏后，余怒未消，对亲弟弟也起了杀心。他怕曹植日后势力壮大，威胁到自己的皇位，便派人把曹植抓到洛阳来，想借口杀掉以除后患。曹丕限曹植七步之内以兄弟为题，吟诗一首，其中还不能出现兄弟两个字；如果做不到就要处死。曹植知道这是曹丕想借机杀了自己，心中十分悲伤。他忽然看到炉火中的豆秸，便随口做了一首七步诗："煮豆持作羹，漉菽以为汁。其在釜下燃，豆在釜中泣。本是同根生，相煎何太急！"这首日后被广为流传的诗果然救了曹植一命。

第二年，曹植入京陛见，曹丕对弟弟有一些歉意，竟将甄妃经常使用的一个盘金镶玉枕头赐给了他作为纪念。曹植睹物思人，不免触怀伤情，回来时经过洛水，夜宿舟中。恍惚之间，遥见甄妃凌波御风而来，并说出"我本有心相托"等语，曹植一惊而醒，方知是南柯一梦，遂就着篷窗微弱的灯光写下一篇《感甄赋》，借洛河中的水神宓妃作为甄妃的化身，抒发蓄积已久的爱慕之意。赋中写他经过洛水，遇见美丽的洛水之神宓妃，相互发生爱慕，终因神人道殊，不能结合，最后不得不怅怅而别。文中这样描述宓妃的美貌："翩若惊鸿，婉若游龙，容耀秋菊，华茂春松，若轻云之蔽月，似流颈秀项，皓质呈露，芳泽无加，铅华弗御。云望峨峨，修眉联娟，丹唇外朗，皓齿内鲜，明眸善睐，面辅承权，环姿艳逸，仪静体闲，柔情绰态，媚于语言。"在曹植写下《洛神赋》(原名《感甄赋》)之后，曹植和甄氏的绯闻就开始流传了。

但是随着年龄的增长，曹植生死无畏、少年轻狂的时代已经付之流水。他那"利剑鸣手中，一击而尸僵"的勇气渐渐变成了"仁虎匿爪，神龙隐鳞"的退缩。这时，他成了更纯粹的诗人，于是写下了不少思念甄氏的诗文。他回到邺城，见到旧景想念旧人，伤感不已，写下了乐府诗《妾薄命》。这首诗说的是：我们曾经携手同车，一同登上高入云间的飞楼玉阶，高高的钓台十分清静，只有我们两人在池边嬉戏。我们或是驾着龙舟荡桨碧波，或是俯身采摘芳草芙蓉。你那美丽的身影，令我想起洛神宓妃，也令我想起我们初恋时常常说起的汉女湘娥。曹植倾情于与甄妃的那段恋情，后来在十九首诗中多次出现这样的回忆："不念携手好"，"携手同车归"，这是两个人共同的美好回忆吧。

四年以后，甄氏之子明帝曹睿继位，因觉原赋名字不雅，遂改为《洛神赋》。正是因为曹植和甄氏的恋情，曹植一直没能得到重用。曹睿对曹植仍严加防范和限制。六年之后，曹睿下诏请曹植来京城参加聚会，并盛情款待他。就在参加完这次聚会不久，曹植就因突发疾病去世了。曹植的死十分可疑，曹睿是最大的嫌疑人。因为在曹植死后两个月，曹睿就重新撰录曹植的文集，把其中能够看出曹植与甄氏有关的一切文字予以销毁。

曹植与甄氏为爱情而死，一个是绝代惊世的佳人，一个才华横溢的诗人，人们感动于曹植与甄氏的恋爱悲剧，古老相传，就把甄氏认定成洛神了。晚唐李商隐在他的诗作之中，曾经多次引用到曹植感甄的情节，甚至说："君王不得为天子，半为当时赋洛神。""飒飒东风细雨来，芙蓉塘外有轻雷。金蟾啮锁烧香入，玉虎牵丝汲井回。贾氏窥帘韩掾少，宓妃留枕魏王才。春心莫共花争发，一寸相思一寸灰。"

"滚滚长江东逝水，浪花淘尽英雄。是非成败转头空，青山依旧在，几度夕阳红。白发渔樵江渚上，观看秋月春风。一壶浊酒喜相逢。古今多少事，都付笑谈中。"三国时期不仅仅只有谋略与杀戮，还有更多才子佳人凄美爱情的传奇，非常好看。比如：周瑜与小乔、孙策与大乔、吕布与貂婵、刘备与孙尚香、诸葛亮与黄玉英、曹操与蔡文姬、曹植与甄宓、荀粲与曹氏……英雄们的爱情伴随他们建功立业，谋士们的爱情伴随他们锦上添花。几番风雨，光阴荏苒。苦与乐跌宕起天地山河咆哮岁月扬尘；爱与恨编织起英雄侠骨柔情儿女情长。没事儿时多翻翻《三国演义》，真是受益匪浅，收获良多。

诉不尽世间爱恨悲欢

序曰：汉末建安中，庐江府小吏焦仲卿妻刘氏，为仲卿母所遣，自誓不嫁。其家逼之，乃投水而死。仲卿闻之，亦自缢于庭树。时人伤之，为诗云尔。

孔雀东南飞，五里一徘徊。
"十三能织素，十四学裁衣，
十五弹箜篌，十六诵《诗书》，
十七为君妇，心中常苦悲。
君既为府吏，守节情不移。
贱妾留空房，相见常日稀。
鸡鸣入机织，夜夜不得息。
三日断五匹，大人故嫌迟。
非为织作迟，君家妇难为。
妾不堪驱使，徒留无所施。
便可白公姥，及时相遣归。"
……
其日牛马嘶，新妇入青庐。
"庵庵黄昏后，寂寂人定初。
我命绝今日，魂去尸长留。"
揽裙脱丝履，举身赴清池。
府吏闻此事，心知长别离。
徘徊庭树下，自挂东南枝。

两家求合葬，合葬华山傍。

东西植松柏，左右种梧桐。

枝枝相覆盖，叶叶相交通。

中有双飞鸟，自名为鸳鸯，

仰头相向鸣，夜夜达五更。

行人驻足听，寡妇起彷徨。

多谢后世人，戒之慎勿忘！

——徐陵《玉台新咏（孔雀东南飞）》（节选）

做中国男人不容易，从古至今，中国男人总是要受到两个女人的窝头气：一个是母亲，另一个是妻子。很多人都被这道智力题审问过：如果妻和娘同时掉到河里，你只能救一个，那么，你先救谁？这道题多难，实在没法回答。因为不论你先救哪个，都会遭到另一个的痛斥。这就让中国婆媳之间的矛盾直接浮出水面。天底下像孟子母亲这样的好婆婆也不是没有，就看哪个有福气的儿媳妇儿遇得上。而有些恶婆婆总是代代不绝，她们以其特有的权力复制着同样的悲剧。

"自古红颜多薄命"，这句话不仅适用于那些皇家权贵、官宦世家，也同样适宜于普通家庭里的普通的人。

汉末建安年间，一个名叫刘兰芝的少妇，美丽、善良、聪明而勤劳。她出生在庐江郡，十三能织素，十四学裁衣，十五弹箜篌，十六诵诗书，她是一个家教严谨，多才多艺而又知书达理的闺阁女子。十七岁时，她与焦仲卿结婚，夫妻俩互敬互爱，感情深挚。焦家只有守寡多年的老母和一位小姑子，家境富足。刘兰芝嫁到焦家以后，起早睡晚，辛勤操持家务，一天忙到晚，把一个四口之家打理得井井有条。

焦仲卿与妻子情投意合，没事时就喜欢在妻子身边喁喁低语，情话绵绵，偶尔也弹筝奏乐，夫唱妇随，伉俪情深，其乐融融。邻居都对这对郎才女貌的小夫妻羡慕不已。不料偏执顽固的焦母却看不顺眼，百般挑剔。焦母守寡多年，母子相依为命已经成为长久以来的习惯，家中忽然多出一个媳妇，使母子之间彼此依赖的态势迅速改变，她心理失衡，迁怒于媳妇，认为媳妇没有礼节，凡事爱自作主张，抢走了儿子，简直就是破坏焦家和谐的狐狸精，并强迫威逼儿子把刘兰芝休回娘家。

一面是养育自己多年的母亲，一面是自己深爱的娇妻，处于两难位置的焦仲卿该何去何从呢？思来想去，焦仲卿还是决定去和母亲谈谈，可他万没想到因为自己不善言辞，最终和解的目的不但没有达到，反而要被迫将爱妻休回娘家。焦仲卿坚决反对，在母亲面前发誓："倘若遣去媳妇，此生誓不再娶！"儿子的这番言语，在母亲眼里简直是大逆不道，难道为娘的含辛茹苦把你抚养成人，如今你竟敢为了媳妇用话要挟母亲？错不在儿子，都是受了刘兰芝这个狐狸精的魅惑，才让儿子的心逐渐疏离她，所以她绝对不会再让刘兰芝留在焦家。她发出了决绝之音，以死相胁，使得焦仲卿不得不屈从了母亲。

古代休妻有七大理由，符合其中的任何一条都可以休妻。《礼记·本命》中记载："妇有七去：不顺父母去，无子去，淫去，妒去，有恶疾去，多言去，窃盗去。"

焦仲卿迫于母命，无奈只得劝说兰芝暂避娘家，待日后再设法接她回家。夫妻两人泪眼到天明，焦仲卿一再安慰妻子，并保证假以时日，情况必然会获得改善，劝慰其妻务必要暂时忍耐，过些日子再来相迎。虽然刘兰芝对前途抱有清醒的认识、见解，但对焦仲卿的幻想不愿打破，并且还温柔地安慰他。分手时，两人依依不舍，欲说还休，对天盟誓，永不相负。

"君当作磐石，妾当作蒲苇。蒲苇纫如丝，磐石无转移。"意即海枯石烂，两情相悦，永不变心。刘兰芝待人平和善良，十分真诚。面对婆婆的无理专横，刁难迫害，心里虽然悲痛，仍能十分冷静地处理与婆婆的关系。刘兰芝临走时还亲自去与婆婆告别，并且有礼貌地说道："受母钱帛多，不堪母驱使，今日还家去，念母劳家里。"在婆婆面前她打扮得整整齐齐，从容镇定，一举一动，十分得体，没有任何过火言行，也没有一点可怜相。她的眼泪可以对着小姑流淌，却决不在婆婆面前掉落一滴。但当她与小姑话别时，却忍不住"泪落连珠子"，想到"新妇初来时，小姑始扶床，今日被驱遣，小姑如我长"。几年来亲密相处，结下了深厚的友情，恋恋难舍，感慨万端。她亲切体贴地嘱咐小姑说："勤心养公姥，好自相扶将"、"初七及下九，嬉戏莫相忘"。

刘兰芝回到家中，善良的母亲望着回家来"进退无颜仪"的女儿，大为悲摧。然而刘兰芝还有一位性情暴躁的兄长，对她这位兄长，刘兰芝早有心理准备，在回家的路上她就知道："我有亲父兄，性行暴如雷，恐不任我意，逆以煎我怀。"

果然，刘兰芝回家后，首先是县令遣媒，为他刚满18岁的第三个儿子求亲，做母亲的理解女儿的心情，在女儿的恳求下代为谢绝了。不久，太守遣县丞为他的五少爷求婚。当母亲再次准备为女儿谢绝时，她的兄长出面干涉了，旧社会长兄代父，代她答应了这门婚事，并纳采行聘，选定了良辰吉日，准备迎亲过门。刘兰芝默不作声，只有用手巾掩口啼泣，眼泪哗哗地直流，所谓"腌腌日欲瞑，愁思出门啼"。

她既不哀求，也不争辩，表面很平静，抱着顺从的样子，内心却

诉不尽世间爱恨悲欢

做最后的抗议，以一死作为反抗的行动。这个决心除告诉了焦仲卿以外，瞒过了一切人，因而没有遭到任何阻挠，从容不迫地实现了预定的计划。

刘兰芝回到娘家后，趋炎附势的哥哥逼她改嫁太守的儿子。焦仲卿闻讯赶来，两人约定"黄泉下相见"。最后在太守儿子迎亲的那天，他们双双殉情而死。

"孔雀东南飞，五里一徘徊。"这是刘兰芝与焦仲卿诀别的时刻两人相约另一个世界的约定。刘兰芝知道这便是回到焦仲卿身边的唯一办法，这个男人爱她却无法保护她，在这个封建的牢笼中，他和自己一样都是被束缚的弱者。刘兰芝不怕死，她只是怕离开焦仲卿，这个她生命中唯一的男人，将会始终陪伴在她的左右，不离不弃。

在一个冷冬的时节，寒风摧凌着树木，树叶飘零。斜月清冷，严霜满地，偶尔自空中传来一两声孤鸟的悲鸣。刘兰芝踉踉跄跄地离开了青庐，趁人不备，跃身投入村外的池塘之中，用她的生命来诠释情爱的坚贞。

焦仲卿回到家里以后，登堂拜母，说了一些"不能承欢膝下，万望善自珍重"的诀别话。他那糊涂而专横的母亲还在安慰他："汝是大家子，仕宦于台阁，慎勿为妇死，贵贱情何薄。东家有贤女，窈窕艳城廓，阿母为汝求，便复在旦夕。"不管母亲如何劝慰，此时焦仲卿已经决心赴死，哪里听得进去。当天夜里徘徊于庭院之中，三更过后，乌鸦成群飞过，焦中卿心知有异，知道爱妻已经殉情，正在黄泉路上等他结伴同行呢！于是解下腰带，绑在庭树枝上自缢而死。

刘兰芝放着"金车玉作轮，青骢马，金镂鞍"的富贵之家不去，甘愿为情而死，令人赞叹。

天亮以后，焦仲卿与刘兰芝双双殉情的消息轰动了附近村里，焦母呼天抢地，为独子的死悲恸不已；刘家兄长更是愧悔交加，因为自己的贪利趋势，而害得走投无路的妹妹投水保贞；一般村民更是由同情而愤慨，聚集在两家门前，鼓噪唾骂，并要求将两人合葬在华盖山麓。

时光流逝，他们死后被合葬在华山旁边。由于他们忠贞的爱情感动上天，天上的月老把他们俩的灵魂放到两只恩爱的孔雀身上，让他们的爱情永远美丽地流传下去。

这是一个令人感伤的爱情悲剧，有一位民间诗人就此写成了一篇《孔雀东南飞》的五言诗。刘兰芝与焦仲卿之间所拥有的已经远远大于了爱情。他们之间有着一种生死不渝的约定，这约定关乎生命。古人有着善良的心性，这样悲苦故事的结局自然无法让他们满意，所以口口相传：这夫妻两人最后竟然化为孔雀，相依相伴，永不分离。一场婚姻，爱情作为维系的纽带，被婚姻中的男女当成了全部，当婚姻坍塌覆灭之时，被埋葬的又何止是爱情。"多谢后世人，戒之慎勿忘。"一曲《孔雀东南飞》，诉尽世间爱恨悲欢。

　　几千年来，封建观念对爱情的束缚根深蒂固，爱情当事人如果想要反抗想要自主时，他们必然需要一种精神的支撑，而他们却找不到这种支撑，他们是孤独无助的。于是死亡就成了捍卫爱情的唯一方式，所以其爱情结局大多是死亡。陆游之母一手导演了陆游和唐琬的婚姻悲剧；焦仲卿之母也导演了焦仲卿和刘兰芝的爱情悲剧；慈禧婆婆导演了自己的亲生儿子同治帝的悲剧还没过瘾，索性把自己的外甥光绪帝与和珍妃的爱情也一掌拍扁。还有梁山伯与祝英台相爱却不能相守终生；王母娘娘无情地将一条滔滔银河横亘在牛郎与织女的面前……由此，我得出个结论，当儿子的千万别在母亲的眼皮子底下与老婆闹骚，小夫妻太恩爱了，会导致婆婆看不顺眼。历代的爱情悲剧里面，中国婆婆的嫉妒心表现得最充分。焦仲卿和刘兰芝，他们的不幸恰恰是被婚姻埋葬了爱情。两情相悦，爱情轰轰烈烈，却遭父母家人的反对，双双殉情，于是他们化作飞天的孔雀，在天上人间共度良宵。

霸王别姬

乙未秋月 赖颜 画

香消玉殒　花魂转世

力拔山兮气盖世。
时不利兮骓不逝。
骓不逝兮可奈何。
虞兮虞兮奈若何。

——项羽《垓下歌》

能与项羽《垓下歌》相媲美的只有刘邦的《大风歌》："力拔山兮气盖世"与"大风起兮云飞扬"，两首古歌都表达出君临天下傲睨万物的豪迈，两个雄杰吞吐出的豪言，两个壮士舒展出的壮语，成就了壮怀激烈、战火硝烟的楚汉纷争。刘邦、项羽二人之斗，不仅仅是武力的角逐，更是心力的较量。项羽与虞姬的乱世情缘，也成就了英雄美女惊天动地的旷世之爱！

"霸王别姬"是秦汉时期最为动人的故事之一。虞姬忠于爱情，为了让项羽尽早逃生，拔剑自刎。其情，惊天地！其义，泣鬼神！有时我们会这样想，在历史的长河之中，如果没有秦汉之间的战火硝烟，如果没有那一条奔腾的乌江，那么历史又该怎样重写？两个王朝的分界线将会躲到哪里？如果没有项羽的横空出世，秦王朝的灭亡就该在另一个时空里发生，也就不会是汉王朝的大一统，也就不会有刘邦以一个封建农民的身份登上皇位，雄霸大业，也就不会有项羽与虞姬在寒冷的古剑与柔软的舒袖间的恩爱悲歌。

项羽是中国历史上最强的武将，是秦末力能扛鼎、气压万夫的一代英雄豪杰，号称西楚霸王。

项羽是项燕的孙子，楚国的贵族。楚国灭亡之后，项氏家族惨遭屠杀，少祖父项董被车裂于家乡吴中。他与弟弟项庄随叔父项梁流亡到吴县。年少时项梁曾请人教他书法诗歌，但他学了没多久便厌倦了；后又请人教他武艺，没多久他又不学了。项梁大怒！项羽说："学文不过能记住姓名，学武不过能以一抵百，籍要学便学万人敌！"于是，项梁便教授他兵法。但其学了一段时间后又不愿意学了，项梁只好顺着他不再管他。年轻时项羽的志向极为远大。一次秦始皇出巡在渡浙江时，项羽见其车马仪仗威风凛凛，便对项梁说："我可以取代他。"

秦二世元年，陈胜、吴广在大泽乡振臂一呼，揭竿而起，项羽随叔父项梁在吴中刺杀太守殷通举兵响应，此役项羽独自斩杀殷通的卫兵近百人，第一次展现了他无双的武艺。二十四岁的项羽，就这样带领八千吴中反秦起义军，登上了历史舞台。秦朝大厦倒塌之快，其内在外在有各种问题，但是给予大秦最沉重的一击，使强悍的大秦再无能力开动其战争机器，无疑是项羽的天才之作——巨鹿之战。巨鹿之战，项羽以少量杂牌军全歼秦军精锐，无疑是中国战争史甚至世界战争史中的奇迹。

虞姬，名虞妙弋，出生于常熟虞山脚下一个村舍里，史家以其出生地称呼之，遂有"虞姬"之名。据史料记载，虞姬是一个才貌双全的女子，不仅长得美丽，舞姿也是楚楚动人，还有她的剑，也同样挥舞得轻盈如水。虞姬在项羽起兵时，因仰慕他的英雄气概，自愿为妾，跟随他东征西战。在连年的征战中，虞姬始终与项羽形影不离，两人感情甚好。

有人说，当她看到项羽的时候，她就知道这个男人便是心中的"白马王子"，她就知道这个男人一定会成为济世的才俊，她也知道这个男人将会成为历史上的草根英雄。于是，她愿意把自己的身体献给这支起义军的力拔盖世者。也许，只有项羽才能带走虞姬的心，只有项羽才能占有虞姬生命的全部。有人说，虞姬是项羽的精神按摩师，在他浴血奋战之余，给他唱支小曲，或跳个舞，舒缓他紧张的神经。虞姬对于以"霸王"姿态面对世人的这个男人来说，作用不可忽视。项羽这种斩万余首级不眨一下眼的角色，倘没有虞姬柔性的熏陶，或许会变成一个狂暴的混世魔王。

公元前 202 年，汉王刘邦和项羽争夺天下，项羽被刘邦困在了垓下，项羽几番突围失败，兵孤粮尽。刘邦部下士兵有很多人会唱楚歌，夜晚项军听到四面楚歌，以为楚地尽失，楚营里的将士们听见家乡的歌声，军心涣散，都纷纷逃跑了。项羽大惊："难道汉军已占了楚地吗？为何楚人这么多呢？"楚霸王看见大势已去，心如刀绞，他什么也不留恋，只惦记着爱妾虞姬。满怀愁绪之下，两人饮酒帐中。有一匹骏马，名字叫乌骓，项羽经常骑乘。酒过三巡，项羽感慨良多，不由悲伤地唱起了《垓下歌》："力拔山兮气盖世，时不利兮骓不逝。骓不逝兮可奈何，虞兮虞兮奈若何！"我的力量能拔起大山啊，我的气概能压倒当世，时势不利啊，乌骓也不再飞驰，乌骓不再飞驰啊！我该拿它怎么办？虞姬啊虞姬啊，我该拿你怎么办？在这里，我们看到了一个叱咤风云的英雄强弩之末时竟然连自己心爱的女人也保护不了，项羽的内心该是何等的悲怆哀伤。所谓英雄气短、儿女情长，就是再冷酷刚毅的英杰也难免匍匐在女人的石榴裙下；就是再铁石心肠的枭雄也难免拜倒在爱情的温柔之乡。

虞姬凄然起舞，泣泪和唱："汉兵已略地，四方楚歌声。大王意气尽，贱妾何聊生！"汉兵已经得到了楚地，四面都是楚地歌声，大王的意气已经尽了，我为什么还要活在世上呢？虞姬的这一首《和垓下歌》，既是历史上少见的绝命悲歌，也是爱情的悲歌，虞姬为了让项羽不再有牵挂，歌罢，横剑一刎，顷刻间香消玉殒！虞姬凄戚悲壮的死，生生托起了一个千古悲情英雄！项羽的这首《垓下歌》作为一首千古绝唱，其魅惑人心的魔力是巨大的，君王忧后的无奈之叹，到了情到深处人孤独的境地。举目四望，天底下还有谁能拯救这个曾经屹立于权力之巅的男人。

项羽悲痛万分，仓促间只好草草掩埋了虞姬，随即带着八百骑兵连夜突围而出，被汉军追至乌江边。项羽想东渡乌江，当乌江亭长劝他"急渡"时，项羽说："当年我与江东子弟八千人渡江向西，今无一人生还，纵然江东父老可怜我而尊我为王，难道我就不觉得愧疚吗？"他没有渡江，而是发出了勇者豪迈的笑，"天之亡我，我何渡为？"笑后，英雄豪杰，在乌江边自刎而死，威严且壮烈。

世界上没有哪一种花，可以像虞美人花一样，流传着这么多红颜薄命的凄美故事。这种花惊艳凄美，殷红如血，她们都是虞美人的花魂转世！后世的诗人用《虞美人》的曲名和词牌来纪念霸王别姬的凄美故事，在吟诵赋唱中，项羽与虞姬，成就了一段穿越垓下的乱世情缘，成就了一段穿越历史时空的千古绝唱。

待那一场繁华落尽纤尘

陛下寿万年，妾命如尘埃。
愿共南山椁，长奉西宫杯。
披香淖博士，侧听私惊猜：
今日乐方乐，斯语胡为哉？
待诏东方生，执戟前诙谐。
熏炉拂麝帐，白露零苍苔。
吾王慎玉体，对酒毋伤怀。
伤怀惊凉风，深宫鸣蟋蟀。
严霜被琼树，芙蓉凋素质。
可怜千里草，萎落无颜色。
孔雀蒲桃锦，亲自红女织。
殊方初云献，知破万家室。
瑟瑟大秦珠，珊瑚高八尺。
割之施精蓝，千佛庄严饰。
持来付一炬，泉路谁能识！
红颜尚焦土，百万无容惜。
小臣助长号，赐衣或一袭。

——吴梅村《清凉山赞佛诗》（节选）

关于与顺治皇帝相恋并恩爱的董鄂妃是不是董小宛，一直是人们争论的话题，清代诗人吴梅村写的《清凉山赞佛诗》，给了人们另一片遐想的天空。"陛下寿万年，妾命如尘埃。愿共南山椁，长奉西宫杯。"当时顺治皇帝与董小宛的故事流传得沸沸扬扬，人们不免猜想诗中所写的陛下，会不会就是顺治皇帝。此外，诗中还写道："可怜千里草，萎落无颜色。"有人分析：千里草——草下千里重叠，这分明是个"董"字。于是，人们更加确信诗中的妾指的就是董小宛。而陛下，无疑就是深爱着董小宛的顺治皇帝。

顺治皇帝看来很早就在研究生死的问题了，生从何处来？死向何处去？人生短暂，这一次是我，下一次是谁？未曾生我谁是我？生我之时我是谁？这种想法延伸至神秘的地方，为什么要生要死？能否只生不死？能否不生不死？这些令人遐想的问题，引领人们追寻生命的奥秘。熟读经史子集的少年天子，把轮回转世的信仰渐渐融进了自己的意识之中，以至于后来因为爱情失意后，他义无反顾地摒弃皇权，投身于佛教的神秘境界里。顺治皇帝的剃度，实际上是一个从渐悟到顿悟的过程，而顺治皇帝与董鄂妃的千古绝恋，正是其走向人生另一个崭新境界的原动力。

顺治皇帝福临，是清太宗皇太极第九子，在叔父摄政睿亲王多尔衮的辅佐下登上了帝位，改元顺治，并于顺治元年九月由沈阳进京，在太和门举行了登基大典，成为清入关后的第一位皇帝。

6岁登上王位的福临是在多智多勇又独断专行的叔父多尔衮与深明大义的寡母孝庄文皇后的教导之下成长起来的皇帝。顺治皇帝刚14岁的时候，皇室就为他选立了皇后，这位皇后是蒙古族人，名叫娜木钟，来自蒙古科尔沁大草原。她的父亲卓礼克图亲王吴克善是孝庄文皇后的哥哥，是福临的亲舅父，所以这位皇后正是福临的表妹。顺治八年正月，吴克善把女儿送到了京城。同年八月十三日在紫禁城举行了清朝开国以来第一次皇帝大婚礼，14岁的福临与表妹博尔济吉特氏娜木钟喜结良缘，成为伉俪。皇后天生丽质，美貌超群，而且聪明灵巧。可是婚后刚两年，小两口就反目成仇，分宫而居。顺治十年九月，顺治不顾群臣的多次苦谏，废掉了这位皇后，将她降为静妃，改居侧宫。顺治的另一次废后没有成功。这位皇后也是来自蒙古科尔沁，是被废皇后的侄女，也是孝庄皇太后的侄孙女，历史上人称孝惠章皇后。就在姑母被废为静妃的第二年,她被选入宫,年仅14岁,不久被立为皇后。顺治几次想废掉她,让董鄂妃取代皇后之位,但都被董鄂妃暗中劝阻了。

顺治的帝王生活是十分孤独的,少年时期深受摄政王的压迫,无法施展自己的政治才华,而后又遭遇包办婚姻,与博尔济吉特氏的感情很不好,另外几位妃子也和他没有共同语言。历史所言,他的早期生活十分放纵,也许是源自对生活的报复与宣泄。这样的醉生梦死的生活直到遇上乌云珠才画上句号。

偶然的机会里,他遇见其弟博果儿的福晋,也就是后来的董鄂妃。两人有着许多相似之处,才会"出轨"。他们的结合应该来自精神的契合。董鄂妃,大臣鄂硕(姓董鄂)之女。她天资巧慧、容貌娟秀,善解人意、乖巧大度,其母亲是汉人才女,这使她兼有南国佳丽的柔媚婉约和北地胭脂的爽朗率真,万分合乎顺治的理想。

董鄂妃的身世至今仍是个历史之谜,一直众说纷纭,主要有两个版本:一是说董鄂妃就是一代名妓董小宛。但这个版本很快就被历史学家们所否定。还有一个版本真实性比较高,据《清史稿》后妃传记载,董鄂氏(即董鄂妃)是内大臣鄂硕的女儿。清代有选秀女的制度,但限制是13岁~16岁,而董鄂氏18岁才进宫。所以可以断定,董鄂氏不是通过正常的渠道进入皇宫的。据考证,董鄂氏在顺治十年入选秀女,被指配给襄亲王,那年董鄂氏16岁。襄亲王名叫博穆博果尔,是皇太极的第11个儿子,顺治的同父异母弟弟。因为这个原因便注定了顺治皇帝和董鄂妃的爱情悲剧。

顺治皇帝与他的第二个皇后大婚时,按照当时清代的规定,王爷们的福晋要进宫侍宴。董鄂氏经常到后宫入侍,据说她不仅美貌如花,而且可谓女中优伶,琴棋书画无所不精,更是一位提笔通文、出口成章的奇女。赋闲时,她时常和顺治皇帝博古论今,诗词歌赋。久而久之,召董鄂进宫谈诗论词成了顺治皇帝的议程。董鄂的美貌和才情深深地吸引了顺治,只是有碍于当时的礼教,只能哀叹相识恨晚。就在他们苦于相知却不能相守之际,博果儿的母亲看出了端倪,提醒博果儿提防董鄂,并警告儿媳恪守妇道。博果儿却并没放在心上,忽略了董鄂的变化。董鄂的行为受了制约,婉拒顺治的宣召。一天,董鄂在房中写字之时,顺治无法排解相思之苦,冒冒失失来看董鄂,抬眼看到了董鄂写的"辛悲"二字,他提笔补上前面两个字合成"无尽辛悲"。

两人四目相对，两手相执之际，博果儿突然回府，看到了这一幕，低头又看到了他们合写的"无尽辛悲"，明白了一切。博果儿是个武夫，妻子出轨在他眼里就是战败的耻辱，顺治有至高无上的权力，在清朝只要一纸诏书，就可以废掉他们的婚姻，迎董鄂进宫。博果儿觉得无论怎么做都是颜面尽失，于顺治十三年（1656）狩猎野外之际，避开随从自杀于荒郊。

博果尔的自杀成全了他们的爱情，他在死去的同年，顺治皇帝冒天下之大不韪，把董鄂妃接到宫中，封为皇贵妃，地位仅次于皇后。顺治视董鄂妃为国色天香、红粉知己。他对董鄂妃可谓是一见钟情，至死不渝。顺治以前曾沾染了满洲贵族子弟那种好色淫纵之习，可是奇迹出现了，自从遇到董鄂妃后，少年天子变得专一起来。两人情投意合，心心相印，可谓"长信宫中，三千第一"，"昭阳殿里，八百无双"，真是六宫无色、专宠一身。他们在宫中度过了一段美丽的时光。董鄂妃集三千宠爱集于一身。在顺治帝的眼里，她就是自己唯一的女人。后来他们生有一子。孩子出生之时，顺治帝居然惊呼"我的第一子出世了"。其实他早已是几个孩子的父皇。可见董鄂妃在顺治眼里所占位置无人可及。

从董鄂妃举行隆重的册妃典礼上就可以看出来——颁布诏书，大赦天下。在清代历史上，因为册立皇贵妃而大赦天下的，这是绝无仅有的一次。顺治皇帝要把自己的喜悦之情与天下人分享，给予董鄂妃他所能给予的极致。

董鄂妃不仅才情过人，还是温情女子，和顺治是珠联璧合的一对璧人。本来他们的结合也算为情的一种执著。但是，她一直为博果儿的死而自责、内疚，时常被这念头折磨。不久，她的孩子忽然夭折，这给了她和顺治一个致命的打击。他们把孩子的死归罪于他们的结合，这念头像野草一样疯长……尔后两人吃斋念佛，接受着苦役一样的赎罪，董鄂妃一直体弱多病，终于无力支撑心理上巨大的压力病倒了。

顺治皇帝与董鄂妃的第四皇子，才刚出生几个月就不幸地夭折了。这种打击使得她一病不起。顺治皇帝的百般劝慰和关爱并没有减轻董鄂妃因失去爱子所产生的精神痛苦，本来就十分孱弱多病的身体，又雪上加霜。顺治十七年八月十九日，一代名妃、绝代佳人董鄂妃香消玉殒，病逝于东六宫之一的承乾宫，年仅22岁。据顺治皇帝说，董鄂氏死时"言动不乱，端坐呼佛号，嘘气而死。崩后数日，颜貌安整，俨如平时"。顺治皇帝痛不欲生，寻死觅活，使得当时他的母亲孝庄太后不得不让左右的人看守他，以防他自杀。为了表达他的悲痛，顺治皇帝在景山建水陆道场，大办丧事，将宫中太监与宫女三十人赐死，让他们在阴间侍候自己的爱妃。同时令全国服丧，官员一月，百姓三日。顺治帝让学士撰拟祭文，命朝中大臣、皇亲国戚都去哭陵，并亲手撰写了饱含深情的长达四千字的《端敬皇后行状》来悼念爱妻，极尽才情，极致哀悼，并历数董鄂氏的嘉言懿行、洁品慧德。《行状》数千言，回忆了董鄂妃的种种往事，追封她为"孝献庄和至德宣仁温惠端敬皇后"。多情天子的欢喜与哀痛，只能通过这些方式表达。

爱子爱妃的接连失去，使顺治的精神几乎崩溃，悲恸欲绝。他万念俱灰，看破红尘，不再留恋尘世，弃江山社稷如敝屣，执意要出家为僧，因苦结佛并让和尚溪森为他剃了发。后来由于溪森的师父玉林琇以要烧死溪森为要挟，才逼得顺治打消了出家的念头。他的精神支柱完全崩溃，健康状况每况愈下，24岁时又染上天花，很快便撒手人寰，溘然离世，追随爱妃而去。顺治死后，陵墓旁葬着两位皇后，其中一位就是董鄂妃。

有人认为顺治皇帝是一位历史上罕见的痴情皇帝。说他固执、率真、一旦痴迷，就难以自拔。就像他痴迷佛学，深爱董鄂妃一样；他痴迷佛学，甚至可以放弃皇位，皈依佛门。因为深爱董鄂妃，他可以不顾政治影响、不顾天下人的唾弃，董鄂妃一旦离去，他便再也不留恋尘世。顺治帝对于董鄂氏，可谓情有独钟，三千宠爱于此一身。

董鄂妃，这位神秘的女子，让那么多文人墨客梦绕魂牵，赋诗寄情；又让那么多历史学家费尽心思，苦心考索。但直到今天，她的身世依然是个待解之谜。清史专家阎崇年先生在《正说清朝十二帝·顺治帝福临》之"同爱妃的关系"中这样写道："顺治帝真正视为国色天香、红粉知己的是董鄂妃。"对董鄂妃可谓"一见钟情、至死不渝"。

顺治与董鄂妃之间至真至纯的爱情，是大清国最为惊天动地的一场爱情，是早已烙在人们心中的一段凄美故事。他和董鄂妃的爱情神话，千百年来为世人所吟咏嗟叹，潸然泪下之际，不仅为这段悲剧而感动与深思。江山美人谁与共？万般荣华之后，待那一场繁华落尽，才明白原来一切都是梦。

谁曾丢失了幸福

那一刻，我升起风马，不为乞福，只为守候你的到来；
那一天，闭目在经殿香雾中，蓦然听见，你颂经中的真言；
那一日，垒起玛尼堆，不为修德，只为投下心湖的石子；
那一夜，我听了一宿梵唱，不为参悟，只为寻你的一丝气息；
那一月，我摇动所有的经筒，不为超度，只为触摸你的指尖；
那一年，磕长头匍匐在山路，不为觐见，只为贴着你的温暖；
那一世，转山转水转佛塔啊，不为修来生，只为途中与你相见；
那一瞬，我飞升成仙，不为长生，只为佑你喜乐平安！

——仓央嘉措《那一刻》

我经常在默默地想，幸福究竟在我的前面还是后面？我的幸福是尚在期待中还是丢失了？这是一个自己无论如何都想不明白的话题，它下牵缘分上接宿命；它左手快乐右手忧伤；它醒来清风醉时月光；它笑时孤寂泣时断肠……可是不论是不是想得明白，我跟那些人一样，心中依然坚定信念，脑袋里依然塞满幻想。而我只是一个红尘里的凡夫俗子，我只能在夜色斑斓处，捧一册书卷，品一樽淡酒，寻一缕幽香，拾一阕伤心小诗，听一首断肠情歌。有些人命中注定出身豪门却不能享受荣华富贵，有些人遁入空门一生仍是大痛大悲。谁比得了不爱王位只求修行的佛祖释迦牟尼？谁比得了不爱江山爱美人的英王温莎公爵？谁比得了书高日月、词盖春秋的纳兰性德？谁比得了千古情僧、雪山红莲仓央嘉措？

　　月色下，台阶前，情怎相忘，心怎无尘？往事不可追忆，一忘便成一腔千古愁怨，一忆便成一江东流春水。我一边静静地走，一边默默低念着仓央嘉措，他真的把情人丢了，把幸福丢了？"这么静 / 比诵经声 / 还静 / 我骑上我的白鹿 / 白鹿踏着 / 尚未落地的雪花 / 轻如幻影 / 本来是去远山拾梦 / 却惊醒了 / 梦中的你。"（仓央嘉措《风空》中第八首）"情人丢了 / 只能去梦中寻找 / 莲花开了 / 满世界都是菩萨的微笑 / 天也无常 / 地也无常 / 回头一望 / 佛便是我 / 我便是你。"（《仓央嘉措·情人丢了》）；"好多年了 / 你一直在我的伤口中幽居 / 我放下过天地 / 却从未放下过你 / 我生命中的千山万水 / 任你一一告别 / 世间事 / 除了生死 / 哪一件不是闲事。"（《仓央嘉措情诗·好多年了》）；"谁的隐私 / 不被回光返照 / 殉葬的花朵开合有度 / 菩提的果实奏响了空山 / 告诉我 / 你藏在落叶下的那些脚印 / 暗示着多少祭日 / 专供我在法外逍遥"（仓央嘉措情诗·谁的隐私下不被回光返照》）。

　　人丢了，爱就丢了；心丢了，魂儿就丢了。被幸福，是一种无奈，也证明幸福的丢失。欲望越小，幸福感越高；祈盼越小，距离幸福就越近。读懂了仓央嘉措的情歌，你还会不会缅想曾经的花前月下两情相依？你还会不会撩拨曾经横笛伴清歌、翩然双起舞？你还会不会感念曾经的欢声笑语如在眼前，为什么片刻烟消云散，一切了无痕？你还会不会叹谓海阔山遥，请给我一个温柔的笑颜，便已心暖如春；请给我一个凝定的眼神，便已心花灿烂？

　　"自惭多情污梵行，入山又恐误倾城。世间哪得双全法，不负如来不负卿?"

三百多年前,这位年轻多情的六世达赖喇嘛仓央嘉措从心底轻轻吟出了这充满无奈的诗句。他的欢乐与痛苦便如无法泅渡的苦海,翻卷在俗世里的风花雪月之中。无论向左,无论向右,他的生命都注定无法完满。即使是贵为西藏地区神王的达赖喇嘛,仓央嘉措仍要为他的无奈与幻想付出代价。如此高贵的地位,却换不来简单的爱情;如此厚重的情愫,却握不住轻盈的幸福。

那一刻,我升起风马,不为乞福,只为守候你的到来;
那一天,闭目在经殿香雾中,蓦然听见,你颂经中的真言;
那一日,垒起玛尼堆,不为修德,只为投下心湖的石子;
那一夜,我听了一宿梵唱,不为参悟,只为寻你的一丝气息;
那一月,我摇动所有的经筒,不为超度,只为触摸你的指尖;
那一年,磕长头匍匐在山路,不为觐见,只为贴着你的温暖;
那一世,转山转水转佛塔啊,不为修来生,只为途中与你相见;
那一瞬,我飞升成仙,不为长生,只为佑你喜乐平安!

我们真的丢失过幸福吗?年轻的喇嘛指点我们去香格里拉,去高原雪山,去抚摸喜马拉雅那宽阔的额头,去吮吸雅鲁藏布江的清流……让那歌声蘸着西藏雪山纯净透明的泉水,千回百转,潺潺流进我们的心田;让那久居喧嚣尘世的人们,倾听远古的呼唤,领略到千年的祈盼;让那天堂里沁人心脾的梦想,成为令山川久久不能忘怀的眷恋。

相传仓央嘉措在入选达赖前,家乡里有一位美貌聪明的意中人,他俩青梅竹马,终日相伴,耕作放牧,恩爱至深。他进入布达拉宫后,厌倦深宫内单调而刻板的黄教领袖生活,时时怀念民间多彩的习俗,思恋美丽的情人。他便经常微服夜出,与情人相会,追求浪漫的爱情生活。有一天下大雪,清早起来,铁棒喇嘛发现雪地上有人外出的脚印,便顺着脚印寻觅,最后脚印进入了仓央嘉措的寝宫。随后铁棒喇嘛用严刑处置了仓央嘉措的贴身喇嘛,还派人把他的情人处死,采取严厉措施,把仓央嘉措关闭起来。他的爱情他的浪漫他的幸福,最后都被悲剧尘封在身后的岁月之中。于是,他便轻轻吟唱,悄悄默念:"第一最好不相见,如此便可不相恋。第二最好不相知,如此便可不相思。

第三最好不相伴，如此便可不相欠。第四最好不相惜，如此便可不相忆。第五最好不相爱，如此便可不相弃。第六最好不相对，如此便可不相会。第七最好不相误，如此便可不相负。第八最好不相许，如此便可不相续。第九最好不相依，如此便可不相偎。第十最好不相遇，如此便可不相聚。但曾相见便相知，相见何如不见识。安得与君相诀绝，免教生死作相思。"

多么荡气回肠，温柔缠绵，却又是那么无奈和决绝。我读了一遍又一遍，忧怨忧伤，无奈心酸，茫然无助，还有那么一点儿的顿悟。六世达赖喇嘛仓央嘉措，内心里有个唯美的、绝妙的世界，也许是因为……他写下的诗篇是如此的奇妙绚烂，如此的令人回味。

你说：我也曾如你般天真。佛门中说一个人悟道有三个阶段："勘破、放下、自在。"的确，一个人必须要放下，才能得到自在。佛曰：命由己造，相由心生，世间万物皆是化相，心不动，万物皆不动，心不变，万物皆不变。

古人云：不应有恨……我们应知道，一切均有善恶因果。我们可以做到吗？有谁不懂恨意欲深，爱意欲浓？竟还有那世世代代的爱恨情愁，世世延续，代代相传。

初见是件锦绣的糖衣

人生若只如初见，
何事秋风悲画扇？
等闲变却故人心，
却道故人心易变。

骊山语罢清宵半，
夜雨霖铃终不怨。
何如薄幸锦衣郎，
比翼连枝当日愿。

——纳兰性德《木兰花令·拟古决绝词》

人们常常感叹人与人之间初次见面的那种美好的感觉，可是这种感觉难以长久，情人的心似乎更容易改变。生命中，不断地有人走进或离开。于是，记住的、遗忘的、怀念的……那是一种什么感觉？几许无奈、几许悲哀，最不愿意的是开始时相亲相爱，而后来却相离相弃。当开始怀念初见时的美好感觉时，却不得不感叹时过境迁，物是人非。

　　最初的相遇，那种美好的感觉就像春天初放的花，温馨、自然。那种渴望、那种喜悦，一直弥漫在朦胧的初遇的情结中。那时候显露在对方眼里的往往都是自己的优点，有很多缺点甚至是致命的弱点却都隐藏着，不露声色。随着时间的推移，彼此了解的不断深入，对方的缺点不知不觉取代了原来美好的感觉，若再加上利害关系的冲突，交往中出现的误会、费解、猜测或者非议，最初的美好感觉会大打折扣。失望了，感情淡了，爱情飞走了，什么事情都有可能发生，就会有人感慨命运多舛，惊鸿短暂；就会有人抱怨人情纸薄，世态炎凉。

　　这时，人们就会想起那首诗来，"人生若只如初见，何事秋风悲画扇"。是的，人生若只如初见，那该多么美好啊！如果这种美好的感觉能一直保持，那么，人们也就不会手拿画扇，在秋风萧瑟之时题诗伤怀了。

　　"人生若只如初见"这句话出自清代著名词人纳兰性德的《木兰花令·拟古决绝词》，意思是说"与意中人相处，如果不能像刚刚相识的时候美好而又淡然，没有后来的怨恨、埋怨，那么一切仍是停留在初见时的美好为好"。

　　人生若只如初见，何事秋风悲画扇？等闲变却故人心，却道故人心易变。

　　骊山语罢清宵半，泪雨零铃终不怨。何如薄幸锦衣郎，比翼连枝当日愿。

　　这是一首拟古之作，是以女子的口吻控诉男子的薄情，从而表态与之决裂。该诗采用汉班婕妤被弃的典故。班婕妤为汉成帝妃，被赵飞燕谗害，退居冷宫，后有诗《怨歌行》，以秋扇为喻，抒发被弃之

初见是件锦绣的糖衣

125

怨情。南北朝梁刘孝绰《班婕妤怨》诗又点明"妾身似秋扇",后遂以秋扇见捐喻女子被弃。这里是说本应当相亲相爱,但却成了今日的相离相弃。

千古以来人们都在赞颂那些感情专一、爱情忠贞、家庭稳固的人和故事,而对那些"负心郎"、"妇薄情"大加鞭挞,口诛笔伐。陈世美、薛平贵、李甲、张生、王魁……女子为情甘愿苦苦守候,郎君却空负痴情,移情别恋。陈世美是一个符号,他代表了天下所有薄幸负心的男人。陈世美的形象是通过传统戏曲《铡美案》而广为人知的。在该剧中,陈世美欺君罔上,抛父弃母,杀妻灭子,最终为正义的化身包拯所正法。我认为陈世美有过美好的婚姻生活,对妻子有过感情,他最后为荣华富贵抛弃掉的不只是道义,更有夫妻情义,这使他留下千古骂名。

然而,爱情悲剧的制造者也不能都归于陈世美一人的身上,如果没有后来他科举高中,导致朝廷高官与普通农妇之间身份地位的天壤之别;如果没有后来秦香莲的苦苦相逼,断其前程,也绝对不会点燃悲剧的导火索。秦香莲若是采取力保丈夫的这着棋,那么她日后的生活定会衣食无忧。男人既负了你的情就绝不会负你的财,他会将银子源源不断地流回你的口袋,这怎么也要比将陈世美被铡了,最后落个人财两空好得多。请别多心,我这里并没有要为陈世美翻案的意思。

有人说,陈世美、薛平贵之流没有资格说爱,不知道爱为何物,从不曾有过爱情,如果他们真的不是爱,又何来背叛?何淡变心?人与人之间绝不是没有差别的,我们的先人们为何要提倡"门当户对"、"举案齐眉",原因就是为了男女间尽量缩小差距,减少悲剧的发生。

前沿学者汪宏华研究发现,《三国演义》中的美人计实由曹操幕后策划,与献刀计互为连环。曹操在向董卓行刺献刀之前,就已经在王允家的后花园邂逅了貂蝉。貂蝉是因为深深爱上英雄胚子曹操,所以才万死不辞献身美人计。但"三国"第一痴情女遭遇"三国"第一负心郎,曹操没有兑现当初英雄娶美人的承诺。

假如这个说法真的成立,那曹公顶上这负心郎的帽子就更显冤枉。试想,曹操乃天下枭雄,携天子以令诸侯,他就是再喜欢天姿国色的貂蝉,也绝不可能给她一个满意的结果。红颜薄命的女子不是哪个人造成的,这里面还有其自身的弱点，恰恰被她自己所藏匿又被外人所疏忽。

感悟现代爱情，旨在启发人们认真审视当今社会中的"爱情观"。在男女平等的时代，乾坤颠倒，好像什么都倒转了过来了，负心的人往往女性更高于男性，男人居然成了被"负心"的最大的牺牲品。

不论颠覆爱情推倒婚姻湮灭亲情的是男人还是女人，其幕后鬼手则是双方的感情不深、责任感滑坡、意志力丧失。古往今来，恋人之间、夫妻之间、情人之间，究竟有多少人能够将爱情保鲜，将感情保值，将婚姻保险？刚恋爱的时候总是海誓山盟、卿卿我我，一切都是那么的美好。初见是件锦绣的糖衣，那感觉美妙迷人，回味无穷，充满了诱惑，充满了魅力。可是，当你含化了那层薄薄的糖衣，其内部的原汁原味就会暴露无疑。是喜是忧、欲进欲退、阴晴圆缺、苦辣酸甜，全凭自己去感受去甄别去选择去决断。

林清玄说："每个人的命运其实和荔枝花一样，有些人天生就没有花瓣的，只是默默地开花，默默地结果，在季节的推移中，一株荔枝没有选择地结出它的果实，而一个人也没有能力选择自己的道路吧！"

"有的心情你不会明白的，有时候过了五分钟，心情就完全不同了，生命的很多事，你错过一小时，很可能就错过一生了。那时候我只是做了，并不确知些道理，经过这些年，我才明白了，就像今天一样，你住在这个旅馆，正好是我服务的地方，如果你不叫咖啡，或者领班不叫我送，或者我转身时你没有叫我，我们都不能重逢，人生就是这样。"

人们喜欢"人生若只如初见"，也许是因为我们的人生遗憾过于深重多褶，命运玄机过于错综复杂。世间的花开花落，人生的悲欢离合是天地万物轮回之理，又如何躲得过呢？莽莽苍穹，悠悠世界，一切事物都在变化，所有的故事猜得到开头，却永远无法预测到结局，我们躲开的是风雨雷电，却永远也都躲不开尘世幕后的那只翻云覆雨的手。

岁月不仅悄悄地改变了青春的脸，还带走了我们初见时的惊艳、倾情。我喜欢那样的梦，初见惊鸿，再见依然。人生若只如初见，曾经的美丽会永远定格在记忆之中。

初见是件锦绣的糖衣

127

轻轻的爱　轻轻的梦

轻轻的我走了，
　　正如我轻轻的来；
我轻轻的招手，
　　作别西天的云彩。

那河畔的金柳，
　　是夕阳中的新娘；
波光里的艳影，
　　在我的心头荡漾。

软泥上的青荇，
　　油油的在水底招摇；
在康河的柔波里，
　　我甘心做一条水草！

那榆荫下的一潭，
　　不是清泉，是天上虹；
揉碎在浮藻间，
　　沉淀着彩虹似的梦。

寻梦？撑一支长篙，
　　向青草更青处漫溯，

满载一船星辉，
　　在星辉斑斓里放歌。

但我不能放歌，
　　悄悄是别离的笙箫；
夏虫也为我沉默，
　　沉默是今晚的康桥！

悄悄的我走了，
　　正如我悄悄的来；
我挥一挥衣袖，
　　不带走一片云彩。

　　　　　　　　——徐志摩《再别康桥》

轻
轻
的
爱

轻
轻
的
梦

有人说：人生下来只有一半，出生是为了找另一半，有的人幸运，很快便找着了，有的找了一辈子都没有结果，有的找着了却找错了，有的找着了又丢了。

徐志摩找的一半，张幼仪，林徽因和陆小曼三个女人各有一半。张幼仪是他找错了的那个，林徽因是他找着了又丢了的那个，陆小曼则是他找到了但却不幸运的那个。爱情在徐志摩的人生中占有不可取代的地位，他曾说："爱情和婚姻是人生中唯一的要事。"事实也是如此，没有爱情，徐志摩根本不会成为诗人，也就不会名扬中外，传芳百世。给他的生命力注入诗魂的人，即是美丽如蝶，学贯中西，才情横溢的淑女、才女、玉女——林徽因。

在徐志摩的人生里程中，前二十年里诗歌无缘于他，是因为林徽因，才点燃了他浑身细胞里的才华与激情。他遇见林徽因之后，被林徽因的文学素质所迷恋，并迅速坠入爱河。他认为只有用诗歌才能与林徽因沟通心灵，才配向林徽因表达圣洁的爱。是爱情，使一个普通的文人变成了一位浪漫的诗人。

"一个是爱，一个是自由，一个是美。"正是这三个字构成了徐志摩亦幻亦真的浪漫人生。正是因为徐志摩对爱的虔诚感动了上帝，才让他遇见了温柔贤淑的张幼仪，清纯灵秀的林徽因，风情万种的陆小曼。有人认为在与这三位女子的恋爱中，徐志摩仿若一只为爱扑火的蝴蝶，明知万劫不复，却毅然迎上前去，义无反顾。

徐志摩从他见到林徽因的第一面时，他的灵魂就被掏空了，犹如面对一尊精美的、价值连城的瓷器，所有的神经都高度紧张，生怕因自己一时的疏忽碰坏了这无价的宝贝。从此，徐志摩就落下了病，做什么都要轻轻地、轻轻地……

在伦敦，徐志摩疯狂地爱上了林徽因，在剑河的康桥之上，留下了他与她的情影，月光灯影下的河岸，更具有一种别样的风情。剑河的美，不只是油画般的异国情调，它的高贵和宁静又带有几分忧郁，犹如那故国淡远的箫声。林徽因和徐志摩总是踩着泼洒下来的月光和雾，静静地在康河岸边漫步；林徽因酣睡时，徐志摩就守在她梦的边缘，轻手轻脚，为她摇扇、为她驱蚊、为她作诗、为她织梦……有人说徐志摩就是这样用含羞草般的触觉和婴儿般的情感去感知爱情的，是他的单纯的爱情观给他的诗作注入了浪漫的气息。虽然这种浪漫不能成为现实，但是徐志摩那炽热与细腻的情感，在诗行中随着康河静静地流淌。

这个时候，沉浸在大梦里的徐志摩却不知道自己正在为爱情犯下了一个无法挽回的错误。爱情并不完全总是被谦谦君子优雅地获得，有时你得去追去抢去占有去演戏去施计谋……换句通俗的话说就是要不择手段，才能得到你想得到的东西。这个时刻，徐志摩需要的是重重的，绝不是轻轻地，该下手的时候还在弄浪漫玩高雅，机会便在这大好时光里失掉了，他还全然不知。俗话说："好汉无好妻，赖汉守花枝"，讲的就是这样的道理。我们常常在大街上看见许多夫妻，他们的年龄、相貌极不般配，男的丑陋甚至猥琐，可伴着他们的小鸟依人般的女子则个个年轻貌美，娇小可人。这就是那些强势的男人，对待爱的方式——重拳出击，死缠烂磨，软硬兼施，当机立断。他们是最后的赢家，他们抢先得到了他们想要得到的东西。"好女也怕赖汉缠"，"好汉"多半主动出击，不会太过格，结果好女人被赖汉提前掠走。

女人总是要嫁人的，至于一定嫁给谁，一定嫁给怎样的人，她们心里也未必有数。所以，女人要嫁人是需要一个理由的。这个理由可以是这个男人对她很好；可以是这个男人很优秀；可以是这个男人很有钱；可以是这个男人有官运；也可以仅仅是因为这个男人占有她的第一次……尤其在东方，尤其在中国，男人对女人的第一次是很看重的，所以女人也不得不非常看重自己的第一次，身体既然是他的了，心也就自然交出去了。水浒里的矮脚虎王英娶了美丽且武艺高强的扈三娘；红楼里的好色之徒贾琏娶了聪明能干的凤姐，还占了平儿做他的小妾……都是这类型的典范。

一朵鲜花插在牛粪上。有人还历数了许多中外演艺界的夫妻组合，说到这里，全当笑弹：人间仙子奥黛丽·赫本没有选择"罗马情人"派克作为终身伴侣，而是把自己的后半生交给了一个其貌不扬的外科医生；情感尤物索菲娅·罗兰尽管在银幕上与无数英俊小生风流快活，银幕下却跟一个比她大20岁的著名制片人厮守到老；林青霞竟然弃白马王子秦汉而去，下嫁一个中等身材相貌平平的富商。林葆诚与夏梦，张达民与阮玲玉等也与此异曲同工。

　　大多数人都愤愤不平的是：那些头脑聪明、品行优秀的好男儿凭什么找不到好伴侣？他们很多人满腹经纶，德才兼备，智勇双全，可要么单身，要么在"恶女"脚下翻了船，娶回家一辈子都不得安生！相反，社会上有许多不学无术甚至是缺德欠教的小人，还有那些地痞、流氓、无赖、瘪三、小混混和五马倒六羊的人渣儿，却阅女无数，香里来脂里走。

　　话题扯远了，再说徐志摩没有赢得林徽因也就并不奇怪了。轻轻的，悄悄的，脉脉的，不许一点儿尘世声响破坏此刻的佳境。《再别康桥》传递给我们的只能是美感和境界："轻轻的我走了，正如我轻轻的来；我轻轻的招手，作别西天的云彩。"徐志摩的轻轻的爱，托举不起他那轻轻的梦，这就是不肯被世俗沾染的情圣，最终被世俗击败的例证。诗人对康桥的怀念，对恋人的渴望，对往昔生活的憧憬，对眼前离愁的感慨，都寄托在那美妙无比却无可奈何的"轻轻的"上面了，成了永远不可触及的风景。

雨巷里的一瞥惊鸿

撑着油纸伞，独自
彷徨在悠长，悠长
又寂寥的雨巷，
我希望逢着
一个丁香一样地
结着愁怨的姑娘。

她是有
丁香一样的颜色，
丁香一样的芬芳，
丁香一样的忧愁，
在雨中哀怨，
哀怨又彷徨；

她彷徨在这寂寥的雨巷，
撑着油纸伞
像我一样，
像我一样地
默默彳亍着
冷漠、凄清，又惆怅。

她默默地走近，

走近，又投出
太息一般的眼光，
她飘过
像梦一般地，
像梦一般地凄婉迷茫。

像梦中飘过
一枝丁香地，
我身旁飘过这个女郎；
她静默地远了，远了，
到了颓圯的篱墙，
走尽这雨巷。

在雨的哀曲里，
消了她的颜色，
散了她的芬芳，
消散了，甚至她的
太息般的眼光，
丁香般的惆怅。

撑着油纸伞，独自
彷徨在悠长，悠长
又寂寥的雨巷，
我希望飘过
一个丁香一样地
结着愁怨的姑娘。

——戴望舒《雨巷》

我的记忆之中一直收藏着那样一种美丽，那是童话般迷人的经历：我遇到过一位丁香般诗意的女孩，可惜她没拿油纸伞；我也因此领略了在悠长寂寥的小巷里尾随时的悸动和心跳，可惜小巷并没在江南；我还因此在记忆里铭刻了那一瞥惊鸿的心灵震颤，可惜我无法获得那个女孩的名字，她不会是冰雪聪明的施绛年，也不会是性淡如菊的张爱玲，更不会是美丽如蝶的林微因……她只是我一生中一个无法忘怀的美丽的身影，只是我青春岁月里一个默契的对视，只是我在秋日午后里一个温暖的微笑。无关吟诗诵月的风雅，无关风花雪月的浪漫，默默回味那初恋般隽永纯净的情愫，不禁被自己感动了，这时可以说，得到得不到并不重要了，重要的是有了这么清纯的感情，还能时时想起那梦幻般美丽的身影和那童话般多情的小巷。

　　雨巷里还有叫丁香的女孩吗？结着愁怨的姑娘还在雨巷里吗？飘在油纸伞下的梦还会重现吗？我终于发现了，那经常蹲守在小巷口的痴情者不仅仅只有我，还有那跟我一样落寞惆怅、跟我一样踽踽独行、跟我一样渴望与自己一瞥惊鸿的戴望舒。

　　他在孤寂中怀着一个精彩的梦，希望有一位丁香一样的姑娘出现在自己面前。青砖黛瓦的屋檐下，姑娘穿着旗袍，撑着油纸伞，独自彷徨，漫步在小巷。小雨淅沥，小巷幽深，她的美丽容颜绽放在雨季的伞下，潮湿了跟随在她身后的年轻的心。雨巷，早已超脱了原本的含义，升华为一种低回而迷茫的境界。唯美的意韵缘于一个愁字，丁香本是愁品，细雨也是愁思，黄昏更结愁怨。而丁香的忧伤、雨丝的哀愁、巷陌的寂寥同时从斑驳、氤氲的墙篱内外伸延出伤感的藤蔓。

　　纯情似水的施绛年沉迷于诗人的才华，帮忙抄抄稿子，陪诗人散散步，欣赏墨迹未干的新作……少女的调皮有时会允许他拥抱一下，或者轻轻吻一下面庞。他们有过林中漫步，有过恋人间常见的争执，有过爱情的迷失和反省。但施绛年又总是对他若即若离。被幸福陶醉着的施绛年，有时也会撒娇说："追随我到世界的尽头。"

　　每逢雨天，两人在深巷里行走着，雨水滴在撑着的伞上，滴答滴答，刚好进入了《雨巷》里的韵节。

　　雨巷里，那个向我款款走过来的结着愁怨的姑娘与我擦肩而过，我的眼睛躲在青砖灰瓦之中，不敢迎接她忧愁的目光。我的幻想在那个梦里飘来飘去，一会儿站在戴望舒俊朗的身后，一会儿又冲动地想象油纸伞里的花朵该散发出怎样的芬芳？也许是卓文君一般的容颜，也许是刘兰芝一样的长发，也许是祝英台一般的羞涩，也许是崔莺莺一样的眼神……

人都有邂逅一瞥惊鸿的向往，惊鸿是指轻捷飞起的鸿雁。曹植《洛神赋》用"翩若惊鸿，婉若游龙"来描绘洛神的美态。后来就用"惊鸿"形容女性轻盈如雁之身姿，形容女子轻盈艳丽的身影，大多是远望而言。我理解的"一瞥惊鸿"的意思是：感情虽很强烈，但由于羞却只能飞快地看一眼，没有仔细看清。南宋诗人陆游被迫与唐琬分离，十年后的一个暮春时节，重游沈园，不期邂逅。陆游无限惆怅。当陆游72岁时又游沈园，睹物伤情，即作七绝二首，题为《沈园》："城上斜阳画角哀，沈园非复旧池台。伤心桥下春波绿，曾是惊鸿照影来。"惊鸿：形容的就是唐琬体态轻盈的美丽身影。

"撑着油纸伞／独自／彷徨在悠长，悠长／又寂寥的雨巷／我希望逢着／一个丁香一样地／结着愁怨的姑娘／她是有／丁香一样的颜色／丁香一样的芬芳／丁香一样的忧愁／在雨中哀怨／哀怨又彷徨／她彷徨在这寂寥的雨巷／撑着油纸伞／像我一样／像我一样地／默默彳亍着／冷漠、凄清，又惆怅／她静默地走近／走近，又投出／太息一般的眼光／她飘过／像梦一般地／像梦一般地凄婉迷茫／像梦中飘过／一枝丁香地／我身旁飘过这女郎／她静默地远了，远了／到了颓圮的篱墙／走尽这雨巷／在雨的哀曲里／消了她的颜色／散了她的芬芳／消散了，甚至她的／太息般的眼光／丁香般的惆怅／撑着油纸伞，独自／彷徨在悠长，悠长／又寂寥的雨巷／我希望飘过／一个丁香一样地／结着愁怨的姑娘。"

这样美丽的时刻不会长久，就像最美丽的开花仅仅是昙花一现。瞬息不可挽留，永恒不可企及，缘短是美，缘长亦是美。爱情是缘分的一种表现，相遇是缘，彼此能留下深刻印象就是大缘。相对走近是有缘，相背走远是无缘。缘分因人而异，长则数十年，短则几分钟，只要你真正拥有过，那就是一种幸福，任何事物都有开头和结尾，爱情又岂能例外呢？

神女峰下的背叛

应怜屐齿印苍苔，小扣柴扉久不开。
春色满园关不住，一枝红杏出墙来。

——叶绍翁《游园不值》

巫山神女，山水精华，像一位身披轻纱、守江而望的少女，千古以来人们为她编织了无数美丽的传说。

很多人都见过神女峰，船过巫峡，便能看到屹立在江边悬崖上的一座小山峰。这块耸立在巫峡江岸上的山石，作为女性坚贞的化身备受礼赞，千年传唱。

有人说，神女峰是中国文化中最多情的一块石头，人们把它当做精神上的一个符号，当做历史命运的一道豁口，当做中国文人感情上的一个大大方方的通道。"为云为雨殊窈窕，听风听雨奈缠绵。"美丽多情的巫山云雨，浇灌了一代代优秀的灵魂，从屈原、宋玉到李白、杜甫，或词或赋，或梦或歌，弄云惹雨，天牵地挂，魂缠梦绕。在他们的诗词歌赋中，除却巫山不是云，弃了巴山不是雨，巫山神女引来了无数中华儿女的情意缠绵。

人们顶礼于古老价值取向里金碧辉煌的敬仰，膜拜于传统道德观念里光芒四射的赞美，几千年的强大磁场，禁锢了人们的思维习惯和感情趋向。在向其挥舞的各色花帕中，唯有一个年轻女人的手突然收回，紧紧捂住了自己的眼睛。人们四下离去，唯有她还站在船尾，衣裙漫飞，如翻涌不息的云。这位叫舒婷的女诗人就是一位觉悟者，她不愿做攀援的凌霄花，欲做与橡树并立的木棉，她分明觉察了神女偶像的可悲性。她苦苦思索：那么多女人都是想通过苦守贞洁来实现一种道德价值的完善，她们热衷于把美丽的梦想安排在一条可怕的道路的尽头。这样的悲惨女性充斥着从前社会生活里的角角落落，是被美化了的悲剧，被神话了的噩梦。她们被铸造成道德楷模，被铺设成文化传统，并代代相传。

神女峰正是男权社会塑造出来的女性神话，是传统文化中对神女守贞的深切礼赞。"与其在悬崖上展览千年／不如在爱人肩头痛哭一晚。"舒婷把神女还原成人，并将其注入人的性灵和应有的情感。这既是对传统妇女地位及爱情观念的坚决背叛；也是对充满人性关怀的新爱情观的无限向往；更是女性对生命本真所发出的真情呼唤。

传统观念里对女性出轨或背叛的行为一律是彻底绞杀的，全然不顾女人为了道德的虚荣在寂寞痛苦中的苦苦挣扎，心安理得地将女人应该获得的幸福供奉到神坛之上，让岁月的残酷将其风干，让无情的枷锁将其湮没，让流逝的记忆将其遗忘。

而女人在心灵深处却总是莫名地保留着那样一朵红红的杏花。杏花虽暂时不是熟透了的红果儿，但未来却一定是。男人们容易出轨，出轨后还能给自己找些冠冕堂皇的理由。但女人也有出轨的梦想，当男人长年在外，女人空守冷屋冷床，谁能说这就是合情合理？古代男女间被竖起一道结实的高墙，用来隔断不该发生的男女私情。可这座高墙真的就能隔得住墙内墙外的欲望吗？"红杏出墙"似乎可以给我们一个真实的答案。

古时将墙内女子比作玉面含羞的红杏，思春的红杏会乘人不备伸出墙头留情顾盼，勾引墙外的蜂蝶。"红杏出墙"这个词最早出现在唐代，诗人吴融在《途中见杏花》一诗中说："一枝红艳出墙头，墙外行人正独愁。"这也许是诗人敏感的疑虑，当时并无证据。而后北宋王安石的《杏花》一诗中也说："独有杏花如唤客，倚墙斜日数枝红。"生生把前人臆想的事情变成了事实。当时的话本《西山一窟鬼》描写了一个女子"如捻青梅窥少俊，似骑红杏出墙头"，这个话本说的是裴少俊和李千金不顾礼教、自行勾兑情事的故事，后来元代白朴据此写成名杂剧《墙头马上》。北宋女词人魏夫人把红杏与墙头拉得更远，她在《菩萨蛮》中说："隔岸两三家，出墙红杏花。"南宋诗人张良臣在《偶题》一诗中也说："一段好春藏不尽，粉墙斜露杏花梢。"陆游也不甘落后，在《马上作》一诗中说得更加明白："杨柳不遮春色断，一枝红杏出墙头。"从此，"红杏出墙"便成了女人出轨最优雅的代名词。红杏与墙头也自然被文人们关注并联想起来，墙两边的怨男怨女成了连春光都无法锁住的风景。

"应怜屐齿印苍苔，小扣柴扉久不开。春色满园关不住，一枝红杏出墙来。"南宋诗人叶绍翁的七言绝句《游园不值》，很好地诠释了女人心底深处那份本真的渴望。这是女性抵抗男性社会所亮出的最锋利的刀剑，而神女峰无疑就是女性反抗封建社会、砸碎封建枷锁的精神图腾。

我想，女人红杏出墙一定是有其原因的，不然谁也不会为一时的贪乐而去触碰那根危险的红线。同床异梦，弦断无人听；风情万种，寂寞无人问。才情女子下嫁给木头人或者肌肉男，男人永远不可能对着花开花落、云卷云舒产生莫名感触，并视此种才情为无知可笑。忧郁才女遇见梦想中的优雅书生，幻想能和他笑傲江湖，共赏风花雪月。失望、欲望、幻灭、毁灭……这是一种无可逃脱的宿命。

许多女人为此愤愤不平：为什么男人可以拈花惹草，为什么女人就不能红杏出墙？

　　李世民的女儿高阳公主不满意与宰相房玄龄次子房遗爱的"政治联姻"，高阳并不喜欢一介武夫房遗爱，很快与玄奘高足辩机真心相爱，其情可谓缠绵悱恻。而房遗爱却甘愿为他们看门听风，高阳则转赠给他美女两个，意思是咱俩各玩各的吧，谁也别管谁。这段私情维系了八九年后，因高阳私赠辩机的玉枕被偷而大白于天下。唐太宗大怒，下诏将辩机处以腰斩的极刑。辩机死后，痛不欲生的高阳说："辩机是我的骄傲，房遗爱才是我的耻辱。"也许是爱屋及乌，之后的高阳公开纳三个僧人为情夫，三僧怂恿高阳发动宫廷政变，终被赐死。

　　上官婉儿色艺俱佳，是不可多得的女诗人，情商也极高，但她同样也有偷情史。既然给女皇选美男，自己也不可能近水在楼台放过这先得的月亮。她不仅与张昌宗伸有一腿，还与李显眉来眼去，玩过鸳鸯戏水的把戏。她的爱情观是建立在欲望与淫乐之中的，与被冷落、被禁锢、被束缚、被宰割之后才去背叛的情况有本质的区别。

　　《水浒传》里有两个潘姓女子，一个是潘金莲，另一个是潘巧云，她们一直是传统意义上"淫妇"的典型。世人凡谈及淫妇，或言潘金莲，或曰潘巧云。其实，"二潘"出轨出之有因。施耐庵愣是让那年轻貌美的潘金莲嫁给面目狰狞的侏儒人武大郎；又把守寡年余、青春未泯的潘巧云下嫁给一个生理上有问题的"病关索"。再让她们一步步地"红杏出墙"，最终都成了刀下之鬼。这样的背叛倒值得我们去怜悯与同情，难怪现有有那么多人愿意为潘金莲鸣不平呢！

　　"但是，心，真能变成石头吗？"这是困惑，更是质疑：那被神女化了的女人们，本来有着鲜活的生命和正常的需求，她们绝不甘心为着一个没有价值的期待，错过许多俯拾即是，本该属于自己的幸福。

　　叶绍翁在这首诗中宣扬礼教的古老神话被肢解，洋溢着青春气息的女性生命变得鲜活，在对传统女性观念的叛逆和唾弃中，现代女性意识得以充分的张扬。这些我都很认同，但是在物欲横流、孽情泛滥的今天，神女峰下的背叛并不是其胡作非为的借口，以"尊重人权"、"尊重隐私"、"解放人性"、"释放个性"为幌子的"未婚同居"、"试婚"、"寻找激情"、"搞一夜情"以及"换妻"、"做小三"等有碍传统伦理道德的行为，并不可取。贞操观念不仅是对女孩子的要求，更应该体现在对现今社会的男人身上。

　　柏万青女士在《新老娘舅》的节目里语惊四座："女孩的贞操是给婆家最好的陪嫁！"我想，这便是给现在所有女孩子最好的建议。

在开花的树下遇见你

槛菊愁烟兰泣露，罗幕轻寒，燕子双飞去。明月不谙离恨苦，斜光到晓穿朱户。　昨夜西风凋碧树，独上高楼，望尽天涯路。欲寄彩笺兼尺素，山长水阔知何处！

——晏殊《蝶恋花》

人生有很多的"错过"。这种"错过"留下的遗憾与叹息会让人久久难忘。我们可能在无意中会忽视与你迎面走来的异性向你投来的目光；可能在忙碌中会疏忽那个有意无意与你搭讪的人对你的关切；可能在偶然间忽然想起一个人或找到一张照片却叫不出名字、觅不到踪迹；可能在孤独的时刻拼命想要得到那个人的陪伴与安慰却怎么也记不起那个人的电话号码；可能在如花的年龄里并没有珍惜一个人、一段情，而当彼此都步入暮年花甲却又与那个人不期而遇；可能爱受过伤情受过挫之后的许多年才蓦然回首，原来那爱并不够专一那痛并不够切入骨髓……"昨夜西风凋碧树，独上高楼，望尽天涯路。欲寄彩笺兼尺素，山长水阔知何处！"晏殊的这首词，搅动了千百年来沉积在少男少女心头那最隐蔽又最温柔的梦，让所有人读了它不由自主地怦然心动。

我们能接到自然给我们的各种信号，一种精神在指引着我们，顺着它的牵引而延伸而寻找，许是精力过于专注，许是过于漫不经心，我们就在相遇的那一瞬间，旋即又失之交臂。也许一开始就注定是错，只是我们不愿相信我们的缘分只有一次相遇的巧合。五百年的等待换回了相遇的那一刻，如果我再等五百年或者更长的岁月，你会不会看我？看我那满树的期望变成落英，怎样为你纷纷飘落？

有人感慨，一棵树，只开一次花，一个人，也只有一次美丽。只为你能遇见我，在我最美丽的时刻，而你却无视地走过，踩着一层叠一层的花落。我这才悟出：相遇不是美丽，相遇是错。那一定是一份对完美之爱的渴望，说那种宁为玉碎、不为瓦全的执著；说那种"女为悦己者容"的温柔；说那种"君生我未生，我生君已老。君恨我生迟，我恨君生早。"的无奈；说那种"山无陵，江水为竭，冬雷震震，夏雨雪，天地合，乃敢与君绝！"的坚贞……

这淡淡的诗行之中，所承载的何止是"相遇"与"错过"这么简单。为了这一刻，一位少女在佛前求了五百年。五百年的苦心追求，终于感动了佛，"望尽天涯路，欲寄彩笺兼尺素"。她便慎重地开花，为自己，也为你"独上高楼"，等你"斜光到晓穿朱户"，等你"昨夜西风凋碧树"。这样的爱情，只有心中怀有千万转柔肠的人才会孕育；只有胸中经历千万次怀念才配对接；只有身体饱受千万回磨难才应获得。

"槛菊愁烟兰泣露，罗幕轻寒，燕子双飞去。明月不谙离恨苦，斜光到晓穿朱户。　　昨夜西风凋碧树。独上高楼，望尽天涯路。欲寄彩笺兼尺素，山长水阔知何处！"晏殊的这首《蝶恋花》，为我们浓重地添上了一笔新"愁"字，这是一种什么样的愁，愁的是花开正浓的自己怎么还是遇不见心动的你，等得花谢了容衰了，那该多么的可怕；愁的是树下路过的人已渐渐走远，"燕子双飞去"、"月光穿朱户"，欲寄书信，却又是山长水阔、无处可达；愁的是天渐寒，昨夜西风凋零了碧树，独上高楼，天涯路上尽是寒冽的清露……

爱是一种痛苦，也是一种幸福；忧伤是一种幸福，也是一种痛苦。谁能告诉我是否真有轮回？让生生世世美好的相遇与错过汇聚成爱情化石，并不断地延续与传递，亦在流年里为我们透露着更多爱的信息。遇见是这个世界上最迷人的一种机缘，有不期而遇的过往，它轻灵，不需作任何准备，来了就是来的，挡不住，预料不到，一切的过程都没有彩排，全凭临场发挥；有剪割不断的宿命，它黏稠，躲无处躲，藏无处藏，就算当时错过了，过后还是会找上来，延续上，终了一生；也有巧妙安排的邂逅，它炫丽，这是最真切的情感溢露与爱情心计，这颗心充满了对幸福的期盼和憧憬，满腔深情不为人知，真挚热切，恒久而执著。这就是爱的力量，它能使我们冲破滚滚红尘，历尽腥风苦雨，阅遍人情冷暖……在曾经沧海之后，才将青春播种将经历拔节将梦想结穗。

在开花的树下遇见你，我愿意陶醉在高楼的幻觉里不再醒来。即使那一切将是空白的孤寂，也一定要让对方知道自己美丽的愿望和心境，即使仅仅只是短暂的相聚，也一定要在含情微笑的一刹那让彼此都能相互感受到一丝暖意。

人生能有多少次相遇？我们该知道珍惜懂得感恩，让那份留在心中的记忆沧海桑田，不会被岁月冲淡；让那份藏在记忆里的悸动日久弥心，不会被缝隙摧残。佛说人生七苦：生苦、老苦、病苦、死苦、爱别离苦、怨憎会苦、求不得苦。笑着面对，不去埋怨。悠然，随心，随性，随缘。

求佛，修百世方可同舟渡，修千世方能共枕眠。前生五百次的凝眸，换今生一次的擦肩。悲欢离合，缘起缘灭……我愿我前生的五百次回眸，换来与你今生的擦肩而过，在开花的树下。我祈求一次美丽的相遇，祈求那是在对的时间里遇见了对的人。

爱与恨的千古愁

起初不经意的你
和少年不经事的我
红尘中的情缘
只因那生命匆匆不语的胶着
想是人世间的错
或前世流传的因果
终生的所有
也不惜换取刹那阴阳的交流

来易来去难去
数十载的人世游
分易分聚难聚
爱与恨的千古愁

本应属于你的心
它依然护紧我胸口
为只为那尘世转变的面孔后的翻云覆雨手

于是不愿走的你

要告别已不见的我

至今世间仍有隐约的耳语

跟随我俩的传说

——罗大佑《滚滚红尘》

爱情的全部不仅仅是甜蜜的，还有很多很多的苦涩。爱是疼痛的甜蜜，恨是甜蜜的疼痛。

　　凝望古典烟尘里的中国爱情画卷，那些含着悲情的无奈，早已被流年熏风把腮边的泪滴一点点擦干；那些凝着血痕的疼痛，早已被岁月的刻刀把心头的遗恨一片片削平。

　　有多少因爱生恨的悲情故事在我们身边发生着并拷贝着，情节都是相似的。而有因恨而成就爱情的经历却以喜剧的面孔闪亮在人们眼前。爱恨纠葛，绽放了悲情女人的片段甚至全部。

　　因爱生恨，会使女人的心灵扭曲甚至变态。在金庸的小说里，这样的女人比比皆是。最可怜的李秋水、最邪恶的梅超风、最坚强的灭绝师太、最可悲的李莫愁、最变态的东方不败……

　　周芷若是个游走于正与邪之间的精神极度困惑的女人，她清雅如兰，秀美如莲，一袭青衫淡淡，温婉绝丽。举手投足之间自有一股峨眉山水中的清灵之气，带有淡淡水雾之韵，令人不敢直视。周芷若曾经爱过，但她终不能把爱继续，在那个优柔寡断的男人身上她得不到真爱，爱如磐石，压垮了她精神的筋骨，所以才会在失意后做出下毒、血洗、偷袭、碾碎人骨等种种不良的行为。好多人说起周芷若，大多说她的阴，说她的毒，说她的可怜，说她的顽固。我觉得她最突出的弱点是她的傻，她是个不知趣的傻女人。用当今比较时尚的话来讲，就是个情商没有智商高的蠢女人。这样的女人在生活里多得数不清，爱时不懂得怎样去爱，失去时不懂得如何放弃，最后注定了受伤害的是自己。

　　恨是爱的延续，爱得越深恨得越深，因为觉得很不公平，心里不平衡。你付出了却没有回报，由爱变恨。这样的情绪很容易让人崩溃，你后悔自己的付出，恨他的绝情。等你发现一切真的没有意义的时候，你就不恨了。忽视他的存在，让自己的生活更精彩，则是给自己最好的良药。不要让他继续影响你的生活，分开了，彼此不再往来，时间会慢慢医好你心灵的伤口。也有这样一种人，因为他们不会为对方考虑，一味地想自己，将所有的错都怪在了对方身上，由满满的爱转为满满的怨或恨。

　　世上能有多少幸运的人，一开始就能在对的时间里遇到对的人？相爱的两人如果最终没有走进婚姻，或是在婚后插入了第三个人，再或是遭遇到生老病死，使其形单影只，也许就会生出恨念。

由恨生爱的是穆念慈，为什么会爱上为世人所不齿的杨康？不仅仅只是因为杨康在比武之中脱了穆姑娘的一只绣花鞋并带走了她的心，更是因为在杨康的身上强烈地洋溢坏男人的轻浮、冷血与潇洒，风流、花言巧语与玩世不恭，这些极致的品行举止无不令穆姑娘销魂，最后导致其魂牵梦绕、刻骨铭心乃至以身相许。正所谓：男人不坏，女人不爱！但杨康并非天生的恶人，即使做尽了伤天害理的事情，也并非丧尽天良，只看一看他对于穆念慈的感情，便可知道在他的内心深处还余有一丝善良。

"起初不经意的你，和少年不经事的我，红尘中的情缘，只因那生命匆匆不语的胶着。想是人世间的错，或前世流传的因果，终生的所有，也不惜换取刹那阴阳的交流。来易来去难去，数十载的人世游；分易分聚难聚，爱与恨的千古愁。本应属于你的心，它依然护紧我胸口，为只为那尘世转变的面孔后的翻云覆雨手……"这首罗大佑为三毛电影《滚滚红尘》写的歌久久地萦绕在我的耳畔，似乎在轻轻诉说：那些千古传唱的故事正演绎于这红尘阡陌和岁月逶巡之中，美丽与哀愁同在，甜蜜与疼痛共生。

如果你习惯了在特殊的节日里有人给你送花送巧克力，那么你就要有给你送礼的人也可能把这些东西送给别人的心理准备。为他人送上幸福和甜蜜不是一个人永恒的事业，他还会送给你负情、变心和伤害，这也是常有的事。

几度春秋，几番风雨，是否依稀记得难解的情缘；明月小楼，万绪千愁，是否仍旧萦怀不灭的清欢。帝妃之间的爱情因政治而成为千古悲情，神仙眷侣因摆脱了世俗而成为永恒经典，才子佳人因爱恨情愁的变异而成为凄美传说。曾经爱得刻骨铭心，曾经爱得轰轰烈烈，曾经爱得死去活来，曾经爱得心碎欲裂。所有爱的语言都烂熟于我们的心间；所有的海誓山盟都让我们倒背如流；所有的甜言蜜语都会让我们在梦中笑醒……所有的爱恋都已烟消云散，所有的美好记忆都已逐渐远去，所有的激情都已归于平淡。我们在这儿尽情地挥霍文字，想为那些曾经的痛苦与无奈重新把头绪做一次淡淡的梳理。

哀莫大于心死，千古悲情最终只是一段灰烬。

萍水相逢不是谁的过错

你莫怨我！
这原本不算什么，
人生是萍水相逢，
让他萍水样错过。
你莫怨我！

你莫问我！
泪珠在眼边等着，
只须你说一句话，
一句话便会碰落。
你莫问我！

你莫惹我！
不要想灰上点火，
我的心早累倒了，
最好是让她睡着！
你莫惹我！

你莫碰我！
你想什么？想什么？
我们是萍水相逢，
应得轻轻地错过，

你莫碰我！

你莫管我！
从今加上一把锁；
再不要敲错了门，
今回算我撞的祸。
你莫管我！

——闻一多《你莫怨我》

人生不缺萍水相逢的浪漫故事，你有我有他有大家都有，可是要指望在萍水相逢里成就爱情的正果，那可不是件容易的事。姻缘不仅需要相逢，也需要相知，还需要相恋，更需要相依。也许要经历千百个萍水相逢，才能换来一个缘定今生。那些曾经萍水相逢却陷入感情漩涡的人，往往会怨妇般寻找对方的过错而倾泻自己的愤恨；那些经历过萍水相逢却未能终成眷属的人，往往会回忆曾经的快乐而后悔彼此的错过。

　　人就像是到处游荡的猫，只要有路可走，所有脚印经过的地方都会是萍水相逢。萍水相逢之中，可以有蜻蜓点水的示爱；可以有各怀心事的牵手；可以有一夜销魂的风流；可以有不欢而散的分离……萍水相逢之后更多的是擦肩而过，不论你们在一起停留多久，驻足多久。这一切只是生命的一个瞬间，匆匆过客不可能维系得住永恒的幸福。萍水相逢不是谁的过错，只能是错过。因为爱是一瞬间的事情，也是一辈子的事情。

　　"萍水相逢"出自唐·王勃《秋日登洪府滕王阁饯别序》："关山难越，谁悲失路之人？萍水相逢，尽是他乡之客。"萍是随风飘荡、聚散离合不定的一种蕨类植物。比喻互不相识的人偶然相遇，像浮萍随水漂泊，偶然聚在一起。浮萍的结局就是飘忽不定的，即使有过温馨甜蜜的时光，那也只能是瞬间的记忆。

　　梁山伯与祝英台本来是萍水相逢，即便是真心相爱、难舍难分，也应该审时度势，明辨前方是平坦大道、曲折小径还是死路一条。梁山伯与祝英台这两个情种真的是不识时务、不明事理；自私自利、不忠不孝。我这样说并不是有意贬低他们的忠贞，抹杀真爱的神圣，我只是希望当今的孩子们不要学梁祝，要听父母的话，父母是不会让自己的孩子往火坑里跳的。我们出生于世就要承担起生命赋予我们的责任，孝敬父母、尊敬师长是起码的做人准则。

　　前几个月，在我生活的这个城市里一所名校的高中生谈恋爱了，遭到家庭的强烈反对后，两个孩子觉得天绝人路，双双来到江桥上，投入江中……多么可惜！多么可悲！他们要是懂得眼前的一切只是萍水相逢的道理，悲剧就不会发生。人要懂得道理、明辨是非，绝不可一意孤行。学会放弃、学会放手才是聪明人，才能担当重任。梁山伯与祝英台即便不殉情而死，他们的未来也并非就是幸福的生活，老丈人家的白眼，梁兄能忍受多久？公婆家境的清贫，英台的忍受力又有多大的限度？再加上两人要是真的生活在一起，经柴米油盐的浸泡，真情还能剩下多少？经吃喝拉撒的牵绊，真爱还能幸存多少？有些人，有些事，在岁月的长河里不经意地错过或失去了，不见得就是坏事。塞翁失马，安知非福！

　　痛过了，才会懂得如何保护自己。学会放弃，在落泪以前转身离去，用泪水换来的东西是不牢靠的；将昨天埋在心底，留下最美好的回忆，使彼此都能有个轻松的开始。抓着不放，只会让你一味沉溺于回忆和痛苦中，以致萎靡不振。放开手，你会发现另一方天空，你会重新闻到生活的花香、感受到阳光的温馨。一个人一生要经历多少人与事，不懂得放弃那些已经失去、不可挽回的东西，又如何能把握住未来属于你自己的东西呢？万万不可愚蠢到撞得头破血流仍不醒悟。

　　也许当初爱的根本就是心中的一个影子，你给他披上了一件梦的衣裳，你陶醉在梦的幻觉里不愿醒来，久久地徘徊着、辗转着，越陷越深、越缠越紧。

　　"你莫怨我／这原来不算什么／人生是萍水相逢／让他萍水样错过／你莫怨我／泪珠在眼边等着／只须你说一句话／一句话便会碰落／你莫问我！"诗人闻一多的爱就曾像破碎的玉盘，坠落在冰冷的地面上，只留下说不尽的怅惘和无奈。因为"人生是萍水相逢"，爱的缺憾是无法避免的，那么又何妨"让他萍水样错过"。

　　爱情经典影片《罗马假日》里，公主安妮和记者乔的萍水相逢似乎成就了上个世纪最纯真的爱情。从街头相遇开始，上帝就注定了他们的缘分和命运。短短的一天，欢乐的旅程，爱情在彼此的心窝里悄悄发芽。可当夜幕降临，公主不得不为了国家和人民而放下自己的爱情。依依离别之际，安妮紧紧依偎在乔的怀中，享受这片刻的欢愉。泪水从双颊留下，最终，她还是将远去的背影留给了恋人，让短暂的爱情成了永恒的美丽。

　　爱过，经历过，比什么都重要。学会放弃，是我们必须要上的人生一课。充分享受生命给我们带来的欢乐，就要懂得放弃那些容易伤害到自己的东西。保护好自己，我们的生活才会更加精彩；驱散了阴云，我们的周围才会更加明媚。

芳草相思　天涯何处

　　花褪残红青杏小。燕子飞时，绿水人家绕。枝上柳绵吹又少，天涯何处无芳草。　　墙里秋千墙外道。墙外行人，墙里佳人笑。笑渐不闻声渐悄，多情却被无情恼。

——苏轼《蝶恋花》

"花褪残红青杏小。燕子飞时,绿水人家绕。枝上柳绵吹又少。天涯何处无芳草。"每次读到这首词,心中总会掠过一丝荫翳,感觉别有一番滋味在心间。庭院深深,情依旧,却早以物是人非,今日的离散驱不走昨日的悲欢;今夜的痴迷掩藏不住往昔的恩怨。一缕缕伤感的情思带着我走进时光隧道,揭开尘封的记忆。悄悄地回想,回想那忘不了的伊人倩影,沉醉在那属于过去的甜蜜与苦涩。哀婉、缠绵、悱恻……李碧华的歌声如泣如诉,你不知身栖何处,也不知今夕何年。怎样醒来?天涯何处?难道往事只能追忆吗?雨伴杜鹃,风卷梨花。

那个俏黄蓉翁美玲就是被情所困才自杀身亡的,事业上的高峰没有给她带来成功的快乐,她心中的"白马王子"汤镇业成了令她拿不起还放不下的一块热山芋,爱情的失意铸成了她悲剧的一生。

谁在低吟浅唱,伊人还会在水一方吗?

紫陌空巷,人去楼空,只有悲伤愁怨与期待混在一起,再难分清。也许彼此有过太多的误解太多的抱怨,随风而逝的亲情将两个人隔成了两个世界,只剩下几许痴迷,还缠绕在今生离散的结局之中。往事难追忆,每天从日出盼日落不知要经历多少心灵的煎熬,感情纯真得虽没有了一丝杂念,却难追得上对方变心的翅膀。在每个人心中,都有一块阳光照射不到的地方,那里堆满了对自己过去的反思。一个人静静地坐在里面翻阅过往是需要莫大勇气的,更不用说要把它写出来,晾晒在天地间,接受展览与曝晒。

怎么才能够既挥洒真情又不惹红尘?心已流浪多时,情早枯萎凋零。总想用一生的执著,跋涉在自己的心河里,破解爱情密码,走近春暖花开,领略聚散相依。苏轼给我们描画的爱情世界令人生生不得,死又死不成。他也经历过与我们一样的初恋吧,那份爱情曾折磨他多少个日日夜夜,不管他后来有多成功有多幸福,他永远也不会忘记曾经的甜蜜与曾经的疼痛。他用真心告诉我们:天涯何处无芳草!

爱就是渴望能够永远地在一起,而不在一起的爱就成了痛苦的伤痕。尘世如烟,相思是缘分欠下的没有还清的债。情债是不能不还的,就是这辈子偿还不上,那么下辈子也要追过去。所以,即使爱情走了,爱的人不再爱你,你这时最应该具有的是从容与坚强。苏轼告诉你:天涯何处无芳草!这是你此刻最好的良药。

有这样一个故事,能帮我们解开这个心结:从前,圆音寺庙前横梁上有个蜘蛛，由于常受到香火熏染，千年后便有了佛性。有一天，佛祖光临圆音寺，看见了蜘蛛，便问道："你我相见总算是有缘，我来问你个问题，世间什么才是最珍贵的？"蜘蛛想了想，回答道："世间最珍贵的是'得不到'和'已失去'。"佛祖点头离开了。过了一千年，蜘蛛依旧在这里修炼，它的佛性大增。这日，佛祖又来到寺前，对它说道："一千年前的那个问题你可有什么更深的认识吗？"蜘蛛说："还是'得不到'和'已失去'。"佛祖说："你再好好想想，我会再来找你的。"又过了一千年，有一天，刮起了大风，风将一滴甘露吹到了蜘蛛网上。蜘蛛望着甘露，见它晶莹透亮，很漂亮，顿生喜爱之意。蜘蛛每天看着甘露，很是开心，它觉得这是三千年来最开心的几天。突然，又刮起了一阵大风，将甘露吹走了。蜘蛛感到寂寞和难过。这时佛祖又来了，问蜘蛛世间什么最珍贵。蜘蛛想到了甘露，对佛祖说："世间最珍贵的就是'得不到'和'已失去'。"佛祖说："好。既然你有这样的认识，我让你到人间走一着吧。"

蜘蛛投胎到了一个官宦之家，成了一个富家小姐，父母为她取了个名字叫蛛儿。蛛儿16岁时已经成了婀娜多姿的少女。这一日，新科状元郎甘鹿中士，皇帝决定在后花园为他举行庆功宴席。园中来了许多妙龄少女，包括蛛儿，还有皇帝的小女儿长风公主。状元郎在席间表演诗词歌赋，大献才艺，在场的少女无不为他倾倒。蛛儿知道这是佛祖赐予她的姻缘，并不着急。过后，蛛儿陪母亲上香拜佛时正好相遇甘鹿和他的母亲。上完香，拜过佛，两位长者在一边说话，蛛儿和甘鹿便来到走廊聊天。蛛儿很开心，终于可以和喜欢的人在一起了，但是甘鹿并没有表现出对她的喜爱。蛛儿对甘鹿说："你难道不曾记得十六年前圆音寺的蜘蛛网上的事情了吗？"甘鹿很诧异，说："蛛儿姑娘，你漂亮，也很讨人喜欢，但你的想象力太丰富了吧。"蛛儿回到家，心想，佛祖既然安排了这场姻缘，为何不让他记得那件事？甘鹿为何对我一点感觉也没有呢？

几天后，皇帝下诏，命新科状元甘鹿和长风公主完婚，蛛儿和太子芝草完婚。这一消息对蛛儿如同晴空霹雳，她几天不吃不喝，生命危在旦夕。太子芝草知道了，急忙赶来，扑倒在床边，对奄奄一息的蛛儿说道："那日，在后花园众姑娘中，我对你一见钟情。我苦求父皇，他才答应。如果你死了，那么我也就不活了。"说着就拿起了宝剑准备自刎。就在这时，佛祖赶到，对快要出壳的蛛儿的灵魂说："蜘蛛，你可曾想过，甘露（甘鹿）是由谁带到你这里来的呢？是风（长风公主）带来的，最后也是风将它带走的。甘鹿是属于长风公主的，他对你不过是生命中的一段插曲。而太子芝草是当年圆音寺门前的一棵小草，他看了你三千年，爱慕了你三千年，但你却从没有低下头看过它。蜘蛛，我再来问你：世间什么才是最珍贵的？"蜘蛛一下子大彻大悟了，她对佛祖说："世间最珍贵的不是'得不到'和'已失去'，而是现在能把握的幸福。"她刚说完，佛祖就离开了，蛛儿的灵魂也回位了。睁开眼睛，她看到正要自刎的太子芝草，马上打落宝剑，与太子拥抱在一起……

最爱的人近在咫尺，你却感觉不到，这才是人间最痛苦的事。当爱远走，放弃和放手都是唯一的出路。不管曾经有过多么美好的感觉，不论彼此曾有过多么坚定的誓言，让自己和对方一起痛苦纠结，究竟是否泄愤了对方还是惩罚了自己？那样就剥夺了自己重新开始享受快乐和幸福的可能。放手让爱的人走，别陷进痛苦、气愤和沮丧之中，似乎并不是一件容易的事，这需要一个人宽广和淡定的心胸。有一个词叫"全身进退"，说的就是不论在什么情况下，都能在付出的时候全心全意地投入进去，在离开的时候毫无牵挂地抽身而去。即使有几许相思，那也不如归去，天涯何处无芳草？因为你的真爱还没到来，还在路上等待着你。

佛说：放下，就拥有了。放下，说明获得了心灵的超脱，拥有了自我拯救的良药。

放下了就快乐了，知足者才能常乐！

等那容颜如莲花般开落

我打江南走过
那等在季节里的容颜如莲花的开落

东风不来，三月的柳絮不飞
你底心如小小的寂寞的城
恰若青石的街道向晚
跫音不响，三月的春帷不揭
你底心是小小的窗扉紧掩

我达达的马蹄是美丽的错误
　　我不是归人，是个过客……

——郑愁予《错误》

沿着墨香的书页，翻开古镇那江南烟雨，那里有我布衣才子葛巾飘飘、浅斟低唱、悠然而诉的身影；那里有我青石小巷中被橹声催眠、被跫音逅逦、被蹄响惊醒的烟波；那里有我江楼佳人素手纤纤、轻拢慢捻、望眼欲穿的恋人；那里有我风雨小镇里被窗扉紧掩、被闺怨攀援、被莲梦簇拥的寥落……宛如前尘旧事里一张发黄的诗页，我该怎样回到从前，拣拾曾经失落的梦？

不知翻过去多少年，不知滑落了多少代，如今，吴侬软语已将曾经的金戈铁马镂空成标本，雪消冰融成小桥流水；燕舞莺歌已将曾经的风箫水寒修剪成盆景，纸醉金迷成相思红豆。尘缘与沧桑告诉我们，这里的桃花依旧鲜艳，这里的女人依然俏丽。这里的苏小小依旧在钱塘畔浅斟低唱、翘首等待那雨打芭蕉的曾经的鹊桥仙；这里的柳如是依旧在西泠边柔情蜜爱、燃烛企盼那渔舟唱晚的曾经的念奴娇；这里的顾横波依旧在金陵城轻拢慢捻、对镜自怜那汉宫秋月的曾经的蝶恋花；这里的卞玉京依旧在秦淮波扶橹摇桨、望月幽叹那十面埋伏的曾经的忆秦娥……她们在热切地盼着采花郎；她们在敏锐地悟着解语花；她们在辛苦地酿着女儿红……她们知道，青春苦短，花期苦短，生命苦短。

踯躅于烟雨迷蒙的江南小巷，潮湿的风中仍荡漾着我的忧愁，让我想起梦中的伊人，想起愁予先生的诗《错误》："我达达的马蹄是美丽的错误，我不是归人，是个过客。"我真的只是个过客吗？我真的还需要做石桥下兰舟上凝神的孤影，任已被我倚暖了的石阑青苔，再次凉透我的心坎？我真的还需要做楼台外红墙内醉倒的归人，任已被我敲开了的柴门窗扉，再次锁紧我的眼眸？愁予先生的吟唱触痛了一个天涯浪子内心隐秘而久远的记忆，我真的深深地感觉到了，在那很远的地方，有一颗痴情而执著的心，正等着我达达的马蹄声响。

谁是她们嘟着嘴、跷着脚、思念着的人？谁是她们爱着、怨着、盼望着的人？有多少个朝代的女子唱着同一首歌？有多少朵莲花在季节里等待开开落落？为只为你一个身影曾打江南走过；为只为那达达的马蹄声由远而近、由近又远。郑愁予把错误演绎得美丽如许，让人恋恋不忘，而那等待中的容颜，只能让人在刻骨铭心之后，在思念中耗尽一生的朝朝暮暮，这个错误是多么的残酷，因为生命仅仅只有一次，孤苦却噬咬了其一生。

我始终相信，时间和距离都无法把生命中那些镌刻得美丽的印记销蚀，只因那份爱已然扎根于心底。"我打江南走过／那等在季节里的容颜如莲花的开落／东风不来，三月的柳絮不飞／你底心如小小寂寞的城／恰若青石的街道向晚／跫音不响／三月的春帷不揭／你底心是小小的窗扉紧掩／我达达的马蹄是美丽的错误／我不是归人／是个过客……"

　　有一个人，一直在等待自己生命中的那个人，不管季节变换，她的美丽如莲花。这种美丽不仅说的是她的容颜，还有她忠贞的爱情和坚韧的性格。即使结局是个"美丽的错误"，这份感情也足以展览千年，动容万代。

　　张潮在《幽梦影》中写道："美人之胜于花者，解语也；花之胜于美人者，生香也；二者不可得兼，舍生香而取解语者也。"我国古代像这样的忠贞烈女随手可拾，孝子、顺孙、义夫、节妇，不仅会得到表扬、实物赏赐、免赋役，还会被旌表门闾、封爵赠号、立祠供乡人祭祀、在墓上表记等。忠孝、义节、诚信……这些古代的美德，恰恰变成了我们现代人最缺失的东西。

　　等待心中那期待的时刻到来，真的是一种美好的感觉。人什么都可以没有，唯独不可以没有信念；人什么都可以丢失，唯独不可以丢失美德。

　　痴心的女子为什么总是爱上不爱回家的人？这似乎没有人能解释清楚。但喜欢流浪的游子终究是要回家的，骑马倚斜桥，杏花吹满头，桃红柳又绿，满楼红袖招。游子的心，在每一个夕阳下的路口，都会掠起一丝凄凉与沉重，但也总会有闲花野草、柔胸裸臂临时滋润孤独的灵魂。可痴情女子却不会有这等待遇，她们只能苦守空闺，一次次地被渐近而又渐远的马蹄声牵至窗前，又失望而返。因为爱，就会导致美丽的"错误"；因为爱，所以即便是"错误"也美丽。

　　谁都会祈愿有情人终成眷属，一生一世一双人，这是多么好的结局，可看似容易却又艰难。最终等不到，也不遗憾，毕竟等了、付出了、经历了；真的等到了，也算幸运，不管是花开，不管是花落。

一吻陶醉　再吻倾城

我不是不能用指头儿撕，
我不是不能用剪刀儿剖，
只是缓缓地
　　　轻轻地
很仔细地挑开了紫色的信唇；
我知道这信唇里面，
藏着她秘密的一吻。

从她底很郑重的折叠里，
我把那粉红色的信笺，
很郑重地展开了。
我把她很郑重地写的，
一字字一行行，
一行行一字字地
很郑重地读了。
我不是爱那一角模糊的邮印，
我不是爱那幅精致的花纹，
只是缓缓地
　　　轻轻地
很仔细地揭起那绿色的邮花；
我知道这邮花背后，
藏着她秘密的一吻。

——刘大白《邮吻》

"虽然我们必须在夏天告别，宝贝，我向你保证，我会天天在信中寄出我全部的爱，并且以吻封缄；我想，这会是一个寒冷而孤寂的夏天，但我会填满所有的空虚，我会每天在信中寄出我全部的梦，并且以吻封缄……"多么美妙的时刻，多么美好的感情！这样的吻，透过信笺的翅膀，翩翩地飞到了远方恋人的手中，柔柔地暖在了远方爱人的心间。

　　吻，是一个嘴唇去亲近另一个嘴唇；吻，是爱情的见证。只有真心相爱的人才会相吻，才会得到最美的境界。用你的心去爱一个人，用你的吻带给他美好和幸福。有人说嘴与嘴的亲吻充满了浪漫的感觉。一连串轻柔悦人的吻，诉说着柔情款款；直吻到对方嘴唇红肿、喘不过气来才是激情四射的火辣；长久而热情的吻则可以唤起激情。花前月下、烛光中、沙滩上、彩霞满天、细雨霏霏，这些情境都可催化出动人的吻，有些女子甚至能达到高潮般的快感。

　　接吻，是相爱的男女传递他们之间无法言说的情愫的方式，是一种表现在口头上却凝聚着强烈性爱信息的肢体语言。悠长、舒缓、深入、热烈的接吻，不论哪一种，都能给人以心灵的震撼与浪漫的感觉。据调查，相爱的男女都无一例外地渴望接吻。而对于大多数男性来说，他们不仅记得他们第一次亲吻恋人的细节，更希望甜蜜的吻一直伴随在他们的情感生活中。

　　有人总结，吻有浅尝即止，也有如胶似漆；吻有缠绵悱恻，也有激情无限。真正技巧高超的接吻不一定要在对方身体或衣服上写下"到此一游"的记号，最让对方心醉神迷的接吻反而是"欲吻又止"的方式呢！活学熟用以下五种接吻方式，一定令你们的感情突飞猛进，迈入新阶段。

　　法国可以说是接吻的发祥地，法式接吻是深情之吻，是舌头和舌头的接触之吻。他们潮润的舌头投向对方的嘴，法式接吻需要嘴对着嘴，彼此的嘴都张开着，舌头探进彼此的嘴里。法式接吻向来都是轻柔的、自发的，无比优雅，非常之浪漫。法式亲吻是以口、齿、唇、舌配合脸颊肌肉的吸吮、啃咬、交缠、舔舐、滑动、进出等细腻的动作，引爆激情，口腔与爱情同时获得满足。法国人爱接吻，这在外国人的头脑中留下深刻的印象，不管是都市或乡间，只要有人的地方就看得到接吻表演。他们并不选择隐秘的地点，相反，观众越多越来劲。在街头，在地铁，甚至在排队购物的人群中，都看得到一对对以彼此的双唇止饥解渴的热情男女。

当日本向盟军投降的消息传到纽约后，时报广场的街头顿时成了狂欢的海洋。摄影师艾菲列德拍摄的水兵拥吻女护士的照片，后来被刊登在《生活》杂志的封面上，从而成为传世之作，同时也成为美国人民欢庆二战结束、庆祝反法西斯战争胜利的经典镜头。照片中那位欣喜若狂的水兵，抱住经过身边的一位素不相识的女护士狂吻。人们在街头欢呼雀跃，陌生人都学着他俩的样子相互祝贺，欢庆胜利。

法国艺术家罗丹在1868年雕出了一座雕像，"永恒之吻"，作品中是两个赤裸的情人在接吻。这座"永恒之吻"雕像的问世，标志着古典时期艺术的终结。罗丹形容说："它是那么完美，似乎已经远离了周遭的世界。"

吻游弋在童话故事里面，就成了一个个永恒的定格和经典的瞬间。《睡美人》里，美丽的奥罗拉公主一出生就遭到与其父有仇的巫师莫拉发出的可怕的咒语，说在她十六岁生日当天将会被纺车的锭针扎死。虽然三位仙女极力帮忙，却仍然摆脱不了咒语的发生，奥罗拉公主因此长眠不醒。英俊潇洒的王子菲列蒙德在仙女的指引下，遇见了沉睡的奥罗拉公主，并一见钟情爱上了她。在伟大的爱情力量的帮助下，他战胜了重重困难，并以神圣的一吻唤醒了沉睡百年的公主。整个王国苏醒了，在一场盛大的婚礼中，这对有情人终成眷属。

《青蛙王子》里，很久以前，王子爱上了美丽的公主，后来王子和公主定亲了，但是有人从中作梗，使王子变成了青蛙。再后来，王子战胜种种困难，当公主吻向青蛙时，魔咒解除，她与王子的浪漫爱情从此开始……

我想："吻"总是与美丽动人的童话故事紧密相连。那诱人而神奇的吻，就是仙女的魔法棒，就是漂亮的南瓜车，就是遗失的水晶鞋，就是十二点准时响起的钟声……

更浪漫的是，在演奏《婚礼进行曲》时，音乐会精心挑选了无数电影史上经典的深吻镜头同步播放，爱情五味杂陈的味道在深情一吻中尽情展现，有《罗马假日》中的童话之吻；有《魂断蓝桥》中的缠绵之吻；有《乱世佳人》中的霸道之吻；有《鸳梦重温》中的迷幻之吻；有《一夜风流》中的感激之吻；有《美凤夺鸾》中的重生之吻；有《出水芙蓉》中的诙谐之吻；有《美人计》中的梦魇之吻；有《珍妮的肖像》中的冰冷之吻；有《尼罗河上的惨案》中的狂野之吻；有《人鬼情未了》中的绝望之吻……克拉克·盖博与费雯·丽，格利高里·派克与奥黛丽·赫本，加利·格兰特与英格丽·褒曼，罗伯特·泰勒与葛丽泰·嘉宝，阿兰·德龙与罗密·施奈德……经典的深吻带给观众超强的视觉刺激，唤起观众对爱情的万千体验。

我想起了民国诗人刘大白先生关于吻的诗《邮吻》，深有感触："我不是不能用指头儿撕／我不是不能用剪刀儿剖／只是缓缓地／轻轻地／很仔细地挑开了紫色的信唇／我知道这信唇里面／藏着她秘密的一吻／／从她底很郑重的折叠里／我把那粉红色的信笺／很郑重地展开了／我把她很郑重地写的／一字字一行行／一行行一字字地／很郑重地读了／／我不是爱那一角模糊的邮印／我不是爱那幅精致的花纹／只是缓缓地／轻轻地／很仔细地揭起那绿色的邮花／我知道这邮花背后／藏着她秘密的一吻。"

这是一首爱情诗，诗人用宁静深情的语言，祈祷恋人的爱为自己褪去虚荣的表象，赶走内心深处的寂寞和忧伤，为自己带来无尽的温暖。他渴望把吻留在信上、手上、眼中、发间、胸前……更期待能将这邮路之吻在唇边久久地驻扎。他告诉我们一个深奥的，同时也是浅显的道理：轻轻一个吻，淡淡几句话，就是爱的最完美的表达！真挚的爱，不是用金钱可以衡量的，金钱也换不来真挚的爱情。也许一个草编的戒指，不如钻石戒指那样耀眼、贵重，却有着淡淡的、淳朴的幸福。与心爱的人一起白头偕老，不用非得披金挂银，不用非得围貂拥裘，不用非得名车豪宅，不用非得美味佳肴……平平常常不攀比，粗茶淡饭有真情。也许，这才更接近爱情的真谛吧！

他不愿用手撕，不敢用刀剪，分明是怕伤害了那信中藏着的紫色的唇吻。吻是一个心的寄托，他会小心地珍藏、保护。一吻陶醉，再吻倾城。吻能令伊人魂牵梦绕，相思断肠；能令红颜梨花落尽，泪洒残红；能令英雄壮志凌云，气吞江山；能令君子载物厚德，自强不息。一吻再吻，时空轮转；一吻再吻，乾坤轮回。

哪里吹来蕙花的风

是哪里吹来
这蕙花的风——
温馨的蕙花的风?

蕙花深锁在园里,
伊满怀着幽怨。
伊底幽香潜出园外,
去招伊所爱的蝶儿。

雅洁的蝶儿,
薰在蕙风里:
他陶醉了;
想去寻着伊呢。

他怎寻得到被禁锢的伊呢?
他只迷在伊的风里,
隐忍着这悲惨而甜蜜的伤心,
醺醺地翩翩地飞着。

——汪静之《蕙的风》

164

是哪里吹来这蕙花的风呢？温馨的蕙花的风？躁动的蕙花的风？痴魂的蕙花的风？可蕙花被深锁在园里呀，伊满怀着怎样的幽怨，潜出园外，去招伊的蝶儿。花熟了开了，芳香飘至墙外，过路的蝶儿嗅到了，自然要流连忘返、登枝闹室。那种魂牵梦绕的情景，男女双方可以相互感觉到对方的气息，近在咫尺，却没有办法见面，没有办法相恋相亲，只能陶醉在幻想的温馨之中。走开吧，不舍；不走吧，更无奈。因为距离之近，就更增添了内心的思慕之情。这种烦恼，哪个怀春少年没有亲身经历过呢？男女之间那种最珍贵的灵动，会伴随每个人的一生，它是最柔软、最温暖的一份情愫。

我们谁能抵得过蕙花的诱惑？遇见眼前那让心怦然而动的人儿，还要装模作样地做出一番无动于衷的样子，像没看见似的，任那美好的蕙花轻轻地、默默地从你身边飘走。多么虚伪的行为，多么可悲的结局啊！只有自己知道，心恨不得尾随蕙花，不管其飘至何处，走出多远，那跟随的过程该有多么的温馨醉人。

心在流浪的季节里，是最容易与蕙花不期而遇的。可是，这样的邂逅大多是一种锥心刺骨的无奈与伤怀。因为你的蕙花不是别的男人臂弯下的宠物，就是深园里可看而不可接近的尤物，你找不到可以抵达她心灵的门窗，门窗早已上锁。即使能读懂她内心的孤独和寂寞，即使能点燃她生命的欢愉与快乐，也是枉然。抱怨命运去吧！怪罪缘分去吧！你只好迷失在伊的风里，隐忍着这甜蜜的心伤。

汪静之的《蕙的风》，加重了我心头沉重的阴霾，问天何时老，问情何时绝？我心深深处，纵有千千结。我是该爬越樊篱，宁可被扎得浑身伤痕；还是该在园外徘徊，用一个画一样虚妄的身影和笑容，来当做充饥的点心？心在疼痛之时，只能看见窗前的雨滴，只能梦见海浪的呼吸，只能听见杜鹃的轻啼……

"是哪里吹来 / 这蕙花的风—— / 温馨的蕙花的风？ / 蕙花深锁在园里 / 伊满怀着幽怨 / 伊的幽香潜出园外 / 去招伊的蝶儿 // 雅洁的蝶儿 / 熏在蕙风里 / 他陶醉了 / 想去寻着伊呢 / 他怎寻得被禁锢的伊呢？ / 他只迷在伊的风里 / 隐忍着这悲惨的甜蜜的伤心 / 醺醺地翩翩地飞着。"

汪老用剃刀一样的文字，为我们割下的是一块又一块血淋淋的肉啊！想必汪老在青春期里一定也曾有过这样的无奈和绞痛，好在他的身边还有蕙的风一样含而不露的傅慧贞；还有伊底眼一样讳莫如深的皖姑曹珮生；还有寄绿漪一样一往情深的美眉符竹因；还有他软吴侬语、肌白肤嫩的女学生翠珍玉莺；还有他一宵生香、一夜销魂的娇红颜兰蕙海棠……一个追不到就追下一个嘛！他尽可以领略新欢旧爱并肩并坐的艳遇，尽可以编织左拥妻、右抱妾的美梦。五四新文化运动后，中国知识女性挣脱了千年的封建桎梏，女性的独立意识觉醒了，我们可以看出那时的中国知识女性如何追求爱情、自由和幸福的轨迹。当然，她们所处的时代太急太快，她们的思想亦旧亦新。

在诗人眼中，苦苦思恋的爱人是被"深锁"园中的"蕙花"，"园外的蝴蝶"只能巡行在墙外的蒿草丛中，在幽香里蛰伏，在幽怨里窥视。他终于找到了可以淋漓尽致地发泄与全心投入地享受的机遇，用他自己的话说就是："受了五四新思潮的熏陶，我感到思想解放的喜悦，精神自由的舒畅，好像渔网里跳出的鱼，鸟笼里飞出的鸟……我以胜利者的姿态，鄙视封建的道德……"不能不理解他，对于"湖畔诗人"来说，当时代的飓风震撼了被囚禁的身心的时候，他们渴望冲破封建思想的桎梏，渴望自由与个性解放，强烈要求抒发真心的纯洁的爱，其中又以异性的爱情最为引人注目。

男人永远是于翩跹中寻求蕙花、吸吮花蜜的蝴蝶，当熏风弥漫，他们会静下来寻求与倩影的擦肩；当环珮叮咚，他们会停下来等待与芳踪的交臂。"护花使者"与"采花大盗"其实有着同样的本性，只不过表达方式与采用的手段不一样而已。在女人眼里，诸葛亮与唐伯虎，梁山伯与西门庆、宋玉、潘安与吕布、曹操、岳飞、陆游与项羽、宋江，都是最有魅力的绝世男子、旷世奇才，得到哪个都不白活一回，拥有哪个都不枉过一生。

有句话说得好：缘分因人而异，长则数十年，短则几分钟，只要你真正拥有过，那就是一种幸福，任何事物都有开头和结尾，爱情又岂能例外呢……

佛说：百态之世存百态之人，人既有百态，世也便需百态。在世间，形形色色的男人一定要遇见形形色色的女人，形形色色的蕙花一定要经历形形色色的蝴蝶。自古道：哪个少女不怀春？哪个男儿不钟情？在多情的季节里，想恋就去恋，想爱就去爱，不要管它是自哪里吹来的蕙花的风。

谁埋葬了谁的爱情

那时我们爱得正苦
常常一同到城外沙丘中漫步
她用手拢起了一个小小坟茔
插上几根枯草，说：
这里埋葬了我们的爱情

第二天我独自来到这里
想把那座小沙堆移回家中
但什么也没有了
秋风在夜间已把它削平

第二年我又去凭吊
沙坡上雨水纵横，像她的泪痕
而沙地里已钻出几粒草芽
远远望去微微泛青
这不是枯草又发了芽
这是我们埋在地下的爱情
生了根

——苏金伞《埋葬了的爱情》

　　不经意间写下了这个标题，心里有些敲鼓，不知道写出什么来惹人对号或反感，因为爱情是神圣的，谁都拥有自己的爱情，谁都会奋不顾身地保卫自己的爱，谁都不愿意自己的爱被谁给埋葬掉。但是，穿过爱情或婚姻的森林之后，尘埃落定，一切就真相大白了。欣慰的，抱怨的，窃喜的，忧愁的，愤恨的，丧志的，伤痕累累、体无完肤的，心灰意冷无奈维持的……真应了那句话：幸福的家庭是相似的，不幸的家庭各有各的不幸。

　　爱情是一种感觉，婚姻是一种选择。既然彼此选择对方并承诺一生相伴，就要懂得感恩，不要抱怨。不要总想试图改变对方，让对方适应自己。尊重是相互的，妥协也是相互的。不理解对方时，就该站在对方的角度去想一想，也许怨气就消失了。尊重而不猜疑、关怀而不自私、随缘而不强求，这就是避免埋葬爱情的密码。

　　爱情会令人迷失，而婚姻又让人觉醒。婚姻是严酷的，会将爱情的甜蜜与美好无情地过滤掉，不论当初有多么醉意激情，不管曾经有多么倾心销魂。与一个人牵手的时候，就以为是一生一世的相守。可一段心路走下来才发现，彼此为对方画的美好画卷都已经成了泡影。冷下来的心，不知不觉地凝结成了冰川。你爱他的时候，他的缺点也会看成是优点。你不爱他了，他的优点也成了缺点。是什么改变了？爱情变了，性情变了，心情变了，还是自己的期望值变了？看问题的角度变了？

　　就好像有个书生捧着书在打瞌睡，欣赏他的人说，瞧呀，他多用功啊，睡着了还拿着书；而不欣赏他的人却会说，看他懒惰的样子，一着书就睡觉。书生还是那个书生，看他的人不同就会有不同的看法。爱情还在，就要精心培育自己的爱情；感情远了，彼此就成了爱情坟墓的挖掘者。

　　我非常喜欢诗人苏金伞的诗《埋葬了的爱情》：那时我们爱得正苦 / 常常一同到城外沙丘中漫步 / 她用手拢起了一个小小坟茔 / 插上几根枯草，说：/ 这里埋葬了我们的爱情 // 第二天我独自来到这里 / 想把那座小沙堆移回家中 / 但什么也没有了 / 秋风在夜间已把它削平 // 第二年我又去凭吊 / 沙堆上雨水纵横，像她的泪痕 / 而沙地里已钻出几粒草芽 / 远远望去微微泛青 / 这不是枯草又发了芽 / 这是我们埋在地下的爱情 / 生了根。

诗短小精悍、玲珑剔透而又韵味无穷；情雪雨风霜、莫测难料而又沧海桑田。我相信任何人面对诗中的故事都会伤怀感慨，这么美丽的爱情为什么要埋葬了呢？这就是人生中我们不可预测的自然规律。

有一个故事读了令人感慨：从前有个书生，和未婚妻约好某年某月某日结婚。那一天，未婚妻却嫁给了别人。书生一病不起。一个周游僧人从怀里摸出一面镜子叫书生看。书生看到茫茫大海，一名遇害女子一丝不挂地躺在海滩上。一个人路过于此，看了一眼，摇摇头走了。又路过一人，他将衣服脱下给女尸盖上，然后也走了。再路过一人，他挖了个坑，小心翼翼地把尸体掩埋了。僧人道：海滩上的女尸就是你未婚妻的前世。你是第二个路过的人，曾给过她一件衣服。她今生和你相恋，只为还你一个情。她最终要报答一生一世的人，是那个把她掩埋的人——她现在的丈夫。书生听罢大悟。

男女相悦，是一件快乐而浪漫的事情，能携手扶老走到终了的，那该有多么大的缘分啊！而不能相伴终生的，难免就得去埋葬自己的或别人的爱情。其实，有的人的一生肯定不止恋爱一次，当然，分手带来的伤害肯定是免不了的。那么谁埋葬了谁的爱情？谁是那个最后路过他（她）身边的人还重要吗？我们只要去享受爱情给我们带来的愉悦与快乐就好了，这个过程是美丽的，用不着非得弄明白究竟是哪一次。

激情只是在最初的时刻才会出现，就像石子投在湖中，水花只是溅起的一个精彩的瞬间，涟漪弥久而美丽，令人回味不尽。婚姻并不是激情的埋葬者，经历和时间才是改变感情的始作俑者。纵然没有婚姻，激情也会因时间的推移而渐渐消耗。爱情是娇嫩的花朵，时间和婚姻都不可能扼杀她，而摧杀她的只能是我们自己，是我们被变形了抑或是被扭曲了的心！

在我国古代，狐狸精埋葬了所有书生的爱情。那是不着边际的幻想与祈盼耽误了眼下伸手可及的爱情；那是不切实际的弥梦与癔症埋葬了俯首可拾的幸福。有人说：喜欢黛玉，她会有真正的爱情，却不会有真正的婚姻。这话无疑是在指责宝玉埋葬了黛玉的爱情。

那个最爱花的林妹妹在我们的眼眸里迤逦而来，肩上担着花锄，锄上挂着花囊，手内拿着花帚……黛玉最怜惜花，觉得花落以后埋在土里最干净。黛玉的悲剧绝不仅仅因为宝玉，还有更多的因素导致她

谁埋葬了谁的爱情

的生命如花瓣一样，轻易地飘零了。黛玉在贾府中，虽有宝玉的照顾、贾母的疼爱，但按照当时的礼教观念，她毕竟是外孙女，父母双亡，寄人篱下，无人做主，孤苦一人，总觉风刀霜剑相逼，自怜之心常在，见落花而感身世，见落叶而嚼凄凉。

有人说黛玉性格的弱点是埋葬她自己爱情的罪魁祸首。黛玉不喜欢花开，因为花开总会要落败，她觉得花落时是伤心的，还不如花不开来的好。世上的事情都是有一个过程，有一个结果，黛玉一直盯着那个结果看，对于和宝玉的爱情也是一样，很早就想和宝玉结合在一起，任何影响到这个结果的事情在她看来都是令她伤透心的，却忽略了对如此长的"恋爱"过程的享受。她还想到自己总是要死的，"今我葬花，谁来葬我"，盯着那个悲惨的结果伤心不已。

敏感，爱钻牛角尖，对于春去秋来特别易有感触。"天尽头，何处有香丘？"她深深明了作为人的深刻悲剧，她是精神的象征，不被世俗所容。黛玉在作葬花词之前，刚好遇到不如意之事，因此激起她对宝黛之间爱情的不安全感。"侬今葬花人笑痴，他年葬侬知是谁？……"她对自己理想的追求是质本洁来还洁去，一方面借由葬落花哀怜自己的身世，一方面置疑她与宝玉间似乎并不稳固的爱情关系，还有她对于整个环境的抗议及无可奈何的绝望，可惜都是徒劳的。

有人分析黛玉和宝玉爱情悲剧的原因，前生今世，各有高见。黛玉在爱情的深度里感悟生命，宝玉在爱情的广度里寻找真谛。黛玉原是灵河岸边的一株仙草，因灌溉之恩无以回报，便在腑内郁积了缠绵不尽之意，以待因缘。赤瑕宫神瑛侍者因凡心偶炽，要下凡造历幻缘，这绛珠草便要一起下世历劫，用一生的血泪偿还！而宝玉是赤瑕宫神瑛侍者携了那通灵的石头从天而降的，由仙入凡，经历人间的幻象，以幻修幻，了结未完的情缘是宝玉历幻尘缘的使命。宝玉和黛玉的差别很大，宝玉徜徉于人间的温柔富贵之乡，他在游戏快乐中游走穿插，忘情于那些既美丽且拥有才艺的女儿之中，很少思及未来。既便想也是理想化的未来，把现在的美好状态一直延续下去。不想科举，不想姐妹们分开。他享受着现在的美好，与姐妹们相互关心，一起找乐……而黛玉往往暗自神伤。宝玉无疑是希望和黛玉结合的，他情愿被黛玉一次次深情的眼泪带领着走入爱情的深处。可当他在爱情之路上遭到黛玉醋意的伏击之后，难免会怀念从前徜徉于花粉香脂中的开心和惬意。

　　林黛玉由对落花的怜惜，为落花立花冢，而感悟于自身的爱情和命运，她在写下千古绝唱《葬花吟》的同时，恰恰为自己的爱情掘开了一个深深的大墓。谁埋葬了谁的爱情？为什么没有人说：是黛玉埋葬了宝玉的爱情？

醉人醉心的红草莓

喊我的红草莓五颜六色
我喜爱微笑着奔跑的红草莓

还有背着露水的红草莓
羞红了身子的红草莓

这么多的红草莓是一颗红草莓
那么多的我是一个我

谁忍心用爱伤害爱
用纯洁伤害纯洁

大风吹落晚霞，吹落血
吹不落我的红草莓

红草莓醉得我的手指发颤
你要什么天空，我都捧给你

红草莓，我多穷啊
为何我的皮肤是黄金的颜色

我的牙是水做的
我死了也想尝一口红草莓

路边的红草莓
我可怜的，也可怜我的红草莓

——樊忠慰《红草莓》

花开花落，花无眠，花自飘零；缘起缘灭，缘不尽，缘亦成空。

那等在季节里的红颜如莲花般清幽，千转百回只盼来满目的凋零；那守在岁月里的青衣似兰麝般盈袖，倚窗剔烛只迎来满目的萧瑟。断弦断肠的怨声里，多少个苦寂的黑夜，催熟了女人青涩的身体；燃烛燃香的灯火中，多少次悲愁的婆娑，摇醒了女人沉睡的欲望。

这个时刻，雕楼里的青苹果已经变成了凡尘里熟透的红草莓，鲜嫩欲滴，等待一双智慧的眼，前来精心地阅读、抚慰；等待一张多情的嘴，前来贪婪地吮吸、咀嚼。草莓熟透了，醉人醉心；女人熟透了，催欲催情。

西汉时期的红草莓卓文君：临邛富商卓王孙之女卓文君，被许配给一个皇孙。未婚夫未婚而亡，十七岁的处女便成为寡妇。辞赋家兼音乐家司马相如在应邀做客卓家时，以琴曲《凤求凰》挑逗她雪夜私奔，并与穷书生丈夫一起开饮食店，她当垆卖酒，他洗碗刷碟。生米煮成熟饭后，卓文君的父亲资助了卓文君的生活，同时，司马相如以辞赋天才为汉武帝重用，立下安抚西南少数民族的功劳。她后来经历了丈夫移情别恋、自己不能生育等婚恋风波，分别以《怨郎诗》挽回爱情，以《白头吟》巩固婚姻，终于与丈夫白头偕老。她是一个才貌双全且敢爱会爱的美女。作为史上最著名的私奔故事的女主角，她与司马相如成了中国文人梦里才子佳人的鼻祖。

唐朝的红草莓鱼玄机：鱼玄机是晚唐著名的才女，女诗人，本名鱼幼微。她的父亲是个落魄秀才，因病过世后，鱼玄机母女生活无着落，只好帮着一些妓院洗衣谋生。温庭筠和鱼玄机的认识应当是机缘巧合。温庭筠长得虽丑，却很风流，是个著名的浪子，喜欢在妓院里混，就这么认识了鱼玄机。温庭筠看鱼玄机聪明伶俐，就收她为弟子，教她写诗。十三岁的鱼玄机深爱着温庭筠，温庭筠却因为年龄悬殊一直不敢接受。后来鱼玄机在他的安排下嫁给了富人李亿为妾，却遭到了李亿原配的嫉妒与嫁祸，最终被迫在咸宜观沦落风尘，一夜之间由贞女变成荡妇。后来又因为情杀死婢女绿翘，而获死罪。

宋朝的红草莓李清照：李清照的一生跌宕起伏，17岁的她嫁给赵明诚，两人恩爱，如胶似漆。在和丈夫度过了一段举案齐眉、琴瑟和谐的甜蜜时光后，朝中新旧党争愈演愈烈，一对鸳鸯被活活拆散，赵、李隔河相望，饱尝相思之苦。李清照这样一位千古奇绝的女子，她的美丽不仅来自于她的外貌、才情，更是她对自我的一种坚持。丈夫离世之后，李清照悲痛欲绝，坚强的她决定要完成丈夫的遗志——为赵明诚整理他所写的有关为金石彝器考证的文章。她终于用正楷完成了三十余卷的《金石录》。"寻寻觅觅，冷冷清清，凄凄惨惨戚戚……"她独善其身，而其中的苦闷、寂寞是常人难以想象的。

清朝的红草莓香妃：乾隆中叶，清军入回疆，定边将军兆惠俘获一回部王妃，此女子天生丽质，更奇的是她的身体会散发异香，人称香妃。乾隆帝对她大为倾心，执意纳之为妃，为讨其欢心，特在西苑建造一座宝月楼，供香妃居住，并常亲临探视，希其顺从。然而香妃性格刚烈，誓死不从，并身藏利刃，表示不屈的决心，还时常因思念家乡凄然泪下。皇太后得知此事，召见香妃，问她："你不肯屈志，究竟作何打算？"香妃以"唯死而已"相答，太后说："那么今日就赐你一死。"香妃顿首拜谢，于是趁乾隆帝单独宿斋宫之际，命人将香妃缢死，成全其名节。

中国古代有太多太多的红草莓，蔡文姬、朱淑真、桃花夫人、孟姜女、班昭、步非烟、花蕊夫人、李香君、杜十娘、霍小玉、唐琬、红拂女、秦罗敷、花见羞、赛金花、谢道韫、来莺儿……沿着历代才女的美丽和哀愁，我领略到的是一颗颗炽热的心和一片片浓重的情。那情，千年的冰峰也能融化；那心，万载的枯木也能催芽。

女人寂寞时最美丽，寂寞是女人的营养。寂寞时，有一张残花般绝望中带着凄美和孤芳自赏的脸，而神色却异常淡定。这时的女人会散射出惊人的美丽和动人的光芒。"宫花寂寞红"，这五个字多么深刻地描述了几千年来无数女性在深宫中青春之花寂寞地开放过又无奈地枯萎。古代人有对付性寂寞与性苦闷的办法，男子称为"断袖"，女子叫做"磨镜"，不论宫中还是民间，都是饮食男女欢愉与自慰的行为方式。

用不着闪闪躲躲地在对方的欲望里找寻自己的安慰，正常的生理要求并不会导致令自己的人格蒙羞。我感动于樊忠慰的诗作《红草莓》，这位用生命的寂寞保卫文化贞操的诗人将一颗熟透了的红草莓捧到了我们的面前，让我们领略到那绵软的、溢香的、诱人的红草莓的魅力。这首诗让红草莓似的女子获得了神性，直抵我们的灵魂深处，令精神产生极度愉悦的快感，超凡脱俗。

"喊我的红草莓五颜六色 / 我喜爱微笑着奔跑的红草莓 // 还有背着露水的红草莓 / 羞红了身子的红草莓 // 这么多的红草莓是一颗红草莓 / 这么多的我是一个我 // 谁忍心用爱伤害爱 / 用纯洁伤害纯洁 // 大风吹落晚霞，吹落血 / 吹不落我的红草莓 // 红草莓醉得我的手指发颤 / 你要什么天空，我都捧给你 // 红草莓，我多穷啊 / 为何我的皮肤是黄金的颜色 // 我的牙是水做的 / 我死了也想尝一口红草莓 // 路边的红草莓 / 我可怜的，也可怜我的红草莓。"

有人说：女人需要耐得住寂寞才能守得住繁华，女人之间比的不仅是美貌与青春，有时，经验和智慧更重要。一个有阅历有智慧的女人，对于男人来说，就像一幅历代更迭的名画，虽有残破，却更有价值。她是唯一的，不可能再生。

不要说见与不见

你见
或者不见我，
我就在那里，
不悲不喜。

你念
或者不念我，
情就在那里，
不来不去。

你爱
或者不爱我，
爱就在那里，
不增不减。

你跟
或者不跟我，
我的手就在你手里，
不舍不弃。

来我的怀里，
或者，

让我住进你的心里。

默然，相爱；

寂静，欢喜。

——扎西拉姆·多多《班扎古鲁白玛的沉默》

人到中年后就时常期待着时间和时空能有片刻间的停顿，自己可以在那一刻不来不去、不悲不喜、不舍不弃……那一刻也许是"身觉浮云无所著，心同止水有何情"；也许是"碧野朱桥当日事，韶华不为少年留"。那样的心境不会有被蜕壳后的哀凉，仿佛是灵魂断电后难得的午休。不论我的念头如何活跃地穿梭于天地间、身心间、尘缘间，我还是渴望自己在那一时刻更淡定一些，更恬静一些，哪管那"旧时月色，算几番照我，梅边吹笛。唤起玉人，不管清寒与攀摘"。任凭这"何逊而今渐老，都忘却春风词笔。但怪得竹外疏花，香冷入瑶席"。这时的心态颇似时下很热络的那首《见与不见》的诗中的境界，那是一颗慧心的吟唱：

"你见／或者不见我／我就在那里／不悲不喜／／你念／或者不念我／情就在那里／不来不去／／你爱／或者不爱我／爱就在那里／不增不减／／你跟／或者不跟我／我的手就在你手里／不舍不弃／／来我的怀里／或者／让我住进你的心里／默然／相爱／寂静／欢喜。"

读了，融进了，便觉出做一个普通人、做一些平常事的高尚与欣慰。不必有非出身贵族的自卑；不必有未追随时尚的自责；不必有没经历传奇的抱怨；不必有待爆发璀璨的懊悔。

这首诗并非出自仓央嘉措之手，《读者》杂志的以讹传讹混淆了原作的时空年代，将其张冠李戴。其实只要认真读了这首诗，就会感觉得到当代的风气在面庞婆娑，而不是几百年前高原上的藏式情歌。六代达赖喇嘛仓央嘉措是爱美人不爱佛祖的才人，他写了很多热情奔放的爱情诗歌，在民间广为流传歌颂。但这首诗却更显得娴静与清丽，其真正的作者乃年纪轻轻、才思妙曼的小资女子，她叫扎西拉姆·多多。《见与不见》实际上名为《班扎古鲁白玛的沉默》。班扎古鲁白玛，音译，意思为莲花生大师。她说："这首诗出自我从2007年5月开始写的《疑似风月》集的中集。灵感来自莲花生大师的一句话：'我从未离弃信仰我的人，或甚至不信我的人，虽然他们看不见我，我的孩子们，将会永远永远受到我慈悲心的护卫'。我想通过这首诗表达大师对弟子不离不弃的关爱，跟爱情、风月没什么关系。"

好一个无关爱情与风月啊！这就是生活里的禅味儿。即使作者无意间写了这首不是爱情的诗作，却被有心人将其疑似无奈的爱情而流传开来。它无意间震撼了许多人，替他们表达出凡夫俗子的无奈和忧伤；替他们倾吐芸芸众生的对错和得失。

朋友问我：你心底有爱？很遗憾的那种？我答：谁能没有呢？她问：那是什么？我说：是无奈。她说：感情是最难处理的东西，丢不掉甩不脱，恨不得根本没来过，可是自己也说了不算。我说：看淡了就好了。她说：看得淡吗？真能看淡了就不爱了。是的，有些东西看着没有了，可是它们就蛰伏在心底，时不时地跑出来拽着你的魂儿溜达一圈。让你夜不能眠的是它，让你茶饭不思的是它，让你在某一刻感觉活着无味儿的也是它。你以为你自己可以变成花心大萝卜，你以为你骄傲得像个天上的神仙又那么干净淡定，可是一旦它来了，你所有的话都是谎话，它们可以片刻之间打败你，你一败涂地全然不知所以。都说爱最简单，可是细细一想，爱原来是如此麻烦，要说爱真是难过真是麻烦，可是不爱了还活着干吗？

我喜欢跟人们一样，在自己困惑的时候，独自来到一个无人的地方，闭目净心，虔诚问佛。我问佛：为何不给所有女子羞花闭月的容颜？佛曰：那只是昙花的一现，用来蒙蔽世俗的眼。没有什么美可以抵过一颗纯净仁爱的心，我把它赐给每一个女子，可有人让它蒙上了灰。

我问佛：世间为何有那么多遗憾？佛曰：这是一个婆娑世界，婆娑即遗憾。没有遗憾，给你再多幸福也不会体会到快乐。我问佛：如何让人们的心不再感到孤单？佛曰：每一颗心生来就是孤单而残缺的。多数带着这种残缺度过一生，只因与能使它圆满的另一半相遇时。不是疏忽错过，就是已失去了拥有它的资格。我问佛：如果遇到了可以爱的人，却又怕不能把握该怎么办？佛曰：留人间多少爱，迎浮世千重变。和有情人，做快乐事，别问是劫是缘。

我仔细地咀嚼着这些充满禅意的对答，寻找着心灵期待的答案。是的，看淡吧，再淡，再淡，还要淡，淡到性淡如菊；淡到挂碍不牵；淡到清心寡欲；淡到忘我无他……佛说：万法皆生，皆系缘分，偶然的相遇，蓦然的回首，注定彼此的一生，只为眼光交汇的刹那。缘起即灭，缘生已空。

身不动，心就不动，我们若举手投足，起心动念，还哪管什么见与不见，情与无情；心不到，缘就不到，我们若指点江山，声色犬马，还哪管什么爱或不爱，念或不念。看惯了花开花落，习惯了缘生缘灭，那些想念着的却无法诉说的情感，那些幸福着的却终于疼痛的经历，那些若际若离的诱惑，那些渐行渐远的承诺……依然时时令我们趋之若鹜地祈愿，却又时时令我们心灰意冷。偏偏心又不死情又难遁，偏偏爱恨纠集欢悲交织，只好默然相爱，寂静欢喜。人们总喜欢嘲笑尘世的痴男怨女，那只是因为他们不曾遇过，所以才会不解。爱情是神圣的，卑微的只是他们在爱情旅途中被挫伤的自尊与被动摇的自信。见与不见，念与不念，爱或不爱，跟或不跟，我就在那里，情就在那里，从来不曾改变过。虽然因缘聚合，却情义绵长，虽然淡然沉默，却心手相牵。

我们都有过曾经一份执著的爱，犹豫、彷徨、选择，但是却放手了。如今再回首时，人早已淹没在灯火阑珊处。转来转去，想见却再无缘再相遇，握不住的又是什么？情爱不会如天上的恒星，历尽沧桑却亘古不变。在情爱面前，人人都是一样的。只有把这些剪不断理还乱的、至真至纯的情爱酿成优美的情诗，让心中经常涌起感恩与感叹，让那种爱得不夹带一丝杂念的纯情，历久弥心。

《心经》云：不生不灭不垢不净不增不减。它教给我们要不为名利，解脱烦恼的生活羁绊，以超然世外的心胸，游离于滚滚红尘之中。

不要说见与不见，见与不见爱犹在，情也在。来我的怀里，或者，让我住进你的心间。你的手就在我的手里，不舍不弃。

流年容易把人抛

182

到夜晚，你就笑一笑吧

凤兮凤兮归故乡，遨游四海求其凰。
时未遇兮无所将，何悟今兮升斯堂！
有艳淑女在闺房，室迩人遐毒我肠。
何缘交颈为鸳鸯，胡颉颃兮共翱翔！
凰兮凰兮从我栖，得托孳尾永为妃。
交情通意心和谐，中夜相从知者谁？
双翼俱起翻高飞，无感我思使余悲。

——司马相如《凤求凰》（其二）

有的男人，会有钓鱼的爱好；有的男人，会产生私奔的冲动。不要责怪司马相如，你要是遇见美人鱼你也想钓到自己的手里；你要是遇见令你怦然心动的女子，你也巴不得能携其私奔。

两千多年前，蜀中才子司马相如以一曲《凤求凰》，"琴挑"了川中美人卓文君，成就了一段千古传诵的爱情故事，令无数痴男怨女为之顶礼膜拜，争相效仿。我们不得不佩服这个穷得只剩下才华的穷小子，竟然能把一个大户人家的千金才女勾引到手，并还能令其死心塌地跟自己过苦日子，真乃武功高强、情商更强。

司马相如是西汉有名的辞赋家、音乐家，他原名司马长卿，因仰慕战国时代的名相蔺相如而改名。他早年家贫，并不得志，父母双亡后寄住在好友、县令王吉家里。少年时代他喜欢读书练剑，二十多岁就做了汉景帝的警卫。景帝中元六年，司马相如回到蜀地，恰巧那里的富豪卓王孙备了宴席请客。县令王吉和司马相如一起参加了宴会。客人被司马相如的堂堂仪表和潇洒的风度所吸引，正当酒酣耳熟的时候，王吉请司马相如弹一曲助兴。司马精湛的琴艺震惊四座，博得了众人的好评，更使那隔帘听曲的卓文君几乎倾倒。

其实，司马相如早就耳闻卓王孙之女卓文君美貌如花，更精女红、善琴棋、通文采，慕名已久。他终于找到了机会得以表现，于是便在卓家大堂上弹唱了那首著名的《凤求凰》："凤兮凤兮归故乡，遨游四海求其凰。时未遇兮无所将，何悟今兮升斯堂！有艳淑女在闺房，室迩人遐毒我肠。何缘交颈为鸳鸯，胡颉颃兮共翱翔！凰兮凰兮从我栖，得托孳尾永为妃。交情通意心和谐，中夜相从知者谁？双翼俱起翻高飞，无感我思使余悲。"一曲《凤求凰》，诉尽胸中私情，抚绿绮，盼知音，求偶于佳人，佳人不得见，停琴空自嗟。这种在今天看来直率、大胆、热烈的举动，对未谙世事的女生杀伤系数为百分之百。

卓文君的父亲卓王孙是当地的大富豪。卓文君当时仅17岁，书上形容文君的美貌："眉色远望如山，脸际常若芙蓉，皮肤柔滑如脂。"本来她已被许配给某一皇孙，不料那皇孙短命，未待成婚便匆匆辞世，所以当时文君算是在家守寡。她听到司马相如的琴声，如痴如醉，又见其相貌堂堂，爱情的闸门便再难关闭，只好听认爱情的洪水一泻千里。

襄王自有心，神女亦有意。宴会毕，司马相如托人以重金贿赂卓文君侍女，再表爱慕之情。但是，两人的你情我愿，却遭到了卓王孙的强烈阻挠。在与司马相如会面之后，两人一见倾心，双双约定私奔。卓文君知道父亲不会应允，当夜，她收拾细软走出家门，与早已等在门外的司马相如会合，趁星夜私奔逃往成都。那一年，司马相如35岁，卓文君才17岁，这就是有名的《文君夜奔》的故事。难怪司马相如每到夜晚都会想起他人生中最得意的这件事。我这样对他说：到夜晚，你就笑一笑吧！

凤凰是传说中的东方神鸟，是鸟中之王。雄曰凤，雌曰凰。古人称麟、凤、龟、龙为天地间"四灵"，传说凤凰"出于东方君子之国，翱翔四海之外，过昆仑，饮砥柱，羽弱水，莫（暮）宿风穴"。司马相如以凤凰神鸟来比喻自己与心上人的爱情，居然还让卓文君说出"嫁鸡随鸡，嫁狗随狗"的千古名言，不能不令人佩服。

卓文君随司马相如回到成都后，便沉浸在甜蜜的新婚日子里。卓王孙得知后气得暴跳如雷，发誓不给文君钱财。时间长了，他俩的日子就没法过了。他们只得回到临邛，在街上开了一家酒铺，文君亲自当垆卖酒，相如穿上围裙端酒送菜、洗碗刷碟子。日子虽然清苦，但两口子相敬如宾，过得和和气气。由于生活窘迫，文君把自己的头饰都当了以补贴生活。消息传到其父耳中，卓王孙碍于颜面，又因心疼女儿，只得送了一大笔钱给他们，就算默认了这门亲事，勉强接纳了这位把生米煮成熟饭的女婿。

《凤求凰》这首诗中强烈的反封建的思想意识对后人影响深远，相如文君大胆冲破封建礼教的罗网与封建家长制的樊篱，为后代男女青年争取婚姻自主、恋爱自由的新观念擎起了一面猎猎的旗帜。有人总结了榜样的力量在后代文学中的影响：《西厢记》中张生亦隔墙弹唱《凤求凰》，说："昔日司马相如得此曲成事，我虽不及相如，愿小姐有文君之意。"；《墙头马上》中李千金在公公面前更以文君私奔相如一事为自己私奔辩护；《玉簪记》中潘必正亦以琴心挑动陈妙常私下结合；《琴心记》更是直接把相如文君的故事搬上舞台……

司马相如是西汉时期一位非常重要的作家，凭着一支生花妙笔，以一篇檄文为国家挽救了危急的局面。汉武帝喜出望外，再拜其为中郎将。司马相如去京城做官后险成负心之人，男人一登龙门，便身价百倍，很快就会沉溺于声色犬马、灯红酒绿中。他忽然觉得卓文君配不上自己了，长安和成都相距甚远，妻子又不在身边，他欲纳茂陵女子为妾。为了休妻，司马相如在家书中写了：一二三四五六七八九十百千万万千百十九八七六五四三二一。意为：你我相识，从头开始到现在有情，可环境变了，你我应该从现在回到起初的样子。也可理解为无忆，我已无意，你亦勿忆！

卓文君见了既悲痛又愤恨，当即复信叫来人带回。信的内容是这样写的：一朝离别；两地相思；说好三四月；谁知五六年；七弦琴，无心弹；八行书，无可传；九连环，中间断；十里长亭眼望穿；百般思；千般想；万般无奈，把郎怨。万语千言说不完；百般聊赖十倚栏；九月登高看孤雁；八月中秋月圆人不圆；七月烧香秉残烛，问苍天；六月天人人摇扇，我心寒；五月端午求合欢，孤守空闺怨；四月春，水流丝，人缠绵；三月桃花开，吾亦对镜心亦懒；二月风筝又线断；哎！郎呀郎，巴不得下一世你为妹来我为郎！卓文君很巧妙地将信上的数字先顺后倒地连成了一首既情意缠绵又正气浩然的血泪诗。

卓文君还作了这首楚调曲《白头吟》："皑如山上雪，蛟若云间月。闻君有两意，故来相决绝。今日斗酒会，明旦沟水头。躞蹀御沟上，沟水东西流。凄凄复凄凄，嫁娶不须啼。愿得一心人，白头不相离。竹竿何袅袅，鱼尾何簁簁。男儿重意气，何用钱刀为！"随诗并附书差人呈递相如："春华竞芳，五色凌素，琴尚在御，而新声代故！锦水有鸳，汉宫有水，彼物而新，嗟世之人兮，瞀于淫而不悟！"

司马相如一连看了好多遍，越看越感到惭愧，越觉得对不起对自己一片痴情的妻子，终于用驷马高车，亲自回乡，把文君接往长安。后来两人安居于林泉，度过最后的恩爱岁月。司马相如溘然长逝后，卓文君尝到了未亡人冷冷清清的孤寂。回顾前尘，恍如隔世，次年的深秋时节，孑然一身的卓文君也追随司马相如奔赴九泉了。

真挚的爱情经受住了艰难困苦的生活磨砺；经受住了见异思迁的情场考验；经受住了天各一方的离愁别绪，两个相爱的人最终长相厮守，白头偕老，成为一段万人传颂的千古佳话。司马相如，到夜晚，你就笑一笑吧！因为你有这样一位才华横溢、多情多义的夫人，你不该笑一笑吗？因为你有这样一个琴瑟和谐、月圆花好的婚姻，你不该笑一笑吗？因为你有这样一段鸳鸯交颈、荡气回肠的爱情，你不该笑一笑吗？

纵是情深　奈何缘浅

君知妾有夫，赠妾双明珠；
感君缠绵意，系在红罗襦。
妾家高楼连苑起，良人执戟明光里。
知君用心如日月，事夫誓拟同生死。
还君明珠双泪垂，恨不相逢未嫁时。

——张籍《节妇吟》

小时候家里有一幅前清的名家书法，"文革"时被父亲单位一个叫王晨的造反派领着一帮人给搜走了，后来也没给还回来。妈妈经常说起，并把书法所写的诗念给我听："月落乌啼霜满天，江枫渔火对愁眠。姑苏城外寒山寺，夜半钟声到客船。"到了初中，我才知道这首诗就是唐代著名大诗人张籍的《枫桥夜泊》。从此，我开始喜欢上了张籍的诗。当我读到他的另一首脍炙人口的名作《节妇吟》的时候，我的心再一次被震颤了。在诗中，我看见了一位在旧爱和新欢中矛盾的女人，这首诗真实地反映了情感乃至人性深处的挣扎。她面对的是一份夺魂摄魄的引诱，是一份无法抵挡的罂粟。是的，她动心了，被他设下的局盅惑了，被他吐出的茧缚住了。爱的冲动让她不顾一切地随他远走高飞，尔后，她还是冷静了下来，想想很后怕，自己险些被那虚幻的浪漫绊倒。最后，她拒绝了设局者传递给她的所有诱惑，一步一步地远离了危险之地，全身而退。有人说，这才是最聪明的女人呢！也有人为她感叹，她为自己留下了一份缺憾。

张籍所吟的节妇是一个有血有肉、懂情懂爱的女子。她并非是一个不食人间烟火的神仙，亦非是一位哗众取宠的烈妇。几千年封建制度的礼教观念打造出来一样的模型，那就是贞女守身如玉，节妇惜名如命。以至那么多为节为名舍生求死的女人，演绎出无数莫名其妙的人间悲剧。被人碰了一下手也算失贞，被人看了一下脚也算丢节，这就不能活了，非得去寻死上吊跳大河才能保住名誉。多么荒唐，多么愚昧！古人与今人的价值观不同，现代人更讲究人性化，将生命视为最重要的位置，什么也不可以跟生命相提并论。女人的节，在当今物欲横流的今天，似乎早已不再敏感，女性地位的提升，也拓展了她们自由的地域和隐私的空间。

有人说她的节，在于懂得节制情感，不是普通的贞节。"还君明珠双泪垂，恨不相逢未嫁时。"正是因为另一个介者的插足，才导致在婚姻中渐渐麻木而被醍醐灌顶，看清了自己的情感取向。任何女人都有追求安稳幸福的权利，她的动心，符合正常人的心理状态。但她经过激烈的思想斗争，再三权衡利弊，最后还是放弃了暂时的欢愉，不再为一时的激情所惑，找到自己真实的需要。是的，能够清醒冷静地比较、把握、拿捏，正是成熟女子与情窦初开的少女最根本的区别。她真正清楚了生活及婚姻的本相，冷静地把握情感的度，做到进退有度，伸缩自如。

对于爱情，毕竟是要讲究先来后到的。生活在这个有秩序的世上，我们最不应该丢掉的，首先是责任，道德排其次。让我们仔细想象一下这首诗句后面的故事，探寻世界上那么多人为的限制与隐秘的禁忌；感悟人世间那些么多难以预测的变故和身不由己的离合。一位秀美如杏的少妇，她的丈夫在皇帝的明光殿里执着长戟做禁衣侍卫，她在乡村撑持着一个家庭。一位浪漫且富有的绅士来到这里，与她邂逅，惊鸿一瞥于她的美艳。他被她绰约的风姿所倾倒，她被他的才智所征服，而且无论在哪一方面，他都远远超越了自己的丈夫。他爱上了她，赠给她珍宝——一双明珠。她感动且欣喜，将两颗夜明珠系在了自己的红罗襦间……再想与他靠近的时候，她却感到了压力。这压力既有来自封建礼教的严酷，也有来自道德阻力的制约，更大的是来自其内心深处责任良知的潜流。他们终于在怅惘和遗憾中分手，"还君明珠双泪垂"；哀怨苦涩的情绪，恰似清晨始终难散的浓雾，"恨不相逢未嫁时"。遇见一个心仪的人，却不能与之共享爱情的甘露，怪只怪婚前没能遇见你，徒留遗憾与哀怨。"你明知我已经有了丈夫，还偏要送给我一对明珠。我心中感激你的情意缠绵，把明珠系在我的红罗短衫。我家的高楼就连着皇家的花园，我丈夫拿着长戟在皇宫里值班。虽然知道你是真心朗朗无遮掩，我侍奉丈夫发誓要生死共患难。忍住哀伤的情绪，将你送我的明珠奉还，不舍的泪水却随之落下。其实心中不是没有憾恨的，早与丈夫相遇相惜，有了深厚的情感，不得不辜负你的一片真心，你也是我倾慕的人哪，假若我们的相逢在我还未婚嫁时，那该有多好啊！"这就是那位女子最想倾诉的内心独白吧！她接受了他的爱情，却终于把明珠还给他，表示自己既已结婚，就不应当背弃丈夫，改适他人。

我想，这绝对是女主人真情意切的表达，充满了悲怨与无奈，绝不是故弄玄虚与卖弄作秀。女人想要保护好自己的家和自己的爱情，就必须经得起金钱、地位、献媚及花言巧语的诱惑，否则，下一次来的不仅仅是夜明珠，还会有金元宝，还会有绿宝石，还会有宝马雕车，还会有阔院豪宅……你这次不下水，下次难保不掉进沟里。

天下能有几个人真正能像张良那样视富贵如粪土，像王冕那样视功名如浮云，像赵云那样视美女如草屑呢？男人、女人都是一样。人往往容易迷失自己，没有外人的追求，就不知道自己的价值。爱情也是如此，恰恰需要用婚姻来证明。而婚姻呢？

一部叫《廊桥遗梦》的电影，让人记忆犹新，刚好与这首诗里的故事有着惊人的相似。所不同的，一个是古一个是今；一个是中一个是外。一个被岁月遗忘久了的农夫之妻，在一次偶然的邂逅里度过了让情爱熊熊燃烧的4天。古老的廊桥，孤独的远游客。两颗中年人的心渐渐贴近，撞出火花，寻觅已久的灵魂找到了永恒的归宿。罗伯特·金凯与弗朗西丝卡的恋情有悖于读者的道德判断。这是一段典型的婚外情，注定要被道德所鞭挞，但作者巧妙地避开理性，不正面招惹人们脑海中的道德，而是用感性的魅力去缴械道德。"他先是把这段婚外情描写得如醇酒般醉人，天使般圣洁。然后设计了一个很巧妙的结局：女主人公为了不伤害丈夫和孩子，宁愿永失所爱，一个人留在了没有一点激情的生活里；男主人公本来可以要求心上人伴其远走天涯，但他认为'爱就是尊重'，从此一个人独自漂泊，并以抑郁而终结束了生命的乐章。"

弗朗西斯卡有"须作一生拼，尽君今日欢"的热烈放纵，罗伯特亦是同样难以割舍，于是要求她跟随自己远走，她心意摇摆，最终为了家庭和孩子的成长选择了拒绝。"不过，求你别让我这么做，别让我放弃我的责任。我不能，不能因此而毕生为这件事所缠绕。如果现在我这样做了，这思想负担会使我变成另外一个人，不再是你所爱的那个女人。"弗朗西斯卡的话，绽放了人性在这里被释放的光辉："我一走，人们的闲话会把他压垮。他会想不通我为什么会离开他，他会抬不起头来，这对他不公平。他从来没有伤害过别人。还有孩子们，卡罗林只有16岁。她快成年了，要靠自己寻找幸福。她会恋爱，而且很快就会建立自己的家庭。我要是走了，对她什么影响？"这段不了的情缘，因世事的羁绊而无奈分离。就如我们今天的社会，在爱情、婚姻、家庭陆续被沦陷的时代，我们又将何去何从？那些在婚姻鸟笼中曾经凌步跳出又悄然回归的人，如同在廊桥旁的小屋里曾经放纵过，又为了丈夫和孩子默默落泪静送爱情离开的人，她们无罪！所有惊心动魄的欢欣和悲伤，在成为珍藏的回忆之后，只能在心灵的墙壁上被束之高阁。

我想，无论如何，自由并非暗示对传统道德观念的摒弃与背离。

人如果放弃了自己对爱情的承诺、对家庭的责任，那么他的自由也就成了虚无缥缈的海市蜃楼。节妇与贞女历朝历代都是为人们所尊重的，心再大，却容不下两个人、两份爱。中国古代的女人承受了太多的苦难和委曲，她们不懂得自由，只知道要承受那无边无际的责任直到形容枯槁，默然终老。想到这里，我不禁一阵心酸，她们忍受了朝朝暮暮，还必须要将情殇写到生命的尽头。

"还君明珠双泪垂，恨不相逢未嫁时。"这句名诗在今天被广泛地流传开来，纵是情深，奈何缘浅？相遇太迟，相见恨晚！情似乎早已不是情，爱似乎早已不是爱，心再也容不得一个人，而要去容更多的人。这就是开放的悲哀，这就是自由的困惑。

我的左手旁边是你的右手

你侬我侬，忒煞多情，情多处，热似火。

把一块泥，捻一个你，塑一个我。

将咱两个，一齐打破，用水调和。

再捻一个你，再塑一个我。我泥中有你，你泥中有我。

与你生同一个衾，死同一个椁。

——管道升《我侬词》

192

有人戏谑说夫妻之间相处久了，彼此就是左手摸右手，那意思是说相互之间已经没有什么激情，也没有什么感觉了。这笑话里的确存在着一定的道理，若是能通过这个现象再深想一下，那么你一定能体会到另一种平实的温暖和生命的感动。在左手与右手之间，我们是不是可以体尝到"相依为命"、"风雨同舟"、"患难与共"、"夫唱妇随"等这样令人备感温馨的图景？

我喜欢"我的左手旁边是你的右手"这句话，当你的生命走过了长长的人生旅途，接近垂老耄耋之年，还能感觉到有一只手依然陪伴在你的手旁边，谁能不为这份简单却又难得的漫漫人生所衍生的真情所感动？这踏实的牵手，在我们的父辈里也许没什么稀奇，可在我们这代人之中就显得弥足珍贵了。

黄昏的暮色里，苍颜白发，映衬着两张模糊的脸。多少往事似在眼前铺展，多少眷恋似在身边迭现，这个时候，我的左手旁边依然是你的右手，十指相扣，并肩前行，不离不弃。这一幕让人动容，这牵手就像要把彼此握进了生命里。

不是所有能够走到最后的夫妻都能够心手相连、手手相搀的，只有那些在长期的共同生活中，真心相爱、彼此信任、长相厮守的夫妻才能有所心得。那些同床异梦、貌合神离或有名无实的夫妻，他们肯定体会不到相濡以沫的感觉。

听说夫妻是上辈子互相欠债，这辈子要来偿还的；还听说夫妻是三生石上姻缘定，这辈子注定要恩恩爱爱。愿望真的非常美好，但是结婚做了夫妻，结果未必都是如此的美满。否则，社会还能出现这么多"打骂夫妻"、"离婚夫妻"与"仇恨夫妻"吗？婚姻是一门需要用一生的情爱去经营的艺术，好的婚姻不是选择的结果。居家过日子，吵嘴、争执、斗气及各种矛盾在婚姻里都是常有的事，爱情不是永恒的，婚姻里的爱必须经得起锅碗瓢盆的敲打和柴米油盐的浸泡。将对方像花那样精心呵护，用温暖的语言浇灌，用淳朴的行为栽培，经常沟通交流，敢于担当与勇于示弱，这才是创建和美家庭、防止爱情之花凋谢的宝典。让家家那本难念的经都唱出快乐的音符，这才是和谐的婚姻。

好夫妻就是一对神仙眷侣，不论什么时候，即便是吵过架，他（她）依然会轻轻地过来，说声抱歉，然后像小孩子似的牵起你的手，让你不要丢下他（她）各自而飞，这就是最朴素、最真挚的爱。"男人是泥，女人是水。泥多了水浊，水多了泥稀。不多不少，捏两对泥人，

193

便是好一对神仙眷侣。"这是三毛心目中至纯至美的爱情境界,她与荷西就是这样一对浪漫到极致的伴侣。三毛是个爱情至上的人,她一生唯一的信仰就是爱情;她一生最大的愿望就是挽着荷西的手,流浪天涯……他俩真的做到了,他俩相依相伴的足迹留在了撒哈拉梦幻般的大漠里;他俩相搀相扶的身影映在了加纳利岛神秘的梦境里;他俩相亲相爱的欢笑声绕在了拉芭玛仙境般的世外桃源中……和荷西在一起的日子,是三毛一生中最幸福的时光,六年里,荷西的左手旁边是三毛的右手,相爱虽短,却是永恒。

说到神仙夫妻,我想起了在遥远的元朝,江南大才子赵孟𫖯与他的妻子叫管道升。赵孟𫖯是继苏东坡之后诗文书画无所不能的全才大家,官居一品,名满天下,被忽必烈惊呼为"神仙中人"。赵孟𫖯官运亨通,在朝十分得志。意欲纳妾,他作了首小词给妻子示意,以试探深浅:"我为学士,你做夫人,岂不闻王学士有桃叶、桃根,苏学士有朝云、暮云。我便多娶几个吴姬、越女无过分,你年纪已四旬,只管占住玉堂春。"

管道升毕竟是一代才女,对这等平庸之事下手自然要稳准狠,还不能落下俗套。她按照夫君的方式,也填词一首《我侬词》:"你侬我侬,忒煞情多,情多处,热如火。把一块泥,捻一个你,塑一个我。将咱两个,一齐打破,用水调和。再捻一个你,再塑一个我。我泥中有你,你泥中有我。与你生同一个衾,死同一个椁。"朴实直白、情深意切的表达,赵孟𫖯怎能不心头一颤?他深受感动并羞愧不堪,从此打消了纳妾的念头,收心回意,夫妻俩重又恩爱如初。公元1319年管道升因病卒,享年58岁。三年后,赵孟𫖯卒。夫妻最终合葬,实现了《我侬词》里的"死同一个椁"。

两个人的默契过程就是从捏塑、打破、调和、再塑等反复多次塑造成型的,我们可以想象一对经历不同、观念差异较大的夫妇,是怎样做到了我中有你、你中有我,彼此难分,百年好合。他们历经了种种,做到了我的左手旁边是你的右手,一直不变,获取了一份完满的婚姻。

还有现代相濡以沫的钱钟书和杨绛,他们实现了执子之手、与子偕老的圆满。他们每个人都是一个独立的学者,在生活中相互支撑,相守相助。当时上海沦陷,他们的生活很拮据。钱钟书少教些课,腾出时间来写长篇小说,以维持家庭生活;杨绛把保姆辞退,一个人担了做饭、洗衣服等家务,只为省点钱,少一份支出,从另一个意义上讲,这是杨绛对自己的牺牲。我们不难理解,对于一个惜时如命的学者,这意味着什么。然杨绛先生矢志不渝、旗帜鲜明地站在钱钟书先生这边，于是钱钟书写出一段，讲一段；钱钟书笑，杨绛也笑，这便是钱钟书唯一一部长篇小说《围城》的诞生，后改为电视剧，妇孺皆知。但很少有人知道它的写作背景是这样一种情形，它与杨绛的理解与支持是分不开的。钱先生的左手边与杨绛先生的扶持从未离开过，连平时钱先生理发也是杨绛先生亲力亲为，这是何等的伉俪情深！又是怎样的我的左手旁边是你的右手？我们感佩钱钟书先生的左手旁边有如此卓然的杨绛先生的右手相陪，为此，每每耳边回响起92岁高龄的杨绛先生的一句话："我一个人，怀念我们仨。"心在蓦然的敬慕里，觉得这一家子，这一生，过得值！他们很幸福！

写到这里，我忽然想起美国20世纪90年代初风靡全球的一部爱情经典影片《人鬼情未了》，男女主人公凄美的爱恋，在那曲荡气回肠、撩人心魄的主题曲"Unchained melody"的缭绕下，相爱至深，生死同心。那穿越生死还要依偎在一起塑泥的动人一幕，不禁令人潸然泪下。生死不渝的爱情刚好印证了"我泥中有你，你泥中有我"的爱情境界。这部影片的主题分明在八百多年前就已经在东方古老的国度里演绎过了，情节虽异，主题却异曲同工。

前几年我在看《亮剑》时也领略了一次《我侬词》。那是美丽的新娘田雨在新婚之夜送给丈夫李云龙的爱情誓言，当时田雨只有18岁，而李云龙已是中年。这对"老夫少妻"也正因为这首《我侬词》而使爱情天也长了、地也久了。

有人把爱情婚姻比做双耳的瓦罐，真的很贴切。一人掌一耳，两人同时用力，瓦罐就很轻，一人松懈罐不稳，一人松手罐即破。假使有一人心猿意马，那提着这罐必定很累很累。这个时刻谁还能说夫妻的手是左手与右手？

人生何其短，坚定地用我的左手牵着我爱的人的右手，我手心的温度刚刚好，你依偎着我，真切地告诉我：愿得一人心，白首不相离。在爱里，我们的心如磐石，不惧风霜雨雪，风雨不动安如山。让我牵着你的手，爱你到地老天荒，因为你值得我用一生去爱。期许不了来生，今生我会好好地待你。你也让我清楚，我的左手旁边一定会是我熟识的你的右手。我泥中有你，你泥中有我，相守到老，贫富不离，生死相依……

中国爱情备忘录

爱情之花：

  玫瑰，又被称为刺玫花、徘徊花、刺客、穿心玫瑰，蔷薇科，蔷薇属灌木。作为农作物，其花朵主要用于食品及提炼香精玫瑰油，玫瑰油比等重量的黄金价值高，应用于化妆品、食品、精细化工等行业。

  关于玫瑰花名字的由来，《说文》中有："玫，石之美者；瑰，珠圆好者"；司马相如的《子虚赋》也有"其石则赤玉玫瑰"的说法。即使后来玫瑰变成了花的名字，中国人也没有西方那般柔情万种的解释。由于玫瑰茎上锐刺猬集，中国人形象地视之为"豪者"，并以"刺客"称之。这种对"豪者"的欣赏非常符合玫瑰本性。我国目前唯一的花卉院士陈俊愉先生说，玫瑰并不娇贵，它对生长条件的要求十分低，耐贫瘠，耐寒、抗旱，很多园林甚至直接用攀援玫瑰做花篱，管理得相当粗放。玫瑰还是保护土壤、保持水土的良好植物。此外，因其香味芬芳，袅袅不绝，玫瑰还得名"徘徊花"；又因每插新枝而老木易枯，若将新枝它移，则两者皆茂，故又称"离娘草"。无论是"刺客"还是"离娘"，玫瑰展现出一种隐藏于坚韧中的绝代风华，绝非韶华易逝的悲情贵妇之态。

玫瑰花语：

  红玫瑰：热恋、深爱着你、相爱、真心实意。
  粉红玫瑰：初恋、感动、爱的宣言、铭记于心。

粉玫瑰：永远的爱、初恋、特别的关怀。

白玫瑰：纯纯的爱、天真、纯洁、尊敬、高贵。我足以与你相配，你是唯一与我相配的人。

黄玫瑰：失恋、褪去的爱、道歉。

黑玫瑰、紫玫瑰：忠诚、思念。

蓝玫瑰：恒心、坚毅、珍贵。

蓝紫玫瑰：珍贵、珍稀、珍惜的爱。

橙黄玫瑰：富有青春气息、美丽。

绿白玫瑰：纯真、俭朴或赤子之心。

双色玫瑰：矛盾或兴趣较多。

橙红玫瑰：初恋的心情。

香槟玫瑰：爱上你是我今生最大的幸福。

1 朵玫瑰代表——我的心中只有你。

2 朵玫瑰代表——这世界只有我俩。

3 朵玫瑰代表——我爱你。

4 朵玫瑰代表——至死不渝。

5 朵玫瑰代表——由衷欣赏。

6 朵玫瑰代表——互敬，互爱，互谅。

7 朵玫瑰代表——我偷偷地爱着你。

8 朵玫瑰代表——感谢你的关怀扶持及鼓励。

9 朵玫瑰代表——长久。

10 朵玫瑰代表——十全十美无懈可击。

11 朵玫瑰代表——只在乎你一人。

12 朵玫瑰代表——对你的爱与日俱增。

13 朵玫瑰代表——友谊长存。

14 朵玫瑰代表——骄傲。

15 朵玫瑰代表——对你感到歉意。

16 朵玫瑰代表——多变不安的爱情。

17 朵玫瑰代表——绝望无可挽回的爱。

18 朵玫瑰代表——真诚与坦白。

19 朵玫瑰代表——忍耐与期待。

20 朵玫瑰代表——一颗赤诚的心。

21 朵玫瑰代表——真诚的爱。

22 朵玫瑰代表——祝你好运。

25 朵玫瑰代表——祝你幸福。

30 朵玫瑰代表——信是有缘。

40 朵玫瑰代表——誓死不渝的爱情。

50 朵玫瑰代表——邂逅，不期而遇。

99 朵玫瑰代表——天长地久。

100 朵玫瑰代表——百分之百的爱。

101 朵玫瑰代表——最爱。

108 朵玫瑰代表——求婚。

144 朵玫瑰花语——爱你生生世世。

365 朵玫瑰花语——天天想你。

999 朵玫瑰代表——天长地久。

1001 朵玫瑰花语——直到永远。

1314 朵玫瑰代表——爱你一生一世。

玫瑰传说：

这是发生在距今三千五百四十四年前的古老东方国度——中国的一个故事，佛祖的众多徒弟中有着这样一对男女：男人性格热情，正如名字一样：爱人！女人性格温柔，也如名字一般：情人！

一天，他们一起研究佛理的时候，在一个小山中发现了两朵含苞待放的鲜花，因为从来没见过这样的花，也不知道它叫什么名字，他们很好奇。男人想去摘来看看，一不小心被鲜花的刺刺到了，鲜红的血即刻流了出来；女人见了很心痛地拿起他的手，不经意地流下一滴眼泪，与男人手上的那一滴血同时掉下，分别掉在那两朵鲜花中……

他们都是佛教徒，他们不可能在一起，所以他们微笑地分开了。男人走向天上；女人走下地底。再回来，他和她都有了更好的名字……男人把名字变为：月老，他希望女人不要记得他，他的工作却是让一对对男女记得彼此。他用手中一条小小的红线，为世间男女牵线，可是又有多少人知道那一条条小小的红线其实是他的一滴滴鲜红的血……女人把名字变为：孟婆。她希望男人忘记她，而她的工作比较幸运——熬汤，就是俗称的"孟婆汤"。她用一碗碗"孟婆汤"让一对对男女忘记彼此，可是又有多少人知道那一碗碗"孟婆汤"其实是她一滴滴的眼泪……

　　爱人和情人在一起时，造就了爱情。爱情一定要有鲜花，所以那两朵花都代表爱情，虽然他们离开后开出来的花朵，一朵是代表热情的爱人的红色，一朵是代表温柔的情人的白色，但它们有同一个名字——玫瑰花。

爱情之鸟：

　　鸳鸯是中国民间的爱情鸟：鸳指雄鸟，鸯指雌鸟，故鸳鸯属合成词。属雁形目，鸭科。英文名为 Mandarin Duck（即"中国官鸭"）。春季经过山东、河北、甘肃等地，到内蒙古东北部及东北北部和中部繁殖；越冬在长江中下游及东南沿海一带。越冬数量较大的集群为上海市崇明岛东侧及南侧的几个沙洲，其群量可达万只以上。部分鸳鸯也在贵州及云南等处繁殖。该鸟为中国著名的观赏鸟类，是经常出现在中国古代文学作品和神话传说中的鸟类。

　　鸳鸯在人们的心目中是永恒爱情的象征，是一夫一妻、相亲相爱、白头偕老的表率。鸳鸯一旦结为配偶，便陪伴终生，即使一方不幸死亡，另一方也不再寻觅新的配偶，而是孤独凄凉地度过余生。

　　鸳鸯在汉语中原本用来比喻兄弟。鸳鸯经常成双人对，在水面上相亲相爱，悠闲自得，风韵迷人。它们时而跃入水中，引颈击水，追逐嬉戏；时而爬上岸来，抖落身上的水珠，用橘红色的嘴精心地梳理着华丽的羽毛。此情此景，别有一番情趣，勾起多少文人墨客的翩翩联想。久而久之，人们开始用它们象征美好的爱情。

爱情信物：

　　有人对爱情信物有这样的描述：那些朴素而美妙的爱情信物静静地待在某个地方，等待真诚的爱将它拾取，等待手心与手心的传递，等待为人间一份生生死死的恋情作美好的见证。

说起爱情信物，许多人的心里会荡漾起温暖的微波。因为世上的所有生命无不渴望一份天长地久的爱情，而这一切，总是从定情信物拉开序幕的。

爱情信物的历史太长了，长得让人难以一一追溯。在很久以前，那时，天还很蓝，流水很清澈，人的内心还很纯净，树叶间摇曳的阳光很美。那时的人相爱很简单，只要两情相悦，一朵小花，一粒石子，一只贝壳，一片树叶，一枚绣花针，都可能成为让对方心动的爱情信物，不必表白却彼此珍惜，不需叮咛却彼此守信。直到满头青丝飘雪，直到地老天荒，那些最初的感动与爱恋仍然铭记于心；不论是青梅竹马长相厮守，还是走过千山万水相聚在一起，那份爱情信物依然保留着当初手心的温度与灼热的气息……

从符号学意义上来看，通过信物，用物化的形式与表现将一份爱情或一桩婚姻固定下来。信物有了传递信息的作用，更重要的是附着在物体上爱的信息。她（他）们并不注重这个物体本身的价格，而是心仪蕴藏在信物中的情意价值。是的，世上的爱情信物藏匿着美妙的性暗示。

如果否认男女之间爱情的生理学和生物学意义，那是假道学，最初和最终的过程，是为了生命个体的延续。性取向，社会变化，男女性爱，繁衍后代，都与爱情信物有或多或少的关系。爱情信物是男女情感的承载物，而出于经济、政治等各种目的或其他因素缔结的爱情与婚姻，早已偏离了爱情的轨道，脱离了爱情的本质，其爱情信物也不再纯粹，它已经延伸为一种彩礼的形式、一辆高级跑车、一枚百万钻戒、一幢豪华别墅，那已是一种市场的交换罢了。

如今，经媒体报道后被人们津津乐道的某名人或某明星的爱情信物，虽然让人眼花缭乱，却充满了铜臭味。现代社会有许多人惊呼：爱情已经像情人节后丢弃在街边垂死的玫瑰，没有光泽，不再诱人。许多爱情信物被默许置放于手心之时，也许即意味着彼此之间的遗忘与背弃。其实，在人世间，爱情永远存在着，只是它存在于空蒙的眼睛看不到的地方，存在于被污染了的心灵无法企及之地。

人类早期的爱情信物据说是具备实用性的苹果，那是在伊甸园里亚当献给夏娃的。在原始社会，人们打猎采集，男人把刚捕到的鱼虾或野兔献给心仪的女人，那一定会得到期待中的回报。经专家研究，爱情信物是一段隐秘的文明，我们的先辈对于信物的感觉一定是"情比金坚"的。一件很普通的物品，交到异性手里，便附载上了精神价值，它构成了一种契约，犹如金箍棒在地上画出的圆圈，使小小的领地变成祭坛，一方面阻止爱欲的入侵，一方面在于自我约束，在空白的时光里独处时，可供怀念以及对两人的明天展开虚构的幻想。

1. 最有诗意的爱情信物——红豆

红豆又叫相思豆、鸳鸯豆、郎君豆。此豆呈朱红色，原为红豆树、相思子结的籽。相爱的男女相互赠送红豆定情，天各一方的恋人睹物思人，以解相思之苦。南朝梁武帝《欢闻歌》："南有相思木，合影复同心。"唐代著名诗人王维的千古绝唱："红豆生南国，春来发几枝？愿君多采撷，此物最相思。"算是世间最奇异的爱情信物的广告词，将红豆相思写到极致，流传至今，已经融入文化心理。

2. 最有雅趣的爱情信物——扇子

扇子的主要材料是竹、木、纸、扇、象牙、玳瑁、翡翠、飞禽翎毛，其他如棕榈叶、槟榔叶、麦秆、蒲草等也能编制成。经镂、雕、烫、钻或题诗作画，使扇子独具艺术韵味。扇子类别繁多，有团扇、葵扇、麦草扇、玉版扇等平扇，也有折扇。传情达意，别有情调。

3. 最为芳香怡心的爱情信物——香囊

在古代香囊最初是辟邪除毒之物，演变为爱情信物是后来的事。香囊又叫荷包，精巧的小袋子经由女子千针万线的绣制，便有千万心结爱恋，再加上内藏各种芳草香料，芳香怡人，更有万般风情，只待恋人自知。

4. 最为恒久的爱情信物——戒指

戒指传统意义是一种戴在手指上的装饰品，因青年男女谈情说爱相互赠送而意味深长。旧时代，男女间用兽骨镂空或用草扣编织成戒指传情达意；后来用铁或铜锻造，再后来演绎出黄金、宝玉石、钻石等戒指，成为奢侈品。

5. 最为绚丽多彩的爱情信物——绣球

绣球为定情物，大多在云贵川广等少数民族地区的青年男女间流行。绣球绚丽多彩，千姿百态，令人遐想。

6. 最具隐喻性的爱情信物——木梳

一只精致的木匣子，留下一把木梳，一束头发，一个女子的千言万语，已然呈现。

7. 最为洁净的爱情信物——玉佩

玉佩晶莹剔透，比喻赠信物者性情高雅，纯洁无瑕，又蕴含给对方的美好祈愿。

8. 最具风情的爱情信物——手绢

手绢上，恋人的气味挥之不去，思念渐浓，爱意日深。

9. 最具华夏文化元素的爱情信物——同心结

同心结色彩皆为大红，最契合汉文化心理。后来成为中国结，那已是一种市场行为。

10. 最有浪漫意味的爱情信物——情人扣

情人扣，情人扣，扣住情人的身体能否扣住情人的心？

爱情媒介：

月老的红线：

月老即月下老人，在中国民间他是一个家喻户晓的人物，他主管世间的男女的婚姻，是中国民间传说中专管婚姻的红喜神，又称"月老"，也就是媒神。在冥冥之中以红绳系男女之足，以定姻缘。据说月老手执一书，书中记有天下男女姻缘；随身一袋，内装红线以系夫妇之足，此即为俗语"千里姻缘一线牵"的出处。月老如今已成为媒人的代称。

古人认为，人的姻缘是命中注定，月老手中的红线能够将有情人联系在一起。关于月下老人定姻缘的传说有很多，流传较为广泛的是唐人李复言小说《续幽怪录·定婚店》中月下老人为韦固定婚姻的故事。关于月下老人的形象，清人沈三白《浮生六记》中说："一手挽红丝，一手携杖悬婚姻簿，童颜鹤发，奔驰在非烟非雾中。"国内很多地方都有月老祠，成为人们祈求幸福美满姻缘之所，在著名的杭州西湖白云庵右侧月老阁里有一幅脍炙人口的对联，道出了"月老"的心愿，也是民众们的美好心愿——"愿天下有情人，都成了眷属；是前生注定事，莫错过姻缘。"

红娘：

唐代元稹作《莺莺传》，写张生与崔莺莺相爱，经崔的侍女红娘从中设谋撮合，使这对有情人终成眷属，元代王实甫据此改编为《西厢记》杂剧。此后，"红娘"便成了媒人的别称。红娘是在《西厢记》中为崔莺莺和张生牵线搭桥的小女仆的名字，现在已经完全取代"媒人"之类的称呼，成了那些为陌生男女结姻缘的人的代名词。红娘这个人物"成名"于元代王实甫的《西厢记》。北宋以后，这个故事广泛流传到了南宋，被民间艺人改编为话本《莺莺传》和官本杂剧《莺莺六幺》。金代董解元进一步把这个故事改编为《西厢记诸宫调》。王实甫的《西厢记》就是在历史上流传的崔、张的故事，特别是在《董西厢》的基础上的再创造。红娘这个人物在崔、张故事中以一个婢女的身份出现，在元稹的《莺莺传》中虽有其名，但并不十分重要，是一个平凡的女婢，从唐到宋的流传过程中，她的地位一直如此，自《董西厢》起，才对这个形象进行了成功的创造，使之成为一个有血有肉的艺术形象。

红叶：

这个别称来自一个爱情故事。在封建社会，皇宫里总是由民间选出良家女子来服侍帝王妃子及公主、皇子。这些宫女如花的岁月便在寂寞的宫中度过，得不到幸福。唐僖宗时，有个叫韩翠苹的宫女，身处深宫，却渴望能得到正常的人间之爱，便冒着生命危险在红叶上题诗，让红叶随着御河的水传到宫外。有一个书生在偶然中拾得题诗的红叶，为其中的幽情所感动，也题诗于红叶之上，借流水传到宫中，韩翠苹常偷空到御河边，因此得到了题诗红叶。两人都心怀爱慕，却无缘相识。后来天作良缘，后宫放宫女 3000 人，两个有情人终于在民间相见。后来他们求宰相韩咏作他们的媒人，结为伉俪。韩翠苹感慨万端，又题诗一首道："一联佳句随流水，十载幽情满素怀。今日却成鸾凤友，方知红叶是良媒。"此后，人们便把媒人又称为红叶。

冰人：

这个名称来自于《晋书·索紞传》中的一个故事，晋时有个叫索紞的，善于解梦，预卜吉凶祸福。有一次有一个叫令狐策的人做了一个梦，梦见自己站在冰上，和冰下一个人说话。他不知是何征兆，就要索紞为他解梦。索紞分析了一下梦境的情节，即对他说："冰上为阳，冰下为阴，阴阳事也；士如归妻，迨冰未泮，婚姻事也。君在冰上，与冰下人语，为阳语阴，媒介事也。君当为人做媒，冰泮而婚成。"后来令狐策果然给一个太守的儿子做媒，又碰巧把婚事说成了。所以，"冰人"即成为"媒人"的代称。

媒人：

媒人在中国的婚姻嫁娶中起着牵线搭桥的作用。女性媒人又称媒婆或大妗姐。中国古时的婚姻讲究明媒正娶，因此，若结婚不经媒人从中牵线，就会于礼不合，虽然有两情相悦的，也会假以媒人之口登门说媒，父母之命，媒妁之言，方才会行结婚大礼。媒人会自提亲起，到订婚、促成结婚都会起中间人的作用，在男女双方间跑腿、联络、协调、调解细节、搞气氛、说吉祥话、祝福新人幸福美满，直至婚礼结束，并从中收取媒人费。各地的风俗习惯会有所不同。

媒人是中国婚姻文化的重要组成部分，它的产生是随着人类社会的发展以及婚姻状况的变化而出现的。中国古代的媒人有官媒和私媒之分。媒人在沟通两性联系、促成婚姻缔结、维护社会安定方面发挥了积极作用。在中国传统婚姻中，从提亲起，到订婚、促成结婚都少不了媒人的参与，只有通过"媒妁之言"，男女双方才能共结连理、谐秦晋之好，婚姻才能合乎礼教和道德。"天上乌云不下雨，地上无媒不成双"的民谚就反映了媒人在中国传统婚姻制度中所扮演的重要角色。

媒人在中国的婚姻制度中占有重要的地位，孟子把"父母之命，媒妁之言"放在同等重要的地位。封建社会的自然经济形态使人们的劳动、教育、娱乐都局限在家庭里，"鸡犬之声相闻，民至老死不相往来"，因此相互之间很是隔膜，也使得家长们彼此都不知道对方家里有些什么人。因此，即使自己家里的儿女已长大成人，却不知哪家需要嫁女娶媳。封建的风俗造成了人们在求偶问题上的腼腆心理，想得到配偶却不公开言明成了封建社会风俗的重要特征之一，直言问之等于愚昧无知，委托他（她）人曲道求之是封建时代求偶之法的重要表现形式，有一个媒人从中斡旋是最好不过的了。

"千里姻缘一线牵"的故事：

据传，唐朝有个文人叫韦固，小时候经常到河边去玩。一天晚上，他见一个慈祥的老人在月光下翻阅书信，一边看，一边用一根红线绳把两块石头系在一起。韦固看见后非常奇怪，随口问道："老伯伯，你系石头干什么？"老人说："我在给当婚的人牵线呢！这一对石头，就是世上一对夫妻呀！"韦固好奇地问："那我的妻子是谁呢？"老人说："就是村头看菜园子的女孩儿。"

韦固很生气，心想，那丫头又穷又丑，我可不要，不如害死她算了。第二天，他路过菜园，看看旁边没有人，拾了一块石头向女孩砸过去，女孩"扑通"一声倒在地上，韦固吓得逃往外乡。

十几年后，韦固做了大学士，给他提亲的人非常多，但没有一个称心如意的。一天，韦固到张员外家作客，看见张员外的外甥女美貌出众，心里便十分喜欢；姑娘看韦固仪表堂堂，心里也有几分爱意。张员外看在眼里，喜在心上，当下托媒人定了婚事，选了吉期。到了大喜的日子，韦固将小姐娶到府上。洞房花烛夜，韦固细细端详爱妻，发现其额角处有一块小疤，就问她是怎么回事。小姐说："小时候家里穷，有一天，我正在菜园里拾菜，不知哪个野小子打了我一石头，因此留下了这个疤。"韦固听后十分吃惊，就把月下老人的话告诉了妻子，他这才相信缘分是拆不散的。从此，"千里姻缘一线牵"就流传下来了。

爱情需要媒介吗？

有人这样说：其实爱情说穿了，普普通通，平平常常，就是男人和女人互相理解，互相尊重，互相搀扶，互相关爱，互相取长补短、安慰体贴。故事的主角，永远是饮食男女；故事的场景，永远是家庭与社会；故事的情节，永远不外乎一个男人喜欢上了一个女人或一个女人喜欢上了一个男人；故事的结局，不是悲剧就是喜剧，永远没有中间的道路。在每个人的生命里都会遇到不少人，各种性格不同的人，有几个是你的知音呢？又几个是深爱自己的人？又有几个是你深爱的呢？与其众里寻求千百回，不如疼惜眼前人。爱情不是等你有空才去珍惜，我们相遇，是缘分，为了这个缘分，我们可能都在努力去适应对方，只想顺其自然。茫茫人海如果可以找到一个令自己心仪的、互相珍爱的人，十分不容易，这也是多么大的荣幸。也许事事不像你想的那样，没有如此完美，或许没有你想象的那么好，但生活本来没有那么美好，所有幸福都要知福惜福好好珍惜，多说关怀话，少说责备话，互相体谅。

伊人是谁呢?

人类对于自身存在的由来怀疑已久,我们到底是谁?我们到底是不是真实的存在呢?我们所认为的现实,会不会只是一个幻影呢?伊人,对所喜欢的女性的别称,语出《诗经·蒹葭》:一指喜欢的人(不分男女);二暗喻有贤能的人,有才华,品格高尚的人;三暗喻美好的愿望或理想。现代的语意变窄了,仅指美丽的女性或自己爱慕的女性。

中国古代的爱情圣地

1. 金陵 / 建康（南京）

　　金陵 / 建康，南京的别称。历史名城南京，在漫长的岁月中曾经有过很多名称，其最响亮的名字莫过于"金陵"了。一般认为因南京钟山在春秋时称金陵山而得名。江南佳丽地，金陵帝王州。南京历来就有"六朝古都"的美誉，东吴、东晋、宋、齐、梁、陈，六朝定都给南京带来了一度的繁华，使其成为东南物产丰饶的胜地。秦淮河、秦淮画舫、夫子庙、栖霞寺、大报恩寺、长干桥、伏龟楼、鸡鸣寺、雨花台等。在金陵秦淮河畔留下了无数凄婉美丽的爱情故事，如李香君与侯方域、卞玉京与吴伟业、董小宛与冒辟疆、顾眉生与龚鼎孳、大周后、小周后与李煜、柳如是与钱谦益、马湘兰与王稚登、杨玉香与林景清、张丽华与陈后主、寇白门与韩生、崔素琼与张灵……

2. 临安 / 钱塘（杭州）：

　　中国最女性化的城市杭州，西湖一向为脂粉所累，却也结有英雄侠缘！孤山并不孤独，因为它的身旁横着另一个脊梁：一个响彻乾坤的名字——岳飞！临安和钱塘是现在号称"人间天堂"杭州城的古称谓。"上有天堂、下有苏杭"，表达了古往今来的人们对于这座美丽城市的由衷赞叹。元朝时曾被意大利著名旅行家马可·波罗赞为"世界上最美丽华贵之城"。这里有钱塘的烟涛杳霭、吴越的柳香浪暖；

有西湖的平湖秋月、千岛湖的碧波万顷；有灵隐寺的南屏晚钟、雷峰塔的夕照插云；有京杭大运河的漕运千里、富义仓的"天下粮仓"……这里诞生了祝英台与梁山伯、白娘子与许仙、张彩凤与李玉、苏小小与阮郁、柳自华与沈逢吉等如泣如诉的爱情传说。

3. 长安（西安）：

长安是中国历史上一座著名都城。其地点由于历史原因有过迁徙，但大致位于现在中国陕西的西安和咸阳附近。先后有十七个朝代及政权建都于长安，总计建都时间超过 1200 年。它是中国历史上建都朝代最多和影响力最大的都城，列中国四大古都之首，同时也是与雅典、罗马和开罗齐名的世界四大文明古都之一。同时，长安还是武则天的年号以及各地方省的市镇或街道名称。这里有杨玉环与李隆基、薛涛与元稹、李娃与郑元、颜令宾与刘驰驰、柳摇金与韩翃、鱼玄机与温庭筠、霍小玉与李益、貂蝉与吕布、李月娥与薛玫庭、红拂女与李靖、杨莱儿与赵光远等人的爱情故事。

4. 姑苏（苏州）：

姑苏，就是苏州。苏州古称平江，又称姑苏，位于江苏省东南太湖之滨，长江三角洲中部，是中国著名的历史文化名城。这里素来以山水秀丽、园林典雅而闻名天下，有"江南园林甲天下，苏州园林甲江南"的美称。这里有秋香与唐伯虎、王秀英与周文宾、石榴与祝枝山、杜月芳与文徵明、西施与夫差、兰菊与柳永等人的爱情故事。

5. 广陵（扬州）：

广陵是魏晋南北朝时期长江北岸的重要都市和军事重镇。广陵（今称扬州），春秋末，吴于此凿邗沟，以通江淮，争霸中原。秦置县，西汉设广陵国，东汉改为广陵郡，以广陵县为治所，故址在今江苏扬州市。这里有关小红与杜牧、苏小妹与秦观、饶姑娘与郑板桥、"酒妓"与张又新等人的爱情故事。

6. 汴州／大梁／东京（开封）：

汴州，古地名，今开封市，古称梁、汴，又称汴梁，简称汴，河南省辖市，中国七大古都之一，国务院首批命名的历史文化名城。在漫长的历史长河中，开封素以物华天宝、人杰地灵而著称，其政治、经济、文化的发展，不但对中原地区而且对全国曾产生过巨大的影响。这里有蔡文姬与曹操、李师师与宋徽宗、穆桂英与杨宗保、如姬与信陵君、王朝云与苏东坡、宋引章与安秀实等人的爱情故事。

7. 幽州／中都（北京）：

周武王平殷，封召公于幽州故地，号燕。战国时，燕与其他六国并为七雄。秦始皇灭燕，在燕地置渔阳、上谷、右北平、辽西、辽东等郡。三国设燕国、汉武帝设幽州刺史部，部刺燕地诸郡国。武帝开边，置玄菟、乐浪等郡，亦属幽州。东汉时，辖郡、国十一，县九十。幽州治所在蓟县，治所蓟县，故址在今北京市城区西南部的广安门附近。辖境相当于今北京市、河北北部、辽宁南部及朝鲜西北部。这里有沈宛与纳兰性德、陈圆圆与吴三桂、杜十娘与李甲、长平公主与周世显、林黛玉与贾宝玉、苏三与王金龙等人的爱情故事。

8. 洛阳：

洛阳位于河南省西部、黄河南岸，由周公营建，建于公元前 12 世纪，是八大古都和国务院首批公布的历史文化名城之一，是中国历史上唯一被命名为"神都"的城市，是中国优秀旅游城市和"感动世界的中国品牌城市"。洛阳因地处古洛水之北岸而得名，以洛阳为中心的河洛地区是华夏文明的重要发祥地。这里有步非烟与赵象、刘月娥与吕蒙正、甄妃与曹植、霍定金与文必正等人的爱情故事。

爱情宝典

梁祝化蝶：

东晋时，祝英台女扮男装前往杭州求学，路遇梁山伯，因志同道合而结为兄弟并同窗三载。后来祝英台归家，行前托媒师母许婚梁山伯。十八相送，祝英台以"妹"相许。梁山伯知情，往祝家求婚，此时，祝父公远已将女许婚马太守之子马文才。梁祝二人楼台相会，之后，梁山伯抱病归家，病亡。祝英台新婚之时，花轿绕道至梁山伯坟前祭奠，惊雷裂墓，英台入坟。梁祝化蝶双舞。

《梁祝》细腻地呈现了一段唯美彻骨、惊天动地的爱情。出身富裕人家的祝英台反抗传统社会对女子的不平等待遇和束缚，争取到与男孩子一同读书受教育的机会。继而挑战长久以来"门当户对"的观念，与同窗三年的平民子弟梁山伯相恋，为自己争取婚姻自由。然而，保守的年代却棒打鸳鸯两分离。但梁、祝的真情，终究感动天与地！二人化成彩蝶翩翩飞舞，融入多彩、自由的天空，所经之处，花儿漫天开放。

孟姜女哭长城：

民间流传的故事孟姜女哭长城，是我国古代著名的民间传说，它以戏剧、歌谣、诗文、说唱等形式广泛流传，可谓家喻户晓。相传秦始皇时，劳役繁重，青年男女范喜良、孟姜女新婚三天，新郎就被迫出发修筑长城，不久因饥寒劳累而死，尸骨被埋在长城墙下。孟姜女身背寒衣，历尽艰辛，万里寻夫来到长城边，得到的却是丈夫的噩耗。她痛哭城下，三日三夜不止，城为之崩裂，露出范喜良尸骸，孟姜女于绝望之中投海而死。

红楼梦：

贾宝玉与林黛玉的前世分别是神瑛侍者与绛珠仙子，绛珠仙子是为了要还神瑛侍者的灌溉之恩，因此降世为林黛玉，以泪水将前世情缘偿还给贾宝玉。

黛玉是位才貌双全的少女，自幼失去父母而被迫来京投靠外祖母，寄人篱下，受到冷遇。特别是她与贾宝玉逐渐培养起来的纯真爱情，却被封建礼教"金玉良缘"的观念所阻挡而不能自由发展，因此在心灵深处郁结着一股无法排解的压抑感情。由于长期相思成疾，加上受到贾宝玉被迫与他人成亲的严重打击，结果断送了年轻的性命。

贾宝玉也因失去了自己所真正爱慕的心上人——林黛玉，而含愤离开大观园，远走他乡出家当和尚去了。

《红楼梦》是我国古代四大名著之一，属章回体长篇小说，成书于1784年（清乾隆帝四十九年）。梦觉主人序本正式题为《红楼梦》，它的原名为《石头记》、《情僧录》、《风月宝鉴》、《金陵十二钗》等，是我国古代最伟大的长篇小说，也是世界文学经典巨著之一。作者曹雪芹。现通行的续作是由高鹗续全的一百二十回《红楼梦》。书中以贾、史、王、薛四大家族为背景，以贾宝玉、林黛玉的爱情悲剧为主线，着重描写荣、宁两府由盛到衰的过程，全面地描写封建社会末世的人情世态及种种无法调和的矛盾。

白蛇传：

修炼千年的白蛇幻化的美妇人白素贞，为报许仙之恩，与其成为夫妇。两人相敬如宾，夫妻恩爱。白娘子与丫鬟小青共同辅助许仙济世救人，积下功德。

许仙遇见金山寺寺僧法海，许仙不受法海挑唆，被关在金山寺，白娘子为救许仙水漫金山，铸下大错。法海将白素贞压在雷峰塔下。

留下一偈语：西湖水乾，江湖不起，雷峰塔倒，白蛇出世。许仙遁入空门，为妻赎罪。

《白蛇传》在中国广为流传，开始时是以口头形式传播，后来民间以评话、说书、弹词等多种形式出现，又逐渐演变成戏剧表演。后来又有了小说，民国之后，还有歌剧、歌仔戏、漫画等方式演绎。到了现代也有根据《白蛇传》拍成的电影，编排成的现代舞，新编的小说等。这个故事以《白蛇传》的名字出现大抵出现在清朝后期，之前并没有一个固定的名字。

桃花扇：

侯方域题诗宫扇赠李香君，二人相恋。马士英、阮大铖欲与侯方域结交，通过画家杨文玑表示愿代出资促成侯、李的结合。李香君怒斥马、阮，侯方域受到李的激励，亦对此事加以拒绝。武昌总兵左良玉率军移至南京，朝野震动，侯方域修书劝阻，阮大铖诬以私通和做内应的罪名，侯方域被迫投奔在扬州督师的史可法。李自成攻陷北京，马士英、阮大铖等迎立福王，并对复社文人进行迫害，准备强逼李香君嫁与漕抚田仰为妾。李香君坚决不从，矢志守楼，倒地撞头时，血溅侯方域所赠的宫扇。杨文玑在宫扇血痕上画成桃花图，李香君遂将桃花扇寄予侯方域。清兵南下，攻陷南京，李香君、侯方域先后避难于栖霞山，在白云庵相遇，共约出家。

《桃花扇》是清初作家孔尚任经十余年苦心创作，三易其稿写出的一部传奇剧本，历来受到读者的好评。近代戏剧家欧阳予倩对《桃花扇》情有独钟，曾分别在话剧、京剧、电影等领域涉猎过这一题材。剧情以明代才子侯方域来江南创"复社"邂逅秦淮歌妓李香君，两人陷入爱河并赠题诗扇为主线，揭露了魏忠贤的亲信阮大铖陷害侯方域，并强将李香君许配他人，李不从而撞头欲自尽血溅诗扇，侯方域的朋友杨龙友利用血点在扇中画出一树桃花……

救风尘：

妓女宋引章本与安秀才有约，后被恶少周舍花言巧语所惑，不听结义姐妹赵盼儿相劝，嫁给周舍。婚后宋引章饱受虐待，写信向赵盼儿求救。因周舍不肯轻易放过宋引章，赵盼儿巧用计策。她浓妆艳抹，假意愿嫁周舍，自带酒、羊和大红罗去找周舍，周舍喜不自禁。赵盼儿要周舍先休了宋引章才肯嫁他，刚好宋引章又来吵闹，周舍一怒之下写了休书，赶走宋引章。赵盼儿与宋引章二人一同离去，途中赵盼儿将宋引章手中休书另换一份。周舍发觉上当，赶上她们，一把抢过宋引章手中休书并毁掉，还到官府状告赵盼儿诱拐妇女。赵盼儿反告他强占有夫之妇，使安秀才到堂作证，又出示周舍亲手所写休书。赵盼儿证据确凿，周舍不能胜她，受杖刑责罚。宋引章与安秀才结为夫妇。

《救风尘》，杂剧剧本。元代关汉卿作，是一部杰出的现实主义古典喜剧。

嫦娥奔月：

后羿到西王母那里去求来了长生不死之药，嫦娥却偷吃了全部的长生不死药，奔逃到月亮上去了。嫦娥奔月以后，琼楼玉宇，高处不胜寒，很快就后悔了，她想起了丈夫平日对她的好处和人世间的温情，对比月亮里的孤独，备觉凄凉，寂寥难耐，于是就催促吴刚砍伐桂树，让玉兔捣药，想配成飞升之药，好早日回到人间与后羿团聚。

嫦娥奔月是远古神话，是我国十大古代爱情故事之一。嫦娥是一个神话人物，原型是谁尚有争论。东汉之前，无任何资料显示嫦娥与后羿是夫妻关系，直到东汉高诱注解《淮南子》才指出嫦娥是后羿之妻。后羿的妻子姮娥，演变为传说中的嫦娥、后羿的妻子。自古以来都有学者认为称为"羿"的有多个，处于不同时期，从而难以判断嫦娥是何时人物。

牛郎织女：

牵牛星和织女星向往人间，私约下凡。王母得知大怒，将牵牛贬下人间，织女锁入云房；并将为他们说情的金牛星也贬下人间。织女在云房织锦，孤单、寂寞、凄凉。一天，她正对云层思念牵牛，灵芝来到云房，看出了她的心思，告诉她王母去西天了，并邀约姐妹协同织女来到人间寻找心上人。

牵牛贬到人间，人们呼他牛郎，勤劳善良，耕种为生；金牛被贬为牛，与牛郎相伴。就在众仙女下凡时，屈身为牛的金牛变成了一头牛化身，引导牛郎到碧莲池与织女相会，喜结伉俪。从此，织女留在人间，与牛郎男耕女织，生儿育女，夫妻恩爱，邻里和睦，生活美满，家庭幸福。三年后，王母得知织女下凡，大发雷霆，派天将将她押回天庭。牛郎在牛化身的帮助下，挑着一双儿女追到天庭。凶残的王母用金钗划一道天河，拆散牛郎、织女，使其隔河相望，留下一曲夫妻不能团圆的长恨歌！

牛郎织女是中国最有名的一个民间传说，是中国人民最早关于星的故事。南北朝时期任昉的《述异记》里有这么一段："大河之东，有美女丽人，乃天帝之子，机杼女工，年年劳役，织成云雾绢缣之衣，辛苦殊无欢悦，容貌不暇整理，天帝怜其独处，嫁与河西牵牛为妻，自此即废织纴之功，贪欢不归。帝怒，责归河东，一年一度相会。"它是千古流传的爱情故事，是中国四大民间爱情传说之一。

天仙配：

人间：董永家贫，父亡，卖身为奴，得资葬父。天上：玉帝的七个女儿戏于鹊桥，窥视人间。七女厌恶天宫岁月之凄清，对董永由同情而至钟情，乃不顾森严天规，只身奔向人间。槐荫树下路遇董永，倾诉衷曲，二人遂结伉俪。雇主傅员外以董永新婚不符契约为由，要挟七女须于一夜之间织成锦绢十匹，成则工期缩短，不成则加倍。七女邀众姐助而成之，三年苦役便改百日。工满，归程中，夫妻正向往未来，憧憬幸福，忽闻玉帝旨意，令七女即刻回宫，否则祸及董永。七女无奈，忍痛泣别，别时誓言："不怕你天规重重活拆散，我与你天上人间心一条。"

《天仙配》为安庆黄梅戏戏曲传统经典剧目。内容讲的是董永卖身葬父，玉帝的第七女（七仙女）深为同情，私自下凡，在槐树下与董结为夫妇。一百日后，玉帝派托塔天王和四大金刚逼迫七仙女返回天庭，夫妻在槐树下忍痛分别。董永行孝的故事在魏晋时已见于曹植《灵芝篇》和干宝《搜神记》。戏曲或名《织锦记》、《百日缘》、《槐荫树》。

黄梅戏整理本较有影响。

长生殿：

唐玄宗宠幸贵妃杨玉环，终日游乐，将其哥哥杨国忠封为右相，其三个姐妹都封为夫人。但后来唐玄宗又宠幸其妹妹虢国夫人，私召梅妃，引起杨玉环不快，最终两人和好，于七夕之夜在长生殿对着牛郎织女星密誓永不分离。为讨杨玉环的欢心，唐玄宗不惜耗费大量人力物力从海南岛为杨玉环采集新鲜荔枝，一路踏坏庄稼，踏死路人。

由于唐玄宗终日和杨玉环游乐，不理政事，宠信杨国忠和安禄山，导致安禄山造反，唐玄宗和随行官员逃离长安。在马嵬坡军士哗变，强烈要求处死罪魁杨国忠和杨玉环，唐玄宗不得已让高力士用马缰将杨玉环勒死。

杨玉环死后深切痛悔，受到神仙的原谅，织女星说："既悔前非，诸愆可释。"

郭子仪带兵击溃安禄山，唐玄宗回到长安后，日夜思念杨玉环，闻铃肠断，见月伤心，对着杨玉环的雕像痛哭，派方士去海外寻找蓬莱仙山，最终感动了天孙织女，使两人在月宫中最终团圆。

《长生殿》是清初剧作家洪升所做的剧本，取材自唐代诗人白居易的长诗《长恨歌》和元代剧作家白朴的剧作《梧桐雨》，讲的是唐玄宗和贵妃杨玉环之间的爱情故事。长生殿曾是唐玄宗与杨贵妃七夕盟誓之地，"七月七日长生殿，夜半无人私语时"，经过诸多文学作品的渲染，早已成为流传千古的中国古典浪漫爱情圣地。

西厢记：

唐贞元间书生张珙，在普救寺邂逅已故崔相国之女莺莺，发生爱情。时河桥守将孙飞虎兵围普救寺，强索莺莺为妻，崔夫人当众许愿：有退得贼兵者以莺莺许之，张珙驰函好友白马将军杜确发兵解围。然崔夫人嫌张贫寒而赖婚，张珙相思成疾，莺莺在侍婢红娘的撮合下，夜奔西厢探慰张珙，事为崔夫人发觉，拷问红娘，红娘据实以告。夫人不得已而将莺莺许配张珙，但又借口不招白衣女婿，迫张上京赶考，莺莺与张珙满怀离愁而别。莺莺空守西厢，思君心切，和红娘一道耐心苦等。张生终于中了状元，衣锦荣归，和莺莺团圆。

《西厢记》从文学价值上讲丝毫不逊于《红楼梦》，最早起源于唐代元稹的传奇小说《莺莺传》，亦相传为元稹假借张生的自传体小说或故事。这个故事到宋金时代流传更广，一些文人、民间艺人纷纷改编成说唱和戏剧，王实甫编写的多本杂剧《西厢记》就是在这样丰富的艺术积累上进行加工创作而成的。

历史上，"愿普天下有情人都成眷属"这一美好的愿望，不知成为多少文学作品的主题，《西厢记》便是描绘这一主题的最成功的戏剧。

凤求凰：

富翁卓王孙之女卓文君才貌双全，精通音乐，青年寡居。一次，卓王孙举行数百人的盛大宴会，王吉与相如均以贵宾身份应邀参加。席间，王吉介绍相如精通琴艺，众人说："听说您'绿绮'弹得极好，请操一曲，让我辈一饱耳福。"相如就当众以"绿绮"弹了两首琴曲，意欲以此挑动文君。"文君窃从户窥之，心悦而好之，恐不得当也。既罢，相如乃使人重赐文君侍者（婢女）通殷勤。文君夜亡奔相如，相如乃与驰归成都。"但是卓文君一到司马相如家才知道他家一贫如洗，生活逐渐拮据，司马相如只好卖了房子与卓文君一起回到了临邛，开起了酒店。最后由卓王孙救济才慢慢好起来。

《凤求凰》传说是汉代文学家司马相如的古琴曲，演绎了司马相如与卓文君的爱情故事。以"凤求凰"为通体比兴，不仅包含了热烈的求偶，而且也象征着男女主人公理想的非凡、旨趣的高尚、知音的默契等丰富的意蕴。全诗言浅意深，音节流亮，感情热烈奔放而又深挚缠绵，融楚辞骚体的旖旎绵邈和汉代民歌的清新明快于一炉。即使是后人伪托之作，亦并不因此而减弱其艺术价值。历代同名的诗歌、小说、歌曲、影视很多。

孔雀东南飞：

东汉献帝时期，庐州郡乡间有一刘员外，膝下有一儿一女，长子刘兰生早已娶妻钱氏；女儿刘兰芝年方十七，不仅貌美，且聪明伶俐，深得员外夫妇喜爱。一日刘员外旧病复发，郎中开了药，需用百鸟朝会，日月同空之下的孔雀泪做药引子，方可有疗效。兰芝弹篌，适逢庐州府小吏焦仲卿和高主簿等人狩猎憩息时弹琴饮酒助兴，篌、琴相和，悦耳动听，似遇知音，竟引来菊园上空百鸟飞翔……

《孔雀东南飞》通过刘兰芝与焦仲卿这对恩爱夫妇的爱情悲剧，控诉了封建礼教、家长统治和门阀观念的罪恶，表达了青年男女要求婚姻爱情自主的合理愿望。女主人公刘兰芝对爱情忠贞不二，她对封建势力和封建礼教所做的不妥协的斗争，使她成为文学史上富有叛逆色彩的妇女形象，为后来的青年男女所传颂。

中国传统的爱情模式：

1. 才子佳人模式
2. 一见钟情模式
3. 青梅竹马模式
4. 门当户对模式
5. 牛郎织女模式
6. 招赘婚姻模式
7. 执子之手与子偕老模式
8. 有缘千里来相会模式